生態文學概論

An Introduction to
Ecoliterature

西洋文學
22

生態文學概論
An Introduction to
Ecoliterature

蔡振興 主編

國家圖書館出版品預行編目資料

生態文學概論 / 阮秀莉等著；蔡振興 主編－－ 一版，
臺北市：書林，2013.07
　　面；公分　（西洋文學：22）

　　ISBN 978-957-445-549-2（平裝）

　　1. 西洋文學 2. 文學與自然 3. 文集

870.7　　　　　　　　　　　　　　102014124

西洋文學 ㉒
生態文學概論
An Introduction to Ecoliterature

作　　　者　阮秀莉、周序樺、林國滸、黃心雅、梁孫傑、張雅蘭
　　　　　　張麗萍、蔡振興、蔡淑惠、蔡淑芬、劉　蓓（依姓氏筆劃）
編 審 委 員　林耀福、吳明益、邱漢平、梁一萍、楊銘塗（依姓氏筆劃）
主　　　編　蔡振興
執 行 編 輯　張麗芳
校　　　對　王建文
出　版　者　書林出版有限公司
　　　　　　100臺北市羅斯福路四段60號3樓
　　　　　　Tel (02) 2368-4938・2365-8617　　　Fax (02) 2368-8929・2363-6630
台北書林書店　106臺北市新生南路三段88號2樓之5　Tel (02) 2365-8617
學 校 業 務 部　Tel (02) 2368-7226・(04)2376-3799・(07)229-0300
經 銷 業 務 部　Tel (02) 2368-4938
發　行　人　蘇正隆
郵　　　撥　15743873・書林出版有限公司
網　　　址　http://www.bookman.com.tw
經 銷 代 理　紅螞蟻圖書有限公司
　　　　　　臺北市內湖區舊宗路二段121巷19號
　　　　　　電話 (02) 2795-3656(代表號) 傳真 (02) 2795-4100
登　記　證　局版臺業字第一八三一號
出 版 日 期　2013年7月一版初刷，2016年3月二刷
定　　　價　350元
Ｉ Ｓ Ｂ Ｎ　978-957-445-549-2

 本書由淡江大學「系所特色研究計畫」經費補助出版。

Contents 目錄

From Animal to Animality Studies

Agrarian Discourse

Global Warming

序

林耀福

　　生態批評的興起，與環境危機息息相關，它是危機意識所逼出的論述，因此是個危機論述。就因為它是個危機論述，所以它不是「純」文學的，而是涵蓋文化、社會、政治、經濟……等等各個領域與層面的運動與現象。由於涵蓋層面的廣泛，它的重要性當然也超過了單純的文學現象。而它的重要性加上複雜性與衝突性，更帶起了前所少見的澎湃浪潮，引起學界內外的普遍注意和重視。但即使在文學研究界，生態批評以及它的創作實踐——所謂自然書寫——主要關切的並非美學，而勿寧是比較接近載道的傳統。

　　1999年，我自台大文學院的行政工作卸任，承蒙淡江大學張紘炬校長的誠摯邀請，遂自台大退休轉任淡江大學英系和外語學院。淡大英文系是淡江大學的創校學系，歷史悠久、人才濟濟，尤以朱立民和顏元叔兩位先生創辦的國際比較文學會議和《淡江評論》（*Tamkang Review*）而聞名國內外。不過我接任時，國內比較文學界的生態已起變化。我接任前一兩個月的〔第九屆〕國際比較文學會議上，因為有兩篇不甚理想的生態相關論文，引起比較文學學會理事會若干同仁的不認同，出現了會議可由其他大學輪流舉辦的意見。比較文學的理論性格濃厚，而生態論述因其環境危機起源，濟用的道德傾向明顯而理論的關切相對淡薄，與比較文學的性格差異較大，難免扞格。我到淡江專任之前，在台大和淡江開設生態論述相關課程超過十年，在這個背景下，乃提出發展生態論述研究做為淡江英文系特色的主張，並積極與英文系同仁共同推動，除了制訂生態相關學程以外，並於2000年起，定期舉辦淡江國際生態論述會議。於是在主辦國際比較文學會議三十餘年並為中華民國的

比較文學研究做出重大貢獻之後，淡江英文系又在另一個領域裡找到了定位，投入心力努力耕耘。楊銘塗、黃逸民、蔡振興、楊鎮魁、陳吉斯等等同仁，都是辛勤的耕耘者。

2008年我自淡江退休前，在前述幾位同仁的努力推動下成立了「中華民國文學與環境學會」，會址就設在淡江英文系。這是淡江英文系投入文學與環境研究的另一個里程。有了學會匯集國內志同道合的朋友共襄盛舉，使這個領域的發展更添潛力，而在舉辦國際生態會議上，尤能集思廣益，擴大視野。譬如2010年的第五屆會議，首次邀請大陸學者參與，也因此而促成了「海峽兩岸生態文學研討會」的誕生。除了兩岸的會議，學會也在去年底舉辦了「東亞文學與環境論壇」，進一步增強學會的動能。「東亞文學與環境論壇」由日本、韓國與中華民國文學與環境學會合組而成，但既以東亞為名卻獨漏區域內最大且面臨重大環境挑戰的中國大陸，未免名實落差，令人遺憾。如何排除政治或其他因素的困難，促成大陸學者的參與，以無負東亞之名，仍有待學會的進一步努力。

學會與淡江大學英文系的密切合作，在蔡振興教授以淡江大學英文系主任的身份接任「中華民國文學與環境學會」理事長之後，又更往上提昇了一層。蔡主任勤於治學、勇於任事，在他的領導下，學會的學術發展更見蓬勃，本書便是在他的策劃主編與淡江大學的經費支助下完成的。振興專精文學理論，但本書並未獨鍾理論，而是努力維持平衡，調解生態批評與理論之間的歷史扞格，並賦予生態批評進一步的理論深度。但更令人欣喜的是，本書只是第一個成果。我們可以期待，在學會以及淡江大學的努力下，更多生態論述方面的優秀著作，將繼續由書林出版公司帶給世人。感念之餘，爰贅數語為序。

2013年7月於西雅圖

緒論　生態文學批評

淡江大學英文系　蔡振興

一、楔子

　　生態學（ecology）是十九世紀德國生物學家海克爾（Ernst Haeckel）於1866年所鑄造的一個詞彙，意指「生物體與環境之間的關係研究」。從字源學的角度來看，生態學（ecology）是由eco和logos所構成的一個詞彙。Eco的希臘文是oikos，汎指「家」（home）或「棲息地」（habitat）；logos則是「語言」（language）、「研究」（study）、「科學」（science）。於是，由這兩個字所組成的生態學就表示生物體與環境之間的互動關係研究。

　　儘管生態學在十九世紀中、末葉已蔚為一種新的學科研究，它對文學研究尚無顯著的漣漪效應。歷經百年孤寂之後，魯克特（William Rueckert）於1978年率先使用「生態文學與文化批評」（ecocriticism）一詞（eco由「家」、「自然」衍生而來，criticism來自kritikos〔判斷〕），簡稱「生態文學批評」。生態批評家格羅費爾蒂（Cheryll Glotfelty）在第一本生態批評讀本《生態批評讀本》（*The Ecocriticism Reader*）將其定義為「文學和自然環境之間的關係研究」（xvii）；也就是說，生態文學批評旨在文學與文化

領域之中探索有機體（包含人和非人）及其生存環境間的相互關係。這種關係可能是親密，亦或疏離。換言之，人和環境或生物及其環境或棲習地的穩定或變化過程都是值得研究的對象。早期生態文學特別喜歡研究「地方感」（sense of place），主要的意義還是因為這類型的文學研究較貼近生態文學批評的原義，因為「家」、「棲息地」和「地方」均與生態學的字源*oikos*意義有關聯。二十一世紀初，萊文（Jonathan Levin）拓展了這一定義，將它視為自然、文化和環境研究的跨學科方法，以消除自然和文化間的鴻溝。[1]

　　生態學對文學研究較顯著的影響可追溯到六〇年代文化思潮。在西方，六〇年代是文化開放的年代，解構主義、民權運動、女權運動、六八學潮等，都是在這個時候如火如荼地展開。在生態論述研究上，卡森（Rachel Carson）於1962年出版《寂靜的春天》（*Silent Spring*）探討殺蟲劑DDT對人類、生物和環境的影響。慢慢地，卡森也就被視為美國環保運動的先驅。五年後，美國加州大學歷史學家懷特（Lynn White, Jr.）在1967年155期《科學》（*Science*）雜誌發表〈生態危機的歷史根源〉（"The Historical Roots of Our Ecological Crisis"）一文，指出生態危機與基督教對自然的態度有關：「正統基督教的驕傲和自大乃是西方人與自然疏離的主因」（24）；因此，基督教要對環境惡化負較大責任。隔年，鄂力胥（Paul Ehrlich）出版《人口炸彈》（*The Population Bomb*），警告人類世界人口已趨近極限。另外，洛夫洛克（James Lovelock）也在1969年提出「蓋亞假設」（The Gaia Hypothesis）。蓋

1　然而，地方感的概念應可拓展為地景研究（Landscape Studies）和生物地區主義（Bioregionalism），參見Catrin Gersdorf, "Imaginary Ecologies: Landscape, American Literature, and the Reconstruction of Space in the 21st Century" (44-69)和 Tom Lynch, Cheryll Glotfelty and Karla Armbruster, *The Bioregional Imagination: Literature, Ecology, and Place* (Athens: U of Georgia P, 2012)。

亞（Gaia）是大地之母。所謂「蓋亞假設」是指「我們的大地之母就像是有機體一樣，具複雜的整體特性，包括生物圈、大氣層、大地、海洋、土壤等，其存在目地就是為了永續生存」。在全球化的氛圍下，人們擔心資本主義的經濟發展會對生態環境造成潛在的負面影響。因此，生態批評試圖建立一套具全球理論框架的危機論述，包括經濟、政治、自然、生物和環境等因素，以期發展出能修補我們的環境惡化之印象和想像。

二、範圍和方法論

　　生態文學批評是跨越學科的論述，其主要目地在於將文學研究的範圍從人類層面（the human）擴展到非人的層面（the non-human），讓兩者有對話、協商的可能性。正如塞爾（Michel Serres）在《自然契約》（*The Natural Contract*, 1995）所言，過分強調人文主義反映了我們的文化自戀傾向。從文藝復興以降，做為主體的人一直都是宇宙的中心；相反地，自然只能充當知識的（研究）客體。這樣的想法完全建立在「人本中心論」（anthropocentricism）的思維模式上。與「社會契約」不同，「自然契約」強調人類應與自然環境共生共容／榮。塞爾認為，地球應可被視為施為者（agent），它可以透過強度性、盟約和互動與我們對話。這些因素應足以與人類構成契約。因此，自然契約認為人類簽約者（法律主體）可從社會契約加以擴展至自然契約，進而將虛擬的自然主體涵納進來。

　　韋勒克和沃倫的《文學理論》（*Theory of Literature*, 1949）為新批評奠定了基礎，薩伊德（Edward Said）的《東方主義》（*Orientalism*, 1978）為殖民主義和後殖民主義研究指明了方向。生態文學批評在初期因無此類奠基性的著作表明方法論和研究範圍而受到

指摘，但如今它已建立一個更加包容的理論框架。根據高濟（Wlad Godzich）的界定，一個學科的成立須有四個主要條件：

（一）有一套規範性的研究課題；

（二）有定義清楚的研究領域；

（三）有確定的理論和方法論可供利用；

（四）有一群被認可和自認為是此一領域之研究者。（275）

很明顯地，生態文學批評已被建制化，成為回應生態危機的新興文學論述之一。安布魯斯特（Karla Armbruster）、華萊士（Kathleen Wallace）和其他學者咸認生態文學批評近幾年已經發展成為一個公認的批評學派。從「自我意識」到「生態敏感度」，從「地方」到「生態全球」，生態文學批評試圖重新定義身分認同：我們的主體性不應只強調語言建構論，它也會受到「地方」、「環境」的影響。儘管生態文學批評被學界視為重要文學觀點，但文學理論和批評的教科書《諾頓文學理論和批評選集》（*The Norton Anthology of Literary Theory and Criticism*）對歐陸主流批評流派均有介紹，獨缺生態文學批評。即便如此，生態學者依然努力將此一文學研究領域推向世界的學術舞台，期待來自邊緣的聲音能被聽到。這些聲音包括深層生態學（Deep Ecology）、社會生態學（social ecology）、生態女性主義（Ecofeminism）和後殖民生態學等等。

深層生態學可謂是最早運用（文學）生態學的視角來嘗試解決人類所面臨的生態問題，主要代表人物有納斯（Arne Naess）、塞申斯（George Sessions）、德瓦爾（Bill Devall）等。鑑於六〇年代對生態問題的理解，包括環境污染、人口問題和生態危機等，深層生態學家納斯在1973年於《探索》雜誌上發表〈淺層、深層及長期的生態運動〉（"The Shallow and the Deep, Long-Range Ecology Movement: A Summary"），試圖從污染、資源、人口、倫理和教育

等角度切入，期能從根本上解決環境危機。深層生態學的基本論點
有：（一）地球上的人類與其他物種各有生存和繁衍的內在價值；
（二）鼓勵物種多樣化；（三）人類無權減少生命形式的多樣性；
（四）人類的生命福祉與人口有關；（五）人類過分干預非人世界
會導致環境惡化；（六）人類應改變政治、經濟和教育等政策才能
改善環境問題；（七）主張生命平等主義；（八）人有義務改變自
己並實現上述觀點。對深層生態學者而言，「人本主義」是生態問
題的禍源，因此他們主張革命須先革「心」。甫從日本學禪回到美
國不久的生態詩人兼環保運動家史耐德（Gary Snyder）也在《龜
島》（*Turtle Island*, 1974）一書中，敦促讀者為人文主義尋求一種
新的定義，建議把非人（the nonhuman）也包括進來。因此，他
也被視為深層生態學的一份子。[2] 深層生態學的批判者主要有三：
（一）社會生態學；（二）生態女性主義；（三）後殖民學者。儘
管理論上有不足之處，深層生態學對早期生態文學批評的發展史貢
獻良多。

　　社會生態學代表人物有布克欽（Murray Bookchin）和奧康納
（James O'conner）等。在《社會生態學的哲學》（*The Philosophy
of Social Ecology*）、《自由生態學》（*The Ecology of Freedom*）、
《重建社會》（*Remaking Society*）三書中，布克欽闡述其社會生態
學的主要理念：

　　（一）社會生態學是一種辯證自然主義，反對將自然擬人化。

　　（二）社會生態學是一種複雜性進化史觀。

　　（三）社會生態學反對宰制自然或控制自然，因為自然和社會
是相互依賴的。

2　Max Oelschlaeger將史耐德視為「深層生態學桂冠詩人」，參見*The Idea of
　　Wilderness* (New Haven: Yale UP, 1991) 261.

（四）社會生態學強調第二自然，而且所有的生態問題都是社會問題。

（五）社會生態學強調生態系統的群性（wholeness），而非權威式的整體論（Holism），因為後者是一種俗氣（kitsch）的想法。

（六）尊重自然，重視生態批判，反對任何形式的中心論。

基於上述，布克欽反對深層生態學係因後者：（一）具生態中心論的反人類思想；（二）思想系統來自不同傳統；（三）而且富個人色彩和過多的精神性。

另外，生態女性主義（Ecofeminism）也質疑深層生態學。這個詞彙是由法國女性主義者多芃（Francoise d'Eaubonne）於1974年首創，盛行於1980年代，主要的批評家包括格里芬（Susan Griffin）、梅勒（Mary Mellor）、史特君（Noel Sturgeon）、賈得（Greta Gaard）、墨菲（Patrick Murphy）等批評家。早期的女性主義旨在從事婦女解放運動，六〇年代的法國女性主義屬第二波女性主義，重視文本研究和理論反思的重要性。生態女性主義屬於第三波女性主義，主張「女性」被壓榨如同「土地」被踐躪一樣。對一些女性主義者而言，女性和大地（自然）都是照顧者，其角色等同母親；因此，兩者的理念可合而為一，成為「大地之母」（Mother Earth）。當土地污染反饋給人類的時候，（貧窮）女人首當其衝，接受污染，並把疾病傳染給小孩。這種「毒物論述」（toxic discourse）是生態女性主義的關懷之一，霍根（Linda Hogan）的小說《太陽風暴》（*Solar Storms*）就是描述女人的身體與環境汙染所交織出來的毒物論述小說。很明顯地，生態女性主義描繪女人和自然之間的關係，尤其是男尊女卑這種性別、種族和階級不平等肯定會帶來對自然和女性的雙重宰制和壓迫。女性主義運動和生態運動結合可帶來社會的改變。華倫（Karen J. Warren）

● 說：生態女性主義是一種它／她者研究——女人（男人的她者）和地球它者（動物、森林、土地等）。因此，透過對生態女性主義的研究，我們可以了解它者如何被宰制、壓迫和殖民（*Ecofeminist Philosophy* xiv）。

　　生態女性主義興起於九〇年代，主要出版品是1993年出版的三本專書：亞當絲（Carol J. Adams）所編的《生態女性主義和神聖性》（*Ecofeminism and the Sacred*）、邁絲（Maria Mies）和席娃（Vandana Shiva）的《生態女性主義》（*Ecofeminism*），以及普蘭蕪（Val Plumwood）的《女性主義與征服自然》（*Feminism and the Mastery of Nature*）。在1997年，華倫（Karen J. Warren）也撰寫《生態女性主義》（*Ecofeminism: Women, Cutlure, Nature*）。比較不一樣的是，生態女性主義晚近的研究趨勢結合全球化和新唯物論的研究。[3]

　　深層生態學另一批判者是印度學者古哈（Ramachandra Guha）。1987年古哈在《環境倫理學》（*Environmental Ethics*）雜誌發表〈激進美國環境主義與荒野保護：第三世界的批判〉，將深層生態學視為一種「激進環境主義」（radical environmentalism），因為深層生態學主張生物中心主義、保護荒野、提倡東方文化和鼓吹東方精神生態學。然而，相信「政治生態學」並反對環保運動

● 淪為上流社會玩物的古哈特別指出，生態文學研究光是考慮「荒野」，而不考慮社會政治現實（包括窮人）是不智的。除了深層生態學外，英國學者加拉德（Greg Garrard）也準此想法，將生態女性主義、社會生態學和海德格生態哲學（Heideggarian ecophilos-

---

3　例如：Heather Eaton和Lois Ann Lorentzen, *Ecofeminism & Globalization* (Lanham: Rowman & Littlefield, 2003)；Stacy Alaimo and Susan Hekman, eds., *Material Feminisms* (Bloomington: Indiana UP, 2008)。

phy），納入他所謂的「激進環境主義」（*Ecocriticism* 20-32）。與生態女性歷史學家席娃不同的是，加拉德對資本主義或全球化所帶來的負面影響避而不談。

八〇年代中期，美國學者逐漸了解環境文學研究的重要性。1985年，瓦基（Frederick O. Waage）為「美國現代語言學會」（MLA）編了《教授環境文學》（*Teaching Environmental Literature*）教科書。內華達州大學在1990年開出史上第一個「環境與文學」的職缺，而佛洛姆（Harold Fromm）率先於「美國現代語言學會」組織「生態文學批評：綠化文學研究」研討會。隔年，就在「美國西部文學學會」（Western Literature Association）年會中成立「文學與環境研究學會」（Association for the Study of Literature and Environment, 簡稱ASLE），推選生態學者史洛維克（Scott Slovic）為首任會長，其機關刊物《文學與環境跨學科研究》（*ISLE*）（*Interdisciplinary Studies of Literature and Environment*）則由墨菲（Patrick D. Murphy）擔當首任主編。同時，第一本《生態文學批評讀本》（*The Ecocriticism Reader*）也於1996年誕生，由格羅費爾蒂和佛洛姆兩位生態學者主編。在專書中，兩位生態學者收錄懷特的〈生態危機的歷史根源〉，奠定生態論述就是危機論述的基調。

九〇年代初期，多數生態批評家主要分析美國文藝復興自然作家，代表人物有愛默生（R. Emerson）、梭羅（Henry D. Thoreau）、惠特曼（W. Whitman）和英國浪漫主義作家，如華茲華斯（William Wordsworth）和雪萊（P. B. Shelley）等，把人看作是自然的一部份。在美國，克羅伯（Karl Kroeber）的《生態文學批評》（*Ecological Literary Criticism: Romantic Imagining and the Biology of Mind*）於1994年出版，表達九〇年代初期對浪漫生態學的詮釋策略。在英國，傳承英國文化批評家威廉斯（Raymond

Williams）文化批評路線的生態批評家貝特（Jonathan Bate）早在1991年就出版《浪漫生態學》（*Romantic Ecology*），單挑新歷史主義，尤其是試圖斧正艾倫‧劉（Alan Liu）和麥剛（Jerome McGann）的浪漫主義意識型態觀。對貝特而言，浪漫主義並非逃離現實世界的（虛妄）意識型態，而是可以開展出具有針砭時代症候的論述。貝特本人也於2000年出版《大地之歌》（*The Song of the Earth*），持續關心浪漫生態學的發展。在第二章〈自然的狀態/國度〉（The State of Nature）一開始，貝特說了一段感性的話：「從西元第三千禧年開始，自然已顯示各種危機：現在和即將發生的危機。由於燃燒石化原料所產生的二氧化碳阻礙太陽熱能的擴散，引起我們的星球變暖。冰河及永凍層在融化，海平面升高，降雨的形式在改變，風也越來越強，同時，海洋過度捕撈，沙漠化嚴重，森林面積越來越少，這個星球上的物種多樣性越來越少，我們活在一個有毒的廢棄物世界……」。貝特的新浪漫主義研究旨在揭櫫「浪漫主義的傳統如何和環境意識結合」（*Romantic Ecology* 9）。另外，麥庫西克（James C. McKusick）在《綠色書寫：浪漫主義和生態學》（*Green Writing: Romanticism and Ecology*, 2001）對英國浪漫主義提出經驗式的修訂，同時也質疑克洛龍（William Cronon）對浪漫主義和荒野的批判別有用心（10）。二十世紀九〇年代後期，生態和環境文學（包括以前的自然寫作）開始被看作是重要的文學研究。批評家如墨菲、喬愛尼、坎貝爾（SueEllen Campbell）和薩列（Ariel Salleh）所言，生態文學尚未將性別、階級、種族和社會公正等問題，納入生態文學研究的範圍。但在《超越自然寫作》（*Beyond Nature Writing*, 2001）一書中，安布魯斯特（Karla Armbruster）、華萊士（Kathleen Wallace）、墨菲、克里奇（Richard Kerridge）和薩默爾斯（Neil Sammells）等批評家，業已將多元文化文學、科幻小說、美國黑人小說、綠色文化研究、自然城市環

境、環境正義、環境種族主義、後現代主義和環境、自然和宗教、生態女性主義等體裁、領域和問題，納入了環境寫作的範疇。這些生態批評家們認為，生態批評並不是一個限制在語言和文本範疇內的抽象學科，而是以多元文學模式表現出來的跨學科研究。

　　貝特的浪漫生態學研究是早期生態文學發展的重要一步（Clark 15）。同樣的，臺灣生態論述的伊始是九○年代末，由當時淡江大學文學院院長林耀福教授引進，並由英文系系主任楊銘塗和黃逸民等教授持續推展。至目前為止，國內已有淡江大學英文系、靜宜大學生態系、中興大學外文系、中山大學外文系、成功大學台文系和東華大學華文文學系等多所大專院校，從事生態與環境文學之研究工作。從2000年起，淡江大學英文系開始邀請國際學者蒞校演講或開設暑修課程，包括史基翟（Leonard Scigaj）、喬愛尼（Joni Adamson）、韓特（Anthony Hunt）、塔特（James Tarter）、莫菲、史洛維克、普列玟（Arlene Plevin）、海瑟（Ursula K. Heise）、古魯佛菠（Christa Crewe-Volpp）、賈德（Greta Gaard）、艾斯塔克（Simon Estok）等學者，逐步豐富英文系生態專業課程。早在2000年就開始在淡江大學舉辦首屆國際生態論述會議，建立國內生態文學之傳統，2010年第五屆淡江大學生態論述會議更將視野擴大至亞洲地區，以「反思現代，重回自然」為題，聚焦於現代性與自然兩者之衝突。而經過多年播種與耕耘，「中華民國文學與環境學會」（Association for the Study of Literature and Environment-Taiwan，即ASLE-Taiwan）於2009年成立，經歷林耀福和蔡振興二位理事長，學會招收會員，試圖發揮更大的學術力量。「中華民國文學與環境學會」（ASLE-Taiwan）之成立象徵國內學界逐漸重視生態論述。2011年結合海峽兩岸關注生態文學的團隊，於10月29、30日舉辦首屆海峽兩岸生態文學研討會於廈門大學舉行，由王諾教授主辦，並進行實地生態考察，藉此結合生態理論

與關懷實際環境。第二屆海峽兩岸生態文學研討會則移師中興大學舉行，以「全球生態論述的地方演繹與實踐」為題，分析與環境相關之文學作品、影像紀錄等文化生產，介入全球性的生態觀點。第三屆海峽兩岸生態文學研討會於2013年10月15、16日由山東大學主辦。海峽兩岸生態文學研討會是由兩岸共同發起的學術會議，其目的在促進兩岸生態學術交流。[4]

　　整體而言，臺灣生態論述主要有三方面的研究：（一）自然書寫；（二）原住民文學；（三）生態文學研究。臺灣生態論述初期的發展深受西方生態論述所影響。二十一世紀前後，林耀福教授等主編的《生態人文主義》（2002）與吳明益教授的《以書寫解放自然：臺灣現代自然書寫的探索》（2004）等率先將西方生態論述理論有系統的介紹到臺灣學術界。受到美國主流生態論述的影響，兩者由「自然書寫」以及自然書寫主要描繪的對象「荒野」等主題出發，探討梭羅、惠特曼等美國文藝復興時期作家的自然倫理，但兩者在引進西方思想的同時，也適切的提出了臺灣的觀點。譬如，林耀福教授認為西方自然書寫所傳達的生態意識太過重視「非我」，但卻無法逃離「人本」的觀點，因而提出了「生態人文主義」的概念（i-ii）；吳明益則重視「文學性」與「科學性」結合的重要，特別強調「自然經驗」在自然書寫創作中的必要性（9）。近十年來，臺灣生態論述蓬勃發展，研究主題與手法非常多元。值得一提的是，中山大學外文系黃心雅教授、中興大學外文系阮秀莉教授和師範大學梁一萍教授共組「原住民文學讀書會」，研究成果斐然，這些學者不但在《中外文學》推出《北美原住民文學專刊》，而且也出版《匯勘北美原住民文學：多元文化的省思》（*Native North*

4　生態文學批評正在美國、英國、拉丁美洲、澳大利亞、韓國、日本、中國大陸和臺灣，以及其他一些地區發展成為新興的生態文學研究。

American Literatures: Reflections on Multiculturalism, 2009）專書，
從原住民角度議題切入生態議題。[5] 除此之外，動物研究、生態女
性主義、農業論述、全球暖化等議題也是臺灣生態論述的研究重
心。

三、從生態論述到後生態論述

　　就生態論述的歷史脈絡而言，史洛維克和喬愛尼在*MELUS*文
學雜誌做了有趣的總結：第一波生態文學批評（約莫1980年代）主
要包括非小說、自然寫作，而且主題較重視非人的自然和荒野。第
二波生態文學批評始於1990年中期，生態文學與文化批評的內容涵
蓋較多種文類、綠色文化研究、多元文化主義、環境正義運動、都
會和郊區以及世界各地的地方文學（local literatures）。對兩者而
言，2000年以後的生態文學批評，包括生態全球主義、後國家、後
種族論述或唯物生態女性主義（material ecofeminism）等，均屬第
三波生態文學批評，主要目的在於重審生態文學批評和全球化研究
兩者之間的「弔詭」關係。

　　然而，加拉德在〈生態批評教育的問題和前瞻〉（"Problems
and Prospects in Ecocritical Pedagogy"）指出不同的生態論述觀察。
加拉德將從八〇年代到九〇年代的生態論述視為第一波，主要特色
為：（一）以地方為基礎；（二）強調自然書寫的重要性；（三）
以模仿論和歌頌自然的主題為主；（四）講求敘述（narrative）。
第一波強調與自然的接觸和地方文學（local literatures）的重要性。
第二波的生態文學批評家強調族裔文學和後殖民文學，並批判天真

5　另外，有關臺灣原住民小說研究，可參考呂慧珍的《書寫部落記憶──九〇年
　　代臺灣原住民小說研究》（臺北：駱駝出版社，2003）。

的生態文學模倣論和浪漫生態觀，拒絕所謂的和諧生態理論與激進形式的環境批評，包括生態女性主義和社會生態學等。對加拉德而言，未來的生態論述拒絕接受既定的價值觀（*idées reçus*）和實證論。更重要的是，未來生態批評應是「批判的」，而且是一種以「證據導向的」（evidence-based）生態論述。

　　對加拉德而言，如果有所謂未來（第三波）生態文學批評，那肯定可以說未來的生態論述「理論性」須較強。菲利普（Dana Phillips）、莫頓（Timothy Morton）、海瑟等生態批評家均是好範例。在《生態學的真理》（*The Truth of Ecology*）中，菲利普指出生態批評太過虔誠（devotional），太過道德（moral），而且雖然晚近才竄起，有些生態想法業已發散出無花果的霉味（IX）。在方法論上，生態學者若過分倚賴類比（analogy）和暗喻（metaphor）修辭學，則會缺乏真正的批評力道，如同尼采（F. Nietzsche）所言，「看事情的角度都一樣；對我們而言，倘若每件事情看起來都一樣，這就是眼力不好（weak eyes）的表徵」（qtd. in Phillips x）。正如在該書第一章〈詰問與答辯〉文末所言，「生態批評應涉及較嚴謹的內部辯論和深思熟慮來創造新洞見，使得生態批評能讓圈內人和圈外人都信服……」（41）。

　　在《沒有自然的生態學》（*Ecology Without Nature*）和《生態思想》（*The Ecological Thought*）二本專書中，莫頓指出：（一）我們要把古老的自然趕走；（二）傳統的生態模仿論（eco-mimesis）不值得鼓勵；（三）生態的互聯性（interconnectedness）可被網眼（mesh）取代。很明顯地，在生態論述中，靜態、單一、固定的自然或生態觀無法滿足生態學者對知識的渴求。同樣地，德裔美國學者海瑟也認為，傳統的生態學者過度強調在地的（place-based）生態思想著實令人質疑。她認為生活中的多樣性現實（realities）不能用傳統的在地觀來衡量。例如：「地方性思考，全球

性佈局」是一種不精確的說法。海瑟反對生態學者一窩蜂似地反對
現代性和全球化。對她而言，全球化是一個「弔詭」，生態學者應
從較大的格局，尤其是全球性的視野，來綜觀世界。因此，她所關
心的是全球移動以及地方與都會思想之間的摩擦所導致的環境議
題，而不是純粹的地方想像。

　　海瑟的批評立場並不擁護「生態正確性」（ecological cor-
rectness），而且她對一般「約定俗成」（doxa）的生態論述亦有
所批判。在九〇年代時，當生態學界正在整理浪漫生態學的文本
分析時，全球化研究在此一時候也正蓬勃發展。金恩（Anthony
D. King）於1991年編《文化，全球化和世界系統》（*Culture,
Globlization and the World-System*）一書，菲得史通（Mike Feath-
erstone）、拉許（Scott Lash）和羅伯孫（Roland Robertson）也於
1995年共編《全球現代性》（*Global Modernities*）。在此，讀者不
難看到海瑟的作品直接切入全球化、現代性和當代生態論述的相關
領域，因為全球化和生態世界主義（ecocosmopolitanism）也是重
要的生態文學批評研究領域。

　　二十一世紀伊始，西方父權主義、單一文化主義和人類中心主
義受到各種後結構主義和後現代主義話語的抨擊和顛覆，生態文學
批評在這一過程中也試圖走自己的道路。早期生態批評具經驗主義
和實用主義的色彩。但從後生態論述的角度來看，未來生態文學批
評亦可討論後人類（the posthuman）、動物性研究（animality stud-
ies）、新唯物論（new materialism）、環境修辭學（environmental
rhetoric）、天氣論述（climate discourse）、全球原住民文學研究
（world indigenous studies）和生態論述與生命政治（eco-biopoli-
tics）等主題，開啟另一波生態文學研究的熱潮。在此，本書的作
者群試圖在生態論述領域上提供一個學術平台，讓大家可以共同思
考具前瞻性的「不合時宜」想法。

四、文集導覽

　　經過多年的籌劃，本書終誕生了。文章的內容依據性質可分為七部分：（一）生態文學理論的爬梳；（二）人與非人的關係；（三）生態女性主義；（四）全球原住民文學；（五）動物與文學；（六）有機農業論述；（七）全球暖化論述。

　　第一篇文章〈論生態批評的生成語境〉是由山東師範大學劉蓓所著。作者探討歐美生態批評興起的背景，以及學門自身所牽涉的知識論與倫理問題。文中作者透過歷史的脈絡分析，指出環保運動在思想與文化發展上的幾個重要轉折與突破。在爬梳生態學如何幫助建構生態論述，說明生態學與生態文學之間的關係。在本文中，藉由重新挖掘生態科學中的倫理學內涵，作者試圖凸顯社會實踐在生態批評中的重要性，並呼籲讀者審視生態思想、文學研究、現實關注三者之間的關係。

　　在〈《少年Pi的奇幻漂流》中人與自然的關係〉中，蔡淑芬以生態批評的觀點重讀《少年Pi的奇幻漂流》。對作者而言，本書是一本生態成長小說，故事主要是描寫一個16歲少年如何在海上獨立求生，並與一隻惡虎在小船中共處227天的驚異之旅。作者跳脫擬人化的窠臼，指出人在面對不能被僭越的自然力時必須謙卑與內省。透過後現代小說的分析技巧，本書作者將動物園的知識、馴虎的描繪、海上生態學，以及少年Pi和自然界的互動，讓讀者了解人和老虎（動物）是共生的。

　　張雅蘭的〈生態女性主義〉清晰地勾勒出生態女性主義的環境正義和女性主義等思想根源，並透過當代加拿大作家愛特伍的《浮現》、《末世男女》、臺灣小說家李昂的《殺夫》與日裔作家尾關的《食肉之年》等作品凸顯生態女性主義的跨文化與跨種族性。在整理歷史軌跡時，作者認為西方生態女性主義雖然由批判「父權世

界觀」和「層級化二元對立」出發，但除了不斷的挑戰這兩股勢力所建構出的道德規範之外，近年來，西方生態女性主義也企圖探討物種、階級、種族、生命等議題，視角上的處理也因而更為寬廣。

黃心雅〈環太平洋海洋原住民的生態想像〉主張「多物種共生連續」的生態觀點。透過東加作家郝歐法（Epeli Hau'ofa）、紐西蘭毛利族作家伊希麥拉（Witi Ihimaera）、毛利族詩人蘇立文（Robert Sullivan）、北美原住民作家荷根（Linda Hogan），以及臺灣蘭嶼達悟族作家夏曼‧藍波安等人的作品，作者強調流動的主體概念，因為透過島嶼及海洋景觀的主動參與，傳統知識、跨越畛域的文化想像，（航海的）原初知識可以修正當代跨國文化論述。另外，作者也認為，這些作家也可以提供巡航太平洋跨原住民文化想像的「根的路徑」，讓身體和文化皆不被島嶼空間／疆界所限制。

阮秀莉的文章從人類學者張光直連續性的文明出發，擷取自然和文化連續的觀念，接續關聯的思維和關聯的世界，再繼之以西方人類學者柏德‧大衛（Nurit Bird-David）「重探萬物有靈論」的考察和關繫認識論（relational epistemology）來看待原住民傳統裡自然與文化、人與動物的關係。她援引兩部原住民作品——《東谷沙飛傳奇》、《鯨族人》（*People of the Whale*）——再現原住民文學與生態思潮、學理和建構，藉以挖掘非本質化的「原住」生態意義。

透過卡特（Forrest Carter）的《少年小樹之歌》（*The Education of Little Tree*），張麗萍不僅彰顯自然與動物對查拉幾族人（Cherokee）的重要性，她更分析名為小樹的少年及其所見所聞，以及他如何傳達印地安人的生態理念。

梁孫傑在〈吃或不吃，根本不是問題〉中討論一個有趣的問題：「大野狼在剛遇到小紅帽時，為什麼不先吃了這個小女孩

呢？」為了回答這個問題，梁孫傑先從德希達對於「吃」的看法談起，指出〈小紅帽〉所呈現的進食行為乃是對於「肉食陽具理體中心主義」（carno-phallogocentricism）思維的批判。另外，他也透過《冰河歷險記》來表達動物進食模式不應讓人類及其科技取代，從而丟失這個世界；因此，「牠們唯有不吃不喝不進食，才能在《冰原歷險記》的世界裡永續存活，直到世界盡頭」。

　　蔡淑惠〈食物、寵物、聖／剩物：失衡的鯨靈世界〉討論動物與人類的生存環繞在食物、寵物、聖／剩物這樣的競存關係。作者的文章結合德國哲學家海德格和義大利哲學家阿岡本對動物生命狀態分析來討論屠殺鯨豚紀錄片《血色海灣》，同時也思考鯨豚類海洋哺乳動物在原住民傳統神話的意義。文末作者討論臺灣鯨魚作家廖鴻基的鯨靈想像，並視廖鴻基的鯨靈生命書寫為一種內在性的情動力。

　　周序樺〈有無相生：美國有機農業論述與農業倫理〉一文深入淺出，文章以美國有機農業在大眾文化中的意涵為開頭，而後追溯美國（有機）農業論述與農本倫理塑形的歷史脈絡，點出當今美國（有機）農業論述研究的方向及其相關問題。作者指出，美國（有機）農業議題之所以長期為環保運動與環境論述所漠視，最主要在於（有機）農業所尊崇的「勞動」與「地方傳統」一直被視為「功利主義」與「保守主義」的象徵；換言之，美國主流環境論述在歌頌「荒野」的同時，忽略了（有機）農業所提出的「勞動的理論」與「食物主權」。作者主張，（有機）農業倫理除了鼓勵我們審視何謂「健康」的食物與「永續」的食物生產過程之外，更重要的是重新思考勞動的意義，如此才能跳出「天然」與「工業」食品、「全球」與「地方」、「開發」與「保存」、「有」與「無」二元論的主流思考框架。

　　蔡振興〈氣候變遷、自然與生態溝通〉指出傳統的生態意識，

如「成長的極限」、「自然終結」、「人本主義的驕傲」等觀念，乃是「謹慎原則」的化身，有道德說教之嫌。透過全球暖化三部曲的分析，作者不但希望能將倫理和氣候政治的議題帶進氣候變遷的領域來討論，而且本文也指出氣候變遷暗示未來可能性的開顯，而不是末代論的隱憂；對作者而言，氣候變遷不應以道德理念為論述核心；相反的，氣候變遷是一種風險分析與防治。本文採用魯曼（Niklas Luhmann）的「生態溝通」做為方法論的基礎，強調「邏輯反叛」、客觀認知和二階觀察，嘗試運用這些指標來觀察氣候敘述的社會系統，並找出生態溝通和社會溝通的共振頻率。

　　選輯最後一篇論文為林國滐的〈伊恩‧麥克尤恩《追日》與暖化景觀的社會解析〉。本文主要分析英國作家伊恩‧麥克尤恩以全球暖化為主題的小說作品《追日》。林國滐認為人類中心主義的道德觀無法正確判定人類與自然的關係，同時他也認為釐清暖化論述的語境，有利於認識複雜的暖化景觀。本文採用文學社會學的「意涵結構」和環境社會學的「新生態典範」的概念來解讀小說中的暖化景觀。

📖 引用書目

呂慧珍。《書寫部落記憶——九〇年代臺灣原住民小說研究》。臺北：駱駝出版社，2003。

吳明益。《以書寫解放自然：臺灣現代自然書寫的探索》。臺北：大安出版社，2004。

林耀福。《生態人文主義》。臺北：書林，2002。

黃心雅、阮秀莉編。《匯勘北美原住民文學》。高雄：中山大學出版社，2009。

Adams, Carol J., ed. *Ecofeminism and the Sacred*. New York: Continuum, 1993. Print.

Bate, Jonathan. *Romantic Ecology*. London: Routledge, 1991. Print.

---. *The Song of the Earth*. Cambridge: Harvard UP, 2000. Print.

Beynon, John, and David Dunkerley, eds. *Globalization: The Reader*. London: The Athlone P, 2000. Print.

Bookchin, Murray. *The Philosophy of Social Ecology: Essays on Dialectical Naturalism*. New York: Black Rose Books, 1990. Print.

---. *The Ecology of Freedom*. New York: Black Rose Books, 1991. Print.

Boschman, Robert. *In the Way of Nature*. London: McFarland, 2009. Print.

Christensen, Laird, Mark C. Long, and Fred Waage, eds. *Teaching North American Environmental Literature*. New York: The Modern Language Association of America, 2008. Print.

Eaton, Heather and Lois A. Lorentzen, eds. *Ecofeminism and Globalization*. New York: Rowman & Littlefield, 2003. Print.

Featherstone, Mike, Scott Lash and Roland Robertson, eds. *Global Modernities*. London: Sage, 1995. Print.

Garrard, Greg, ed. *Teaching Ecocriticism and Green Cultural Studies*. London: Palgrave, 2012. Print.

---. *Ecocriticism*. 2nd ed. London: Routledge, 2012. Print.

---. "Problems and Prospects in Ecocritical Pedagogy." *Environmental Education Research* 16.2 (2010): 233-45. Print.

Gersdorf, Catrin. "Imaginary Ecologies: Landscape, American Literature, and the Reconstruction of Space in the 21st Century." *Anglia* 124.1 (2006): 44-69. Print.

Godzich, Wlad. *The Culture of Literacy*. Cambridge, Mass.: Harvard UP, 1994. Print.

Heise, Ursula K. *Sense of Place and Sense of Planet: The Environmental Imagination of the Global*. Oxford: Oxford, 2008. Print.

King, Anthony D., ed. *Culture, Globalization and the World-System*. London: Macmillan, 1991. Print.

Kroeber, Karl. *Ecological Literary Criticism: Romantic Imagining and the Biology of Mind*. New York: Columbia UP, 1994. Print.

McKusick, James C. *Green Writing: Romanticism and Ecology*. New York: St. Martin's P, 2000. Print.

Morton, Timothy. *Ecology without Nature: Rethinking Environmental Aesthetics*. Cambridge: Harvard UP, 2007. Print.

---. *The Ecological Thought*. Cambridge: Harvard UP, 2010. Print.

Oelschlaeger, Max. *The Idea of Wilderness*. New Haven: Yale UP, 1991. Print.

Phillips, Dana. *The Truth of Ecology: Nature, Culture, and Literature in America*. Oxford: Oxford UP, 2003. Print.

Scheese, Don. *Nature Writing: The Pastoral Impulse in America*. New York: Twayne, 1996. Print.

White, Lynn, Jr. "The Historical Roots of Our Ecological Crisis." *Western Man and Environmental Ethics*. Ed. Ian Barbour. Massachusetts: Adison-Wesley Publishing Company, 1973. 18-30. Print.

1 論生態批評的生成語境*

　　生態批評（ecocriticism）誕生至今已有20餘年，且在全球文學研究範圍內已形成一個學術熱點。但它在蓬勃發展的同時，也一直遭受學術界的若干質疑：這種研究與傳統的自然文學批評（criticism of nature-oriented literature）相比，是不是借用時髦理論術語的「新瓶」裝「舊酒」？「環境問題」儘管重要，但它為何能透過文學研究來解決？「拯救世界」是一個現實問題，但文學的特長多半是在想像世界中進行活動；因此，我們如何涌過一種學術意義的「批評」達到拯救世界的現實目的？如何理解生態批評這個術語中的「生態」二字？這些都是生態批評家需要探索的問題。一種文學研究的誕生，必定有其生成的語境，本文擬藉探究生態批評生成的社會文化和知識語境，來對上述問題有所解答。

一、環境主義思潮與生態批評的社會文化語境

　　為什麼要進行生態批評？生態批評家對此的回答是明確的：

---

*　本文原載《世界文學》4 (2012)：237-59。

通過強調環境危機的緊迫性來闡述生態批評的必要性。在生態批評家們看來，「環境問題不應該僅僅被看成是許多危機中的一個」，「危機只是早晚會過去的一個艱難時刻，而人口、資源、污染等環境方面的問題，意味著我們處在一個無比重要的生死關頭。對環境地位之貶低，在很長的時間裏沒有引起人們的擔心，而關注人類對生物圈的統治，應當也必將會成為第一重要的問題。」[1]

生態批評發起者的視野明確地超出了純文學研究的範圍，他們對局限於學術性工作、對「外部世界」不聞不問的文學研究形態持堅決否定的態度。他們認為，即使有的文學研究者已經表現出對環境的關心，這種關心也還遠遠不夠，因為「他們不僅應當作為普通的民眾去關心環境，而且要把環境意識帶入自己的文學職業中。」[2]拯救環境的行動，「不僅是在學者們的業餘時間，更要把它當作我們文學專業研究者專業工作之內的事情。文學研究者們從事的工作是有關價值、內涵、傳統、觀念和語言等方面的，這些都是我們可以為改善與環境有關的建設作出貢獻的領域。」[3]

總之，根據上述觀點，生態批評之所以必要，是因為「環境危機」成為人類面臨的最大危機。文學批評的首要任務，是參與整個學術界與社會各界改革文化的進程中來挽救生態危機。一句話，生態批評的發起者要用文學「拯救瀕危的世界。」

生態批評家設立這樣一種研究目的時，並沒有從學理的層面上給予充分的論證，因此難免引起很多質疑。首先，儘管當前的地球

1　Cheryll Glotfelty, "Introduction," in *The Ecocititicism Reader: Landmarks in Literary Ecology*, ed. Cheryll Glotfelty and Harold Fromm (Athens: Georgia UP, 1996) xv-xvi.

2　Glen Love, "Revaluing Nature: Toward An Ecological Criticism," in *The Ecocititicism Reader: Landmarks in Literary Ecology*, ed. Cheryll Glotfelty and Harold Fromm (Athens: George UP, 1996) 227.

3　Cheryll Glotfelty, "Introduction" xvi.

生態環境確實顯現出很多問題，但是關於地球生態系統（ecological system）是否存在「不可挽回的災難」，自然科學界還沒有定論。因此，從理論上來說，「瀕危的地球」是一個假說。第二，即使我們可以不追究學術意義上的「生態危機」的真實性，只從現實的層面上來看環境問題，疑問仍然存在：現實中的生態環境問題如何用學術研究，尤其是文學研究來解決？文學的基礎是語言，它強調審美性，如果生態批評的任務，無非就是灌輸環境意識，喚起人的環境危機感，那麼文學批評起的作用就與一般的大眾媒體宣傳無異了。真的如此，生態批評的文學學術價值何在？文學是否可以被完全政治化，只是成為推進環境主義的一個試驗基地？這樣，會不會在拯救環境的同時扼殺文學？第三，生態批評家借鑑的歷史學、人類學、心理學、哲學、神學等，都不屬於文學範疇，那麼，生態批評的文學理論基礎是什麼？在《生態批評讀本》出版後至今，上述問題都是生態批評圈內外學者爭論不休的話題。

　　爭論和質疑使我們不得不回顧反思。每一種文學研究都有一個生成的歷史、思想和知識語境，只有認識這些語境，才能準確把握這種研究的實質和方法。生態批評發起者強調文學界在綠色行動上是「落後」的，由此也可以看出，生態批評的發起不是文學或者哪一個學術領域的特殊現象，因此，研究生態批評的生成，不能不從認識其社會文化語境開始。

　　「拯救」的迫切願望中蘊含著強烈的危機意識。縱觀歐洲大陸與美英國家多次環境運動的歷史，都是在經過一段的社會經濟高度發展，環境受到顯著的破壞之後發生的。然而，即使在人們最為關注環境的幾次環境運動中，對「環境問題究竟如何解決？」這個問題，答案也是有所變化的。[4]在二十世紀五〇、六〇年代之前的早

4　一般認為，最早的環境運動開始於十九世紀中後期到二十世紀初，這是美國經

期環境運動中，西方人並沒有把文化改革問題作為解決環境問題的關鍵手段，而主要試圖通過技術手段來解決環境問題。那時的環境關注，主要表現在對環境破壞的痛惜、對純粹「天然」的環境的懷念上。那時保護環境的行動，首先是為了「保護資源」，以使之更能為人類所利用。其次，為了彌補自然遭到破壞的遺憾，開始建設一些人工設計的「自然」環境，美英兩國的「國家（自然）公園」建設，就是一個典型。這種行動也體現了自然審美觀的變化。至於開始對人與環境的「倫理」關係進行思考，是到了二十世紀四〇、五〇年代之後的事情了。

　　當代西方對環境的認識發生這種轉變，自然環境的問題為人帶來的現實警示還只是一個表層的原因。在更大的社會文化背景下來看，工業文明發展到二十世紀中期，西方文明凸顯出許多負面效應，西方人陷入了深深的「存在焦慮」。二次大戰後，經濟復甦繁榮的樂觀之後這種焦慮更為顯著。舊的道德準則和宗教信仰受到普遍挑戰，許多傳統的價值觀受到懷疑。而最為切身的「存在焦慮」，是來自對科學技術的盲目發展的憂慮。正如生態思想史學家沃斯特（Donald Worcester）所指出的那樣，原子的發現和裂變是一種史無前例的操縱物質的技術，這在過去被認為是由神來完成的，現在掌握這種技術的人，卻似乎在扮演撒旦的角色。「征服自然」的堅定信仰因此開始受到前所未有的懷疑：如果一種技術可能導致全人類甚至所有生靈的毀滅，我們應該允許技術無限發展嗎？[5]

　　濟大發展、對自然資源瘋狂開發的時期，對「文明」、「發展」的懷疑也是由此開始。到第一次世界大戰爆發時，美國人同大自然的關係更加惡化。一個典型的例子是從十九世紀八〇年代到二十世紀三〇年代美國西部平原數次嚴重的沙塵暴。

5　Donald Worcester, *Nature's Economy: A History of Ecological Ideas* (Cambridge: Cambridge UP, 1977) 343.

　　在現代技術文明發展到新的高度之時，對現代技術和文化的反思也達到了新的深度。技術危害一步步加深使人們不僅加強了對環境的自覺意識，而且逐漸達成一種認識：片面強調發展、崇尚技術的文化觀念是造成環境災難的罪魁禍首。正因如此，當代的激進環境主義才會堅持反對用技術手段解決環境問題，把拯救環境的希望寄託於文化觀念的變革。這種觀點在思想界、學術界各領域的學者和公眾的共同參與下，日漸形成一股強大的綠色社會文化思潮。例如卡森（Rachel Carson）的《寂靜的春天》（1962年）就對社會實踐意義上的當代環境保護運動產生了重要的推動作用。這部文學與科學結合的作品的震撼之處正是在於對「濫用技術」後果的強烈警告——它以觸目驚心的事實資料揭露了濫用殺蟲劑對自然環境和人類生存造成的毀滅性後果。同一時期，一系列生態文化著作推進了思想意義上的環境主義運動。西方思想界以前所未有的態勢進行了對人與自然環境關係的歷史和其中問題的反思。環境不僅成為一個多語境和全球性的政策問題，而且還在學術界諸如人類學、哲學、法學等各類學科裏促進了從「改良環境主義」（reformist environmentalism）到「激進環境主義思想」（radical environmentalism）的轉變。隨著一批專業哲學家、社會科學家和政治家投身環境運動，公眾的「環境保護」思想得到了學術理論層面的規範。具有社會運動性質的「環境保護運動」，轉變為思想學術界的「激進環境主義運動」。

　　力圖用文學「拯救瀕危世界」的生態批評研究，是在整個學術界的綠色大潮中應運而生的。生態批評生成的二十世紀九〇年代，正是激進環境主義思想在英美學術界形成熱點的時代。概括地說，這種思想以生態學和相關學科知識為知識基礎，以「生態學原則」為思想原則的一種社會思想觀念，其核心觀點是：為了建設一個適當的、可持續發展的、保障環境安全的社會，必須進行社會文化觀

念的變革。激進環境主義思想也被稱作一種「綠色的世界觀」，它
關心社會（尤其是西方文化特色的社會）和自然的關係，認為我們
之所以面臨環境問題，根本原因在於我們對於自然價值體系的評估
失誤。這些失誤涉及作為個體和團體的我們如何互相評估，彼此之
間打交道時又採取什麼樣的行為的問題。基於這種思想前提，環
境主義思想對當前西方社會及其主導價值觀提出一系列批判性觀
點，並在此基礎上，提出了對未來社會的設想，目的是探索如何建
立一個可持續發展下去、同時又有利於環境的理想社會。[6]換句話
說，激進環境主義認為，人類對自然的錯誤態度是造成環境危機的
原因，所以拯救環境要從人類自身文化觀念的變革做起。文學研究
「拯救環境」之說正是基於此一立場設立的。

二、「生態學」的科學譜系與生態批評的知識語境

　　隨著環境主義思想的發展，生態學被逐漸推上了理論的前臺。
那麼，生態批評家所依據的「生態理論」與「生態學」是什麼關
係？貌似自然科學的「生態學」為什麼能與文學研究聯繫起來，甚
至作為生態批評這種文學研究形式的指導思想？這些問題，只有在
對「生態學」進行一番「追根溯源」、「身份識別」後，才能找到
清晰的答案。

　　研究生態學的涵義，首先要澄清一點，目前西方和國內學界
頻繁使用的生態學有著多重含義，有時它是學科或者專業方向的名
稱，既被用來指一門自然科學學科，也被用到社會科學的一些領
域，比如人類生態學、社會生態學、文學生態學等。但是在討論生

6　David Pepper, *Modern Environmenticon: An Introduciton* (London: Routledge, 1997) 10-15.

態批評家時，提到 "ecology"（「生態學」）這個詞的時候，常常不是指一門自然科學學科，籠統地說，是指具有生態學式的、強調「整體」、「聯繫」的思想和理論。那麼生態學為何、又如何對包括文學研究者在內的當代學術界產生那麼重要的影響呢？我們可以結合「生態學」的「科學」譜系來探究這個問題。

　　「生態學」一詞誕生於1866年，由德國動物學家海克爾（Ernst Haeckel, 1834-1919）所創。由於研究者在談到生態學的概念時，大多會引用海克爾的著名定義，這樣就容易引起一個誤解，似乎生態學的開端就是在海克爾為其命名之時。但嚴格地說，海克爾並非「生態學」的創始人，而是「命名人」。他所說的對「有機體與其外部世界關係」進行的研究，[7]早在「生態學」這個詞彙誕生之前數個世紀就已經開始。只不過從海克爾時代之前的幾個世紀一直到二十世紀二〇、三〇年代，從學科意義上來說，生態學一直是範圍廣闊而結構鬆散的。到二十世紀三〇年代，不少生態學著作和教科書闡述了一些生態學的基本概念和論點，如食物鏈、生態位、生物量、生態系統等。至此，生態學才基本成為具有特定研究對象、研究方法和理論體系的獨立學科。而生態學趨於「成熟」並具有了前所未有的巨大影響力，則是二十世紀中期之後的事情。

　　與海克爾同時代的研究者，對其採用「ecology」這個名稱來概括本學科的這種研究也是有異議的，他們更傾向於用早已被學界接受的另一個片語：「自然的經濟體系」（nature's economy，直譯為「自然的經濟」）。這個概念在西方神學史和環境史中都有著

7　對海克爾所制定的「生態學」定義，國內著作中常見的譯文，已經多次轉引並有差別。德文原文為："die gesamte Wissenschaft von den Beziehungen des Organismus zur umgebenden Außenwelt, worin wir im weitesten Sinn alle Existenz-Bedingungen rechnen können." 參見http://www.hausarbeiten.de/rd/faecher/download/bik/16459.html.

悠久的傳統。根據沃斯特的研究，在十七世紀，「經濟」一詞經常
表示「神對自然的統治」——上帝以其非凡卓絕的能力，使一切手
段與目的相匹配，讓宇宙中的各個部分都能以最佳效率完成自己
的使命。這種神學涵義與它的生態學涵義是相關的。瑞典植物學
家林奈（Carl Linnaeus，1707-1778）寫於1749年的論文"*Specimen
academicum de oeconomia naturae*"對「尚在襁褓期的生態觀念」作
了「獨特而極富意義的概括」，它同時也是一篇神學論文，其潛
在目的是要「發現上帝在自然中的作用」。[8]論文中說，通過「自
然的經濟」，「我們從自然事物的關係中得以認識造物者無所不至
的安排，依靠這種安排，它們能夠恰當地產生總的結果和互惠的利
用」。沃斯特認為這顯示了林奈這種持有神論觀的早期生態學家試
圖去發現和揭示：自然中有一個最重要的意向和力量。他們將基督
教的虔誠、對自然的謙恭和務實的精神結合起來，運用到對自然世
界的研究中去。[9]

　　由此可以看出，一方面，生態學研究從最初開始就包含對自然
的神聖感；另一方面，在「自然的經濟」基礎上發展起來的生態科
學，是以整體的、聯繫的眼光來看待研究對象，認為地球上所有的
事物彼此之間息息相關。

　　而從生態學的「科學家譜」（scientific pedigree）中，我們可
以更清楚地看到，這樣一種研究屬於與數理化等學科不同的「譜
系」，而且與文學有著與生俱來的親緣關係。

　　我們從寬泛的意義上來理解「科學」而不是將其局限於「自
然科學」領域時，會發現在人類歷史的古代和近現代時期，佔據重

8　Worcester, *Nature's Economy* 34.

9　關於「自然的經濟」概念的生態學涵義和演義和林奈論文的引文，參見
　　Worcester, *Nature's Economy* 34-38.

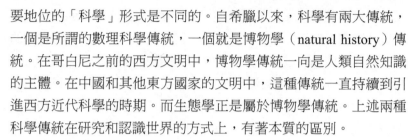

要地位的「科學」形式是不同的。自希臘以來，科學有兩大傳統，一個是所謂的數理科學傳統，一個就是博物學（natural history）傳統。在哥白尼之前的西方文明中，博物學傳統一向是人類自然知識的主體。在中國和其他東方國家的文明中，這種傳統一直持續到引進西方近代科學的時期。而生態學正是屬於博物學傳統。上述兩種科學傳統在研究和認識世界的方式上，有著本質的區別。

　　數理實驗科學是希臘理性科學的繼承和發展。內在性、純粹性和批判性是希臘理性科學的基本特徵。以數理實驗科學為主導的近代科學既有對希臘理性科學的繼承，也注入了近代西方的文化理念，它所追求的「作為」就體現在控制自然、征服自然、改造自然的「神聖使命」上。近代科學的方法論之所以被概括為機械論，因為其突出表現是儘量化簡對象、分割對象，做可控制的實驗，不斷向下尋找根據。注重縱向且單向的聯繫導致了對其他所有聯繫的忽視。之所以還稱其為「還原論」，是因為它相信，通過盡可能簡單的線索，能夠把自然、生命還原成一套基本的要素，而獲得對自然和生命的徹底理解，並最終控制自然，駕馭生命。這種還原論在伽利略、牛頓開創的力學中開始實踐，後來擴展到幾乎所有領域，特別是擴展到生命科學，到十九世紀末二十世紀上半葉達到了頂峰。至今一般仍被視為真正科學的方法。[10]

　　而作為另一種科學傳統的博物學（natural history），恰恰以一種迥異的態度和方式認識自然和對待自然。

　　戈爾斯密（Oliver Goldsmith, 1728-1774）曾把博物學的主要研究內容界定為，一是「發現、確定、命名一切不同的自然產物」，

10　劉華傑：〈方法的變遷與科學發展的新方向〉，《哲學研究》1997年
　　第11期；劉華傑：〈展望第二種科學〉，http://www.csc.pku.edu.cn/art.
　　php?type=4&sid=1480；吳國盛：〈科學與人文〉，http://www.pku.org.cn/data/
　　detail.jsp?articleID=2504；2005年4月5日網路資料。

二是「描述其屬性、行為和關係」。[11] 博物學研究方式的特點是觀察自然、發現自然中的生物多樣性，對它們進行分類、研究它們的親緣關係。要進行這種研究，博物學家的知識來源於與自然的直接接觸，而不是來自實驗室中的自然切片。他們奔走於田野山川之中，貼近自然，對自然保持著一種虔誠的、謙恭的態度。博物學家對待研究對象的心態，是「有情」的，他們帶著一種融入感與熱愛去瞭解自然，這與近代科學主流對於自然的傲慢感是完全不同的。博物學傳統的一個基本特點是承認事物的多樣性，並且以捍衛這個多樣性為自己的使命，決不會以追究現象背後的數學結構來消滅多樣性。從博物學角度看，多樣性既是一切知識的泉源，也是我們生活意義的來源。

　　這樣一種融入「感性」的科學，與「機械的」、「理性的」科學相比，當然與文學有著更加密切的聯繫。因為自然是文學的永恆審美原型，構築「阿卡狄亞」（田園）之夢，更是從古到今東西方文學作品中一個重要的主題。生態學與文學的聯繫，還體現在生態學的「描述性」和「敘事性」上。用生態批評家霍華斯（William Howarth）的評價來說，生態學自古以來就是「與文字表現的歷史緊密相連的科學」。早期生態學家的研究是文學化的，因為他們依賴修辭和象徵而不是準確的資料。生態學依靠「早期的生物語言」、生成「廣泛的生態學敘事的語篇」。生態學在不斷發展的進程中已成為一種「敘述模式」。霍華斯把科學家制定海洋流動圖、追蹤冰川世紀、發現古人類遺跡等等這些事件，都當成是一種「閱讀地球」的行為，而在他看來，洪堡（Alexander von Hum-

---

11　Oliver Goldsmith, *A History of the Earth and Animated Nature*. (Philadelphia: Mathew Carey, 1795) I: iii. cf. Ashton Nichols, "The Anxiety of Species, Toward a Romantic Natural History," *The Wordsworth Circle* 28.3 (1997): 130-36.

boldt）、萊伊爾（Charles Lyell）、阿加西斯（Louis Agassiz）和
達爾文（Charles Darwin）在旅行記著作中，把歷史看作直線型的
發展演進模式，與哲學著作相提並論，然後尋找東西方語言史前的
根源。這實際上是「把詞語看作是不斷生根發芽的有機體與通過形
式和功能來命名物種的生物，兩者的傾向與訴求不謀而合」。作為
世俗科學，生態學被許多學科在閱讀、闡釋、敘述土地歷史時廣泛
採用。許多生態學家記錄地方土地使用史時，將生物地理學、農學
和社會學聯繫起來檢查自然與文化的互動。霍華斯還指出，生態學
的詞彙中也承載了人類連綿不斷的文化記憶。生態學在研究物種的
特性、空間分配，以及在時間上適應進程等種種關係時，常常使用
隱喻，諸如水是地形的「雕刻家（sculptor）」，生命是「斑駁雜
陳的（patchy）」，生態系統拉起了「聯結的鏈條或網路（linking
chains or webs）」等等。[12] 這些都足以證明生態學傳統中的感性、
神秘意味和浪漫想像，這些與文學的特質是相通的。

　　生態學的上述傳統在十八、十九世紀時，曾對英國浪漫主義詩
人等文學家產生過非常顯著的影響。二十世紀中期之後，以自然書
寫（nature writing）為代表的環境文學的盛行與生態文學批評的勃
興，正是這種文學與生態學的融合在文學發展史中的延續和深化。

　　當我們的視線從文學移向更廣的領域時可以看出，生態學從
研究自然的「另一種科學」發展到具有哲學意蘊和社會政治內涵的
生態思想，並由此掀起了在整個社會和學術理論界影響廣泛的當代
環境主義思潮，經歷了相當長的階段。尤其在二十世紀的發展過程
中，「生態學」的研究視野不斷擴展，在生態學的觀念引導下，人
們對環境與人的關係、對「世界」的涵蓋範圍、對人在世界中的位
置都有了新的認識。

12　William Howarth, "Some Principles of Ecocriticism" 72-75.

　　生態學的發展過程中，「生態系統」概念的出現顯然發揮了重要作用，而這個概念之所以產生，更多的不是博物學的傳承，而是要歸功於二十世紀「新科學」的發展。

　　1936年，英國生態學家坦斯利（A. G. Tansley）提出了「生態系統」概念，使生態學的研究對象從單純的個體——種群——群落轉向了更加切合地球實際的生態系統，從而使生態學大大地加快了發展的步伐。根據沃斯特對生態學發展史的研究，坦斯利的生態學新概念的提出，是以新物理學而非傳統的生物學為科學樣本。二十世紀初，物理學界就開始用「場」和「系統」等概念，作為比傳統的牛頓物理學更加精確的自然現象解釋的途徑。因此，生態學不再作為一種包羅萬象的生物學科學，而是越來越多地被吸收到關於能量體系的物理學之中。坦斯利的理論的母體，是現代熱力物理學，他對生態系統的解釋，意味著新一代生態學家把能量看作生態秩序的關鍵。這正符合物理學家克勞修斯（Ruldolph Clausius）在十九世紀五〇年代提出的熱力學第二定律：所有能量都傾向於耗散或者無組織、無法利用，直至最終整個能量系統達到最大的熵值——一種無需完全平衡的終止狀態。生態系統並不創造或者消滅人和能量，而只是在能量耗盡之前進行轉化和再轉化。能量在自然中持久迴圈地運轉下去，只要太陽的能量供應不被耗盡。[13]

　　這兩種科學的聯繫，使我們想起二十世紀中期推進了生態思想發展的利奧波德（Aldo Leopold）的「大地倫理學」（land ethics）。根據卡利考特（J. Baird Callicott）的研究，大地倫理學概念的基礎，正是愛爾頓（Charles Elton）的生物群落概念，而他勾畫的生態系統模式，也是出於新物理學概念的啟發：把自然環境看作在土壤、植物和動物迴圈中流動的能量的源泉，把食物鏈解釋為

13　Worcester, *Nature's Economy* 205-20, 302-04.

引導能量向上到營養金字塔頂端的生物管道，認為能量向上流動的速度和特性依賴於植物動物共同體的複雜結構。利奧波德把自然界看作一個有生命的自然「場」。他用「大地倫理」擴大了已往倫理學中所說的「共同體」的邊界，目的是要把倫理的領域擴展到「大地」，要把人類在大地共同體中扮演的征服者角色，轉變為共同體中普通一員的角色。在利奧波德之後，生態學家謝潑德（Paul Shepard）、生物物理學家莫羅維茲（Harold J. Morowitz）等繼續將生態學與新物理學的概念結合起來。到了二十世紀七〇年代後期，生態哲學家也將這兩者結合的概念應用於哲學思考。奈斯認為，生態學提出（或者說引發）了一個「有關的總場形象，其中有機體是有內在聯繫的生物圈網狀系統中的旋鈕。」生態學形而上學的一面被他稱為「深層生態學」。[14]

二十世紀的「新生態學」與新物理學的量子理論等相互結合、相互補充，構成了一個「後現代科學」體系，之所以說它們是後現代的科學，是因為其科學概念中包含的「有機」和「整體」的兩層含義，都是與機械論自然科學的核心概念截然有別的。

「後現代科學」包含的這種強調整體性的「生態學屬性」，為「建構性的後現代主義」思想提供了科學支援。後者試圖通過對現代前提和傳統觀念的修正來建構一種新的世界觀，它致力於消除現代性所設定的人與世界之間的對立，重建人與自然、人與人的關係。在它看來，如果能夠換一種思維方式，用一種新的眼光看世界，人類就不會為自身的利益而機械地操縱世界，而會對它懷有發自內心的愛。這樣的後現代人，不會感到自己是棲身於敵意和冷漠之中的異鄉人。他們在世界中將擁有一種「在家的感覺」，他們把

---

14 J. Baird Callicott, "The Metaphysical Implications of Ecology," *Environmental Ethics* 8 (1986): 301-16.

其他物種看成是具有其自身的經驗、價值和目的的存在，並能感受到他們與這些物種之間的親情關係。藉助這種在家園感和親情感，他們用在交往中獲得享受和任其自然的態度，取代了現代人的統治欲和佔有欲。[15]

　　生態學與多學科的聯繫在二十世紀二〇年代之後得到加強，在社會學家的帶動下，廣義的「關於人類的生態學」分別向生物學、人類學、地理學、心理學、社會學等諸多方向發展。環境與人類社會發展的關係愈來愈引起研究者的注意。[16] 二十世紀四〇年代後期至五〇年代，這些不同學術領域的「生態學」家有著共同的課題，就是「對人類在全球環境中的位置的專門考察」和「對環境現狀普遍的憂慮」。「一直縈繞在卡森這些科學家心頭的幽靈，是死亡──鳥類的死亡、生態系統的死亡、甚至自然界本身的死亡，而由於我們必須以自然界為依託，因此人類也將會死亡」。[17]

　　環境的重要性得到空前的重視，正是始於此時。此後的幾十年中，「環境處於危機」的觀念得以深入人心。生態學與文學從與生俱來的「聯繫」發展到在生態批評中的「聯姻」，正是在生態科學發展成為生態理論、激進環境主義思潮強烈影響社會各界和學術研究者之時。生態學之所以能被二十世紀晚期的一批文學研究者和學術各界的「綠色分子」（the greens）所推崇，最重要的原因也在於此。

15　大衛·格里芬：《後現代科學·引言》，載大衛·格里芬編：《後現代科學》，馬季方譯，中央編譯出版社，1995年，第31-45頁；大衛·格里芬：《後現代精神·導言》，第1-28頁；王治河：《代譯序：後現代主義建設性向度及其依據》，載大衛·格里芬等著《超越解構：建設性後現代哲學的奠基者》，中央編譯出版社，2002年1月第1版，第7頁。

16　Worcester, *Nature's Economy* 350-53.

17　Worcester, *Nature's Economy* 352-53.

三、如何看待生態批評的理論多元性

當我們概括生態批評的理論依據時，應當承認，「在不封閉的體系下行動」是多數激進環境主義思想家和相關學科研究的傾向。生態理論並不限於狹義的哲學範疇，而是來自不同學術領域，其共性仍然建立在普遍的生態學原則之上。

生態學構建的一些概念和法則，之所以被應用於多種領域，並推崇為「終極科學」（ultimate science），是因為它能夠最優異地服務於「拯救瀕危的地球」這一目的——生態理論家從生態科學推出的原則中，挖掘出倫理學內涵與社會實踐指導意義。

既然自然環境和人類社會所組成的世界是一個相互依存的整體，那麼任何一方的健康存在和興旺都依賴於其他方面的健康存在與興旺。人類是自然的一部分，人類與所有在這個星球上的其他物種一樣受到永恆的生態規律的支配。所有生命都依賴自然系統的不間斷運轉，因此，為維護世界的生存、安全、公平和尊嚴，所有的人都必須擔負起保護生物多樣性的生態義務和責任。所有物種具有固有的生存權利，人類的文化必須建築在對自然的高度尊重上，人類事務必須在與自然的和諧平衡中進行。惟有這樣，人類文化才能繼續發展繁榮。

在上述共性基礎上，不同學科發展了生態理論的各個分支。它們相互借鑑，也有所交叉。生態批評家在尋求理論依據時，採取的也是對各個學術研究領域的研究成果廣泛借鑑的策略。因此，才會造成目前的局面：生態批評家「對各種生態理論研究成果的引用，並沒有多少是出於其特定的看法，而多半是因其不拘一格地追求這樣一種理念：觀點與價值的重建是環境改造（或其失敗）的關

鍵」。其思想觀點很難歸屬於哪一個生態理論學派的規範。[18]

　　從生態批評「拯救瀕危世界」的最終目標及其依據的理論來看，生態批評顯然是一種「外在批評」（extrinsic criticism）。按照韋勒克（Rene Wellek）和沃倫（Austin Warren）的劃分，文學批評可以分為「外在的」和「內在的」兩種走向，內在的文學批評把藝術品看作是為某種特別的審美目的服務的完整符號體系或者符號結構，其批評的出發點是解釋和分析作品本身。而外在的文學批評提倡從外在因素研究文學，其中包括從人類組織化的生活——即經濟、社會和政治條件中探索文學創作的決定性因素，或者從人類精神的集體創造活動，如思想史、神學史和其他藝術中探索文學的起因，或者以一個時代的精神實質、知識界氣氛或者輿論環境，以及從其他藝術的特質中抽取出來的一元性力量，來解釋文學。福勒（Fuller）把「外在批評」概括為「那種倚重於文學作品以外的知識的批評」，其主旨是把文學作品用於「文學以外」的目的，如加深對作者及其讀者以及他們所在的社會的認識，擴大倫理學、宗教和心理學等的研究範圍等。[19] 按照這種劃分，生態批評顯然可以和傳記批評、社會學批評、心理學批評等一樣，歸於外在批評之列。因為生態批評家在文本研究中，不是從語言到語言，而是旗幟鮮明地展示出自己的價值觀念。

　　和一切生態思想家一樣，生態批評家推崇的是一種新的「生態的」價值觀。這種價值觀與西方主流文化進入現代以來苦心經營的「啟蒙價值觀」有著截然的分別。首先，生態價值觀從根本上說是要追求一種新的人與自然的關係，主張人應當與自然互動共生。而

18　Buell, *Environmental Imagination: Thoreau, Nature Writing, and the Formation of American Culture* (Cambridge: The Belknap Press of Harvard UP, 1995) 2-3, 403.

19　王先霈、王又平主編，《文學批評術語詞典》（上海：上海文藝出版社，1999）138-39。

西方現代文明的主流觀點認為，人和自然的關係是對立的、相互鬥爭的。這種觀點把人與自然分離，認為人的最終目標是成為自然的主人和擁有者。

因此，即使生態批評家的理想具有傳統的田園理想意味，那也是一種重新建構社會文化主流觀念的理想，不同於傳統自然文學批評對前現代社會主流思想的順應態度。

第二、人類被看作是自然的一個部分，意味著人類不再被放置在高於自然其他部分或者與其對立的位置上，人類那些有別於自然界事物的特性的價值也不再被絕對化，這種觀念對啟蒙價值觀的挑戰在於：人類不再因自己的這些特性而被放在具有特權的道德地位上。因為啟蒙觀主張理性高於一切自然力量，包括人類本身具有的感情和本能之類屬於非理性因素的力量。因此，生態批評家希望通過自己的批評實踐，幫助讀者克服以人類為中心的偏見。

第三、生態價值觀強調認識非人類存在的內在價值，認為自然有著自身的價值，對人類有用與否，不是判定這種價值是否存在及價值大小的標準。西方現代主導的價值觀認為，自然即使具有價值，也一定是人類賦予它們的。[20]

從上述研究可以看出，生態批評的生成有著相應的社會文化語境和學術知識語境，它的研究方向也順應了當代知識界的綠色潮流。二十世紀後半期以來，生態思想對知識界的不同學科產生了重大影響，它對西方現代社會政治思想體系的挑戰姿態和顛覆性論調，使得認識生態思想的深層內涵，尤其是認識它對當代文化建設的意義，成為當今知識界最重要的、也是無法迴避和忽視的課題之一。因為生態環境的惡化影響的是人類生活的根本性層面——生物

---

20 關於生態價值觀及其與啟蒙價值觀的對比，參見Tim Hayward, *Ecological Thought: An Introduction* (London: Polity, 1993) 9-52.

學意義上的生存和精神意義上的生存。

　　當然，由於目前的綠色研究一般把生態思想觀念與社會政治問題結合，有很多理論闡述帶有直覺性，也不無偏激的。用海依（Peter Hay）的話來說，一種綠色責任感首先不是理論性的，甚至也不是知識性的，而是前理性的（pre-rational）。所謂前理性，指的是二十世紀後半葉一種「被深刻感覺到的驚恐」，引起這驚恐的，是我們分享地球時所採取的、越來越窘困的生活形式。[21] 即使布伊爾（Lawrence Buell）這樣身處生態批評前沿的學者也冷靜地承認，生態批評被看作一個學術「騷動」(ferment)，是因為這種研究不是以一種系統的理論為支撐，而是以「問題」為焦點形成一個涉及廣泛學術領域的研究規模。[22]

　　上述不足，連同生態思想本身的顛覆性特質，為那些對生態思想持反對立場者提供了攻擊的座標。當前的西方知識界，生態主義立場與反生態主義立場各有一套道理，難以說服對方，又都不願「繳械投降」。這也造成了文學研究界生態批評的支持者和反對者各執一詞、互不服氣的狀況。

　　我們也應該看到，生態思想和西方現代主導的啟蒙思想之間，除了顯著的對立之外，要解決的問題也有共同之處。從根本上來說，二者的目的都是為了認識世界的本質，認識人類在世界上的位置，還有指導人類行動的恰當原則。生態學作為一種研究自然的「另類科學」，對人類加深認識自然世界發揮了重要作用，它幫助人類認識人類在自然世界上的位置，提供指導人類行動的原則。一些西方學者認為，生態思想雖然常常被看作是與啟蒙價值觀，尤其

21　Peter Hay, *Main Currents of Western Environmental Thoughts* (Bloomington: Indian UP, 2002) 2.

22　勞倫斯・布伊爾著，劉蓓譯，《環境批評的未來：環境危機與文學想像》（北京：北京大學出版社，2010）1-15。

是理性主義針鋒相對的，然而認真地考察二者之後，可以發現他們
有著許多相似之處。生態學的挑戰，作為一種批判性的力量，可以
被看作是啟蒙工程的更新。有的西方學者就提出了「生態的啟蒙」
觀點，試圖在這兩者之間開展建設性的對話。[23]

這種建設性的嘗試，對生態批評家也有很多啟示。一方面，客
觀地回顧生態批評的生成語境，讓我們看到了其存在的合理性和建
設性意義，有助於正面回應和解答對生態批評學術立足點的質疑，
也有助於避免望文生義、對生態批評進行全面否定。

另一方面，正如布伊爾在展望「環境批評的未來」時指出的那
樣，在獲得職業合法性、界定批評研究的特有模式，以及在學院以
外確立其重要地位等三個方面，綠色文學研究的工作還沒有取得圓
滿成果。[24] 這也是生態批評研究者不可迴避的問題。為了更有效地
為「拯救地球」作出有力的貢獻，生態批評家無疑應當更進一步探
索綠色文學研究的理論和實踐思路。如何把生態思想、文學研究方
法、現實關注等三者有機地結合，形成有系統而又具生態批評學術
特色的理論，是今後各國生態批評家面臨的重要課題。

---

23 Tim Hayward, *Ecological Thought: An Introduction* (London: Policy, 1993) 9-52.

24 勞倫斯・布伊爾著，劉蓓譯，《環境批評的未來：環境危機與文學想像》（北
　　京：北京大學出版社，2010）141-45。

📖 引用書目

大衛‧格里芬編：《後現代科學》。馬季方譯，北京：中央編譯出
　　版社，1995。

王先霈、王又平主編。《文學批評術語詞典》。上海：上海文藝出
　　版社，1999。

勞倫斯‧布伊爾著。《環境批評的未來：環境危機與文學想像》。
　　劉蓓譯。北京：北京大學出版社，2010。

Buell, Lawrence. *Environmental Imagination*. Cambridge: The Belknap
　　P of Harvard UP, 1995. Print.

Callicott, J. Baird. "The Metaphysical Implications of Ecology."
　　Environmental Ethics 8 (1986): 301-16. Print.

Glotfelty, Cheryll, and Harold Fromm, eds. *The Ecocriticism Reader*.
　　Athens: Georgia UP, 1996. Print.

Hay, Peter. *Main Currents of Western Environmental Thoughts*.
　　Bloomington: Indiana UP, 2002. Print.

Hayward, Tim. *Ecological Thought: An Introduction*. London: Polity,
　　1993. Print.

Love, Glen. "Revaluing Nature: Toward an Ecological Criticism." *The
　　Ecocriticism Reader*. Ed. Cheryll Glotfelty and Harold Fromm.
　　Athens: Georgia UP, 1996. 225-40. Print.

Nichols, Ashton. "The Anxiety of Species, Toward a Romantic Natural
　　History." *The Wordsworth Circle* 28.3 (1997): 130-36. Print.

Pepper, David. *Modern Environmentalism: An Introduction*. London:
　　Routledge, 1996. Print.

William, Howarth. "Some Principles of Ecocriticism." Ed. Cheryll Glotfelty and Harold Fromm. Athens: Georgia UP, 1996. 69-91. Print.

Worcester, Donald. *Nature's Economy*. Cambridge: Cambridge UP, 1977. Print.

2 《少年Pi的奇幻漂流》中人與自然的關係

東華大學英美語文學系　蔡淑芬

一、前言：傳統與創新

出版於1963年的兒童繪本經典《野獸國》（*Where the Wild Things Are*）劇情描繪小男孩阿奇，因為過於淘氣撒野，遭到父母制止後，乘船出海冒險，到一個充滿「野蠻東西」的國度，在那裡當上了王；他回來的時候，發現晚餐正等著他，而且還是熱的呢！作者莫里士・桑塔克（Maurice Sendak）採用了十九世紀冒險文學的元素——離家的刺激歷險、海洋航行、蔥鬱的熱帶景觀、土著的馴服與白人為王的帝國殖民觀。情節最後，主角乘船回家，情境突然回到現實，讀者也跟著恍然大悟，原來孩子藉此場幻想（或夢境），發洩情緒，最後依然回歸真實不過的母子親情與家的溫暖。《野獸國》常被用作引導孩子情緒的教材：孩子吵鬧或失當的行為會受到大人喝止，心裡會有所不平，這時孩子可藉由類似的故事，想像自己乘著小船，跟野生動物一樣毫無拘束地野蠻一番，以紓解心中的壓抑。

　　《野獸國》的精彩之處就在結局的畫龍點睛，並且透過趣味橫生的圖畫，活用了冒險故事的傳統，寓教於樂。《少年Pi的奇幻漂流》（*The Life of Pi*）也具備了類似的因素，受到廣大讀者的歡迎。原書名*The Life of Pi*應直譯為「Pi的一生」，小說的開頭與結尾是執筆者對當事人的訪談與對其成長故事的轉錄。敘述架構採行後現代小說常用的相互衝突與自我疑問的「多層」敘述手法。外表看來是成人小說，然而整部小說的重心是第二部〈太平洋〉的漂流，其長度幾乎佔了全書的三分之二；因為如此，中譯名「少年Pi的奇幻漂流」，倒是比直譯「Pi的一生」更能忠實反映小說的內容。除此之外，《少年Pi的奇幻漂流》立刻令人聯想到海上漂流與歷劫再生的原型小說《魯賓遜漂流記》（*Robinson Crusoe*）與諾貝爾文學名著《老人與海》（*The Old Man and the Sea*）。除了呼應海洋小說的文學傳承，作者別出心裁的創意是合理的想像出一個16歲青少年如何與一隻猛虎在小船中共處，並在海上獨立求生長達227天的驚異之旅。作者楊・馬泰爾（Yann Martel）以科學家的實證精神，敘述Pi如何根據他從小在動物園長大的經驗，開始了馴虎的過程，讓老虎明白，他是食物和水的來源。更重要的，這馴虎的過程跟他與大海搏鬥求生的過程，也是少年Pi演變成成年男人的過程。

　　傳統的青少年文學，一般而言，關懷的主題當然是要與青少年讀者的成長問題直接相關的，例如《麥田捕手》（*Catcher in the Rye*）傳神地刻畫青少年的質疑和叛逆，萊辛（Doris Lessing）的《瑪莎的追尋》（*Martha Quest*）描繪青春期少女面臨的身心蛻變與自我認同等議題。無疑地，大部分的青少年文學談論的是如何在面對人與人、人與社會的辯證關係中調適自我。較少有作家深入探討土地／自然／環境如何形塑青少年人格這一主題。1990年以來，隨著全球環境危機的日益惡化，以及生態批評和綠色文學近

年來在國外已成為一獨立的派別，環境文學和自然寫作逐漸受到重
視。兒童文學的研究也跟著開始「綠化」，批評家開始採用生態批
評的角度回溯自然與動物在兒童文學/青少年文學中如何被呈現與
解讀。就英美文學的歷史來看，自然在文學中的呈現，大致上，有
二極化的現象：一是十九世紀的浪漫主義自然觀，另一是社會達爾
文的進化觀。前者是人類想和自然合一的理想性投射，後者是人類
對不可知力量的恐懼，以及人類對自己有權去征服自然的合理化。
英國浪漫主義詩人布雷克（William Blake）與華茲華斯（William
Wordsworth）都在詩歌中採用孩童為詩的引言人或主角，以對照成
人世界的腐化。華茲華斯在他的〈不朽頌〉（"Ode: Intimations of
Immortality"）中，悵然地仰贊孩童時期天生的稟賦，能感受自然
奇蹟。長大到青少年的我們，這樣的能力尚未褪去，依然是自然的
牧師（"Nature's Priest"）（1541）。所以孩童在浪漫詩中，經常是
田園淨土中不可分割的一部份。與之相反的對比畫面是成年人，
在都市的污穢中，因為必須苟活，逐漸失去靈視之光（visionary
gleam），日益墮落。大致上說來，在浪漫主義的思潮下，兒童與
自然是合一的；自然扮演的角色經常是理想化的場景，少年在其中
能解放自我，擺脫成人的控制，恣意品嚐遨遊與歷險的刺激。法蘭
西絲・伯奈特（Frances Burnett）的《秘密花園》（*The Secret Gar-
den*, 1911），其內容與書名，都是十九世紀浪漫文學傳統的象徵與
發揚。

　　《秘密花園》中孩子的成長就跟植物一樣，所以批評家金凱
德（James Kincaid）用了「孩童植物性」（child botanical）一詞說
明了我們傳承自維多利亞文學，有關童年的主要修辭。花園是一個
結合家居與荒野的戶外空間，這樣的花園不僅具有聖經伊甸園的寓
意，裡面有永生之樹，可讓人獲得新生，花園也是孩子的純真終究
會開花結果的有機象徵。《秘密花園》的主角瑪莉無意中發現一個

關閉了10年的秘密花園，後來又發現因為舅媽難產去世，生下來就被父親幾乎遺棄的病弱孩子哥林。這座花園的關閉、遺棄與逐漸重生，也跟瑪莉與哥林的成長相互呼應。孩子世界的改變與秘密花園的綠色奇蹟的開展相互穿插。最後，不再孤僻的瑪莉，與恢復了走路能力、不再駝背的哥林，在開滿絢麗花朵的花叢中，奔跑跳躍。這樣的「花園的田園式」（garden pastoral）意象方便營造一個世俗的烏托邦——這個非政治的空間，被完善地保護不受複雜的社會所污染（Dobrin & Kidd 6）。

　　浪漫時期對自然的態度，過於簡單與理想化。花園和大眾公園的場景是人為空間，可供栽種完美的自然，提供我們逃離工業化與文明化的邪惡；其中的衝突當然不缺人類的自私殘酷如何毀壞這理想化的自然界。經過二十世紀的發展，自然在兒童文學裡的呈現，隨著我們對自然科學知識的增加，越來越「寫實」了，不再是荒誕的幻覺或奇想。根據豁頓與羅傑（Tara Holton and Tim Rogers）對為教育兒童自然知識的加拿大《貓頭鷹雜誌》（*Owl Magazine*）所做的觀察，編輯表現關愛、和諧與平衡的主題的手法，數十年來，漸次減低對擬人化或萬物神格化的運用。科學的透視與客觀的報導逐漸加重，並且有穩定的比例。到了二十一世紀的今天，隨著生態科學與哲學理論的發展（例如有名的蓋婭理論，證明地球像個古老的女神一樣，是個活生生的有機體），對自然界的表現手法，又開始增加靈性的、神秘不可知的，以及超自然的手法與修辭（151-60）。

　　本論文將以生態批評的觀點，重新解讀《少年Pi的奇幻漂流》對文學的貢獻。就筆者看來，《少年Pi的奇幻漂流》的寫作策略筆法，活用了由浪漫時期到後現代的文學筆法。與眾不同的是，作者馬泰爾跳脫擬人化的窠臼，不以人的觀點扭曲和過度詮釋動物和大自然的聲音。在本小說中自然的主體性是不能被僭越的，它的主體

性是被尊重的。核心故事以少年和自然界互動為主要情節，讓自然以無所不在的海洋與隨侍在側、亦敵亦友的老虎等寫實的主體出現，參與少年的成長過程。這是另類的成長小說，重塑動物和自然界在成長文學中的角色。

二、由花園到動物園

第一部〈多倫多與朋迪檞里〉一開始，以桑滄的口吻，回憶著「那段苦難的時光……多虧學術的研究和穩定的宗教信仰才讓我慢慢恢復了正常生活。……我挑選樹獺當主題是因為牠的舉止安詳寧靜，行為內省，很可以撫平我殘破的自我」（20）。Pi，因為海上船難，失去父母家人，被迫獨自求生。這段恐怖經歷讓他的浪漫童年嘎然終止，也成了他不得不長大的「成年禮」。Pi回憶如何藉由宗教與動物的探索，醫治這個創傷。有神論、無神論、不可知論的各種聲音，其實更凸顯了他的生物老師提徐・庫瑪，採取「動物園是我的廟宇」這樣近似於自然神論的看法。

第一部〈多倫多與朋迪檞里〉，大致上來說，引領讓讀者回到了十九世紀的花園浪漫與童真的文學印象，其中寫實的動物觀察，以及宗教的形上論述，不時地交錯，把讀者由少年的Pi拉回到成年的Pi。少年Pi成長的動物園鎮在主角的記憶下，是個結合馴養與荒野的戶外空間：

> ……想像一下，一個濕熱的地方，陽光充足，色彩明亮。百花怒放，爭奇鬥豔。有很多樹木、灌木和蒼翠碧綠的爬藤，包括菩提樹、鳳凰木、森林火焰、紅絲棉、藍花楹、芒果、波羅蜜等等植物，還有很多陌生的樹種，若不是有牌子說明，你看到了也可能不認識。園區裡有座椅，有人在座椅上睡覺，有

的伸展手腳，有情人坐在一起，年輕的情侶羞怯的偷瞧對方，四隻手在空中，不期然碰著了。走著走著，突然在高大瘦挺的樹稍間，你發現有長頸鹿在默默觀察你。你嚇了一跳，不過這不會是最後一個意外。下一刻一大群猴子叫囂喧鬧的聲音又讓你吃了一驚，然後你聽見陌生鳥類的尖銳叫聲蓋過了猴子的吵鬧。接著你走到旋轉柵門前，漫不經心地付了一點錢，繼續向前走，看見一道矮牆。你說牆後面會有什麼動物呢？該不會是一個淺坑養了兩頭雄壯的印度犀牛吧？還竟然真的說中了。等你轉過頭，你會看見一頭大象，大到你以為又是一堵牆。池塘裡有河馬在泅水。越仔細看，看見的就愈多。這才恍然大悟你進了動物園鎮了！（29）

　　這個動物園的創始人是Pi的父親，對孩童Pi來講，「動物園是地上的天堂」。上面的引言描繪了花木扶梳的燦爛之中，人可以愜意地停留或行走，這裡的動物也不怕人，過得自由自在。一路讀來，還真有身在伊甸園的錯覺。

　　Pi，身為在法屬印度長大的印度裔，後來又移居加拿大，他的故事敘述風格將後現代性的多元、跨界與交雜性徹底的發揮。單就動物園鎮的呈現來說，這部作品把「環境」當成散漫言說的構成物，其中的「事實」到底有幾分，要看它如何被寫下、被描述、被提及或被思考。作者在小說當中點綴以斜體字標出的「真正的」Pi回憶，隨後還加上作者的附註，闡明轉載者自己懷疑Pi的故事是有選擇性的轉換，甚至扭曲真實，以利凸顯其中的精髓。朋迪榭里，這個曾被法國殖民的城市，是一個充滿爭論的空間。不僅大人們的宗教信仰在彼此競爭，連人為管控的動物園裡，也爭辯著社會生存的實際問題。Pi的父親帕帖爾就把他動物園管理的那一套用來教訓小孩。他要少年Pi看著一隻老虎吞掉一隻活生生的羊，以破除小孩

子把籠子裡的動物看成寵物的天真幻想。

　　Pi回憶中的童年成長置入了許多成人Pi在大學攻讀的動物學專業見解。Pi反駁動物園是「窄小的監獄」，會剝奪動物自由的說法（32）。他也不認為「野生動物的生活單純高貴，而且意義深遠」（32）。這些與「常識」相反的見解使閱讀本身充滿新鮮趣味。在一連串的敘述建立起讀者對動物園的「情感」後，他對動物園的管理與動物習性的詳細解剖，開始帶出Pi以動物園的觀點對現代都市所做的沈思與批判。間接反映其中的是我們現代人被壓抑的環境潛意識：動物園代表了人類對危險的野蠻本能的控制與壓抑；動物園也是人類把自己升高一等，把動物商品化為低等的他者的活生生見證。Pi毫不留情地細數動物園的動物如何死於遊客不當的餵食、下毒與刻意的虐待。又說，如果要標出動物園中最危險的動物，那就是人（45）。這一大串的抱怨，最後收尾在一個相當趣味的象徵場景：

　　　　我從切身的慘痛經驗得知爸爸相信還有一種動物比人類更危險，這種動物隨處可見，每一塊大陸都有，每一個棲息地都見得著，那就是可敬可畏的物種Animalus anthropomorphicus，也就是用人類的眼光所看見的動物。我們大家都見過，或許還養過。這種動物『可愛』、『友善』、『貼心』、『忠實』、『愉快』、『馴良』，每一家玩具店、每一座兒童動物園都見得到。無數的故事裡提到過。這種動物襯托出其他動物有多『邪惡』、多『嗜血』、多『墮落』，所以我上面提到的神經病，就把滿腔的憤怒用枴杖、雨傘發洩出來。不管是哪一種狀況，我們既是看到那個動物，也是看到一面鏡子。人類總是把自己放在一切的中心，這就是萬事的禍根，無論是神學上或動物學上皆然。……（47）

　　動物園鎮表面的浪漫底下是長期累積的文明陰影，也是人把「自己放在一切的中心」，與動物逐漸疏離並加以物化的過程。上面的引言直接宣告：比個人殘酷行為更有傷害力的是人類對動物的誤解。動物本身並不可怕，可怕的是被人類理想化的、被妖魔化的、被誤解並受到虐待後的動物，才成了真正的危險。

　　少年Pi自小熟悉多種動物明星的個別習性，不過，令他終生揮之不去的刻骨記憶，是理查‧帕克這隻成年的孟加拉虎在他的靈魂裡刻下的。「動物的真正本性是什麼呢？」──這個問題Pi從來沒直接問過。後來的奇遇，把這個答案在極其荒謬的情境中，在生死的關頭，赤裸裸地丟到他的面前：

> 　　他的動作太快了，已經按住船邊上了船。
> 　　『我的老天爺啊！』
> 　　……我的救生艇上來了一隻濕淋淋、全身顫抖、灌飽了海水、上氣不接下氣、咳嗽連連的三歲大孟加拉虎。理查‧帕克搖搖晃晃的在防水布上站起來，雙眼炯炯有神盯著我，兩耳平貼在腦後，蓄勢待發。牠的頭跟救生圈一樣大，一個顏色，差別在長著利齒。
> 　　我向後轉，從斑馬身上踩過去，一頭跳進海裡。（114）

　　成年的Pi指出：「動物就是動物，本質上以及實際上都跟我們不同，這就是我學到的教訓，而且還不止一次，而是兩次，一次是我父親教我的，另一次是跟理查‧帕克學到的」（47）。小說的第一部主題是Pi在動物園鎮的成長歲月，敘述中溢滿了關於動物的習性與動物園管理知識的調查研究。動物園的動物是被馴養的、被研究的對象，在人類的文明世界，他們是被隔開的、可以被忽略的存

在。到了第二部，動物出籠了，人們畫出的界線崩跌了，Pi必須由零開始，逼不得已，跟一隻飄洋過海的老虎建立矛盾的親密關係。

三、由陸地到海洋

　　……救生艇的船殼也吸引海洋生物，附著了很多小型鵝頸藤壺。我吸飲藤壺的汁液，藤壺肉則拿來做釣餌。

　　縱使木筏因為這些海中的搭便車客變得比較重，我卻對牠們產生了感情，牠們就跟理查·帕克一樣，讓我分心。我常常好幾個鐘頭什麼也不做，只是側躺著，把救生衣推開幾吋，彷彿拉開了窗簾，以便有清楚的視線。我看見了一個上下顛倒的小城鎮，靜謐祥和，裡頭的居民溫文爾雅。這景象對我衰弱緊張的神經來說是莫大的鬆弛。（206）

　　『太平洋是一片很遼闊的海洋，來往船隻都行色匆匆。我走得比較慢，看得比較多。』（302）

　　地球面積的百分之七十是海洋，百分之三十是陸地。生命的進化可能起源於海洋，之後才慢慢上岸。人類在物種的演化鍊上，後來居上，定居於陸地，佔地為王。我們遂行所願，更動地貌，由獵人變農夫，把蠻荒變田園，又把自然帶入居住的空間，有了花園、公園、動物園的設計。在地上容易尋得我們所要的，我們也引以為傲，可為後代留下足供憑弔的足跡。Pi對朋迪榭里的回述正是他對年少的美好時光，也是對殖民時期在地景留下的歷史，滿懷鄉愁的思念。到了海上後，Pi被拋擲入這個人類無法刻下足跡的最後荒野。第二部〈太平洋〉的一開場，船就沈了，所有的東西泡水，彷彿回歸母親的子宮，一切歸零。

　　Pi這一場長達227天的隨波逐流，只有一個目的：仰賴大自然

的資源，同時面對大自然的嚴苛、跟隨大自然的步調，努力存活。
與《魯賓遜漂流記》截然不同的差別在於魯賓遜的真正冒險地是荒
島，而Pi的歷險是他每天在海上漂流的掙扎實錄。呼吸、喝水、飲
食、釣魚、吃魚、海流風向的變化、日出、月昇、天晴與天雨，都
被強烈的體驗著，加倍的放大。這一場如「世紀末」滅絕的大災
難，對Pi而言的意義，是身心靈全部投入與自然力對話的大啟蒙。
作者對漂流記一點一滴的鋪陳，幾乎佔用全書的三分之二，如此冗
長的篇幅，是想達成何種效果呢？筆者認為其價值與魅力，不只是
海洋自然科學的蒐集，被轉化為趣味的想像畫面與高潮迭起的海上
戲劇而已。這部漂流記，除了側指現代人與海洋疏離的事實外，更
直指當今的文明生活讓兒童與成人的身心，都受到壓抑的事實。生
態危機的病根之一是因為身心的污染與鈍化，造成敏感度下降，對
自然的韻律，聽而不聞，對物種的消失，無能為力；更糟的是，對
自己與他者的苦痛，無動於衷。文學的功用正是透過敘述，刺激想
像，找回對自己的身心與對外在環境的熱情。Pi的海上漂流正想藉
由文字的堆砌，寫實地模擬出令人生畏的生態體驗。這場體驗的饗
宴（the feast of experience），如何宏偉燦爛的刻骨銘心，可借用羅
狄（Audre Lorde）對erotic這個字的重新詮釋來說明：

> "erotic" 經常被男人誤用來反對女人。此字已被貶成混
> 亂的、卑微的、病態的、僵化的刺激。也因為這樣，我們反
> 倒不去探索「愛欲」（erotic）背後力量的泉源與知識，把它
> 跟色情（pornographic）搞混了。pornography是對「愛欲」
> （erotic）力量直接的否定，因為pornography代表對真正感情
> 的壓抑。色情強調的是沒有感情的刺激。（qtd. in William 29）

威廉斯（Terry Tempest Williams）提出「人類建構了文化來馴

服我們真正的愛欲本性」（28）。面對這個抗拒我們實際參與的假造世界，我們被誘惑了，我們屈服了，以為在自然中我們唯一的位置是當個觀察者，躲在相機後面或車窗後面（28）。威廉疑惑的提問：

> ……是這樣的嗎？我們最害怕的其實是我們有能力去感受（the ability to feel），因此故意在象徵上、在肉體上，剷除任何美麗的、細緻的、敢挑起自我去思考、去開創的東西？這個愛欲的世界是無聲的，已被簡化成一堆可以被導覽、被控制的收藏品，不管那是瓶子、女人或是荒野。我們的生活成了色情迷惑的場所，天天在其中交配，但靈魂並沒有涉入。（29-30）

威廉斯強調，真正「愛欲的」（erotic）體驗是當心智、靈魂和肉體都完全涉入的那個時刻。「對一個地方的愛欲，就是去體認我們內心那股想與地方交流的深切飢渴」（27-28）。在地上，人們經常由遠處來衡量自然風光。然而到了海上，美的質素活生生地環繞四周，直接衝撞身體，因為人的身體就是自然的一部份，這就是所謂的美感的立即性（the aesthetics of immediacy）（Ong 255-83）。以Pi為例，他的觀看經驗可不是在地上由遠處欣賞「藝術作品」，而是每分、每秒、每一日的「親陷其中」。Pi日以繼夜，沈浸在海洋的氣味中，親眼見識海洋的龐雜多樣，以各種姿態、音調、色澤，在周遭盡情地展現：

> 我聽見潑水聲，低下頭一看，驚訝得張大了嘴。我以為自己是一個人。……所以這陣騷動是怎麼回事？
> 只瞄了一眼我就發現海洋是一座大都市。就在我腳

下，……水裡漂浮著幾百萬隻亮晶晶的浮游生物，海面也跟著閃閃發亮。魚群就像卡車、巴士、轎車、腳踏車、行人，瘋狂來去，顯然彼此互按喇叭，高聲叫罵。最醒目的顏色是綠色。就我目力所及，我看見好幾串發著燐光的綠色水泡從不同的深度向上冒，是魚加速留下的痕跡。……鯕鰍矯健的游過，炫耀身上的金藍綠色，在木筏下梭巡的鯕鰍一定超過五十隻。其他我認不出的魚有黃色、棕色、銀色、藍色、紅色、粉紅色、綠色、白色、各式各樣的魚類混雜在一起，每一條都很強健、很流線型，都閃閃發光。只有鯊魚才固執的守著一種顏色。……很多車子失去控制，亂翻亂滾，最後撞上了路障，噗嗤一聲破水而出，立刻又落入海裡，濺起無數水花，散發出紅光。……這一幕實在叫人嘆為觀止，又敬又畏。（185）

　　整整五天，Pi不得休息地奮戰存活。這一景讓他「第一次感受到某種平靜。我辛苦賺來的，受之無愧的、合情合理的希望之火在我心底冒出了小小的火苗。我沈入了夢鄉」（186）。美的體驗之光震攝了他，也療癒了他。

　　如何在一艘救生艇上絞盡腦汁馴服野獸，忍受飢餓的極限考驗，更要時時祈求自然的慈悲恩賜，或在發怒的風暴後，讓他逃過一劫──這種種肉體與心靈的折磨，讓Pi跌入黑暗的谷底，也使他靈光乍現，體悟宇宙的神秘，並開展生命的智慧：

　　夜裡我醒來一次，我把遮陽棚推開，看著外面。天上掛著一鉤分明的月牙，天空非常清澈，群星散發出強烈的星光，要說是『黑』夜實在不恰當。海洋靜靜的延伸，沐浴在羞澀、躡手躡腳的光線中，我的四周只見一片舞動的黑色和銀色。世界的容量很叫人惶恐──我頭上的容量，我四周腳下水的容量。

我半是感動，半是驚駭。我感覺像智者馬康達亞趁毘濕奴醒來了，又把他含入口中。我第一次注意到我的苦難發生在非常宏偉的地點──在我往後的磨難中，在前一個痛楚與後一個痛楚之間，我也會反覆注意到這一點。我這才看出我的苦難事實上既有限又微不足道，但我鎮靜無聲。我發現我的苦難哪裡都不合適。我能接受這疑點，沒關係。（白天我才會想到要大聲抗議：『不！不！不！有關係，有關係。我要活下去！我把自己的生命和宇宙的生命混在一起是身不由己！生命是一個窺視孔，進入無限寬闊的一個小入口──我怎麼可能有辦法超越這種短暫褊狹的視線？我有的就只有這個窺視孔啊！』）我喃喃唸著回教祈禱文，又回頭睡覺。（186-87）

　　他的存在就是海洋的一部份，是自然的一部份，也是生死輪轉的神劇的一個小環節。他的痛苦是造物的神奇開顯，是無限的大，同時又無限的小。這是Pi用他的生命換來的聖顯（epiphany）。

　　宗教是貫穿全書的主旋律──「這個故事真的會讓你相信上帝存在」──這樣的話重複不止一次（16；18）。十四歲的Pi開放地學習不同的宗教──印度教、基督教與回教──在艱難的時刻，宗教的思維幫他把一切視為上帝的示現，謙卑地接受眼前的黑暗。海上的劫難把Pi的生命體驗推到極限，自然的洗禮與「人獸共生」的奇蹟，讓他在這一場驚天動地的「愛欲」之旅中，體驗到什麼是神。

四、動物讓我們成為人

　　……下一刻我親愛的兄弟就在我面前尖叫，叫聲之淒厲我從未聽過。然後他放開了我。

　　　　這是理查‧帕克的可怕代價。牠放過了一條命，我自己的
　　命，卻是用另一條命換來的。牠把那人身上的肉都撕扯開，咬
　　碎了他的骨頭。血腥味撲鼻而來，我心裡有個地方死了，一直
　　都沒能再活。（264）

　　上述的段落是少年Pi在餓到瀕臨彌留的昏睡狀態，在夢境意識
中，把老虎擬人化的胡亂對答。這一段是瞎編出來的，滿足聽眾認
為老虎吃人是可以被接受的「常識」。若跟人說：這隻老虎自小在
動物園長大沒吃過人，到了船上，和他獨處227天，卻讓他活命，
這樣的「實話」只會被人斥為「神智不清的幻想」。

　　老虎在這本小說中的形象是相當寫實的。作者的才情是將一
隻動物園的老虎，在大海漂流場景的烘托下，賦予了神話與宗教的
意涵。老虎的力量與優雅，自古以來，被印度人所稱頌，所以也是
國獸，代表了「勇氣」「獨立」「無畏」的英雄特質。以榮格原型
心理學的術語來看，老虎是人類的「陰影」，扮演了「朋友」「敵
人」與「嚮導」的角色。在第一部，有關動物園的調查研究與宗教
的論述，營造了「動物與神性」的模糊界線。上動物園如上教堂的
經驗，在第二部〈太平洋〉中，繼續加溫到沸騰。經過一連串大自
然威脅、人獸如何共處、競爭的科學模擬推論與戲劇性地展演，故
事中的孟加拉虎角色與具體形象越加栩栩如生。文學史上，有關老
虎的文學意象最著名的，當屬英國浪漫詩人布雷克（Blake）的名
作〈老虎〉（"The Tyger"）：

　　　　Tyger! Tyger! burning bright
　　　　In the forests of the night,
　　　　What immortal hand or eye
　　　　Could frame thy fearful symmetry?

……　　　　　　　　（Blake 1420）

　　布雷克驚嘆於老虎攝人的眼睛如黑暗森林中的沸騰火光，還有牠的手腳與身軀散發出的驚怖美感，讓人好奇這令人敬畏的神蹟是出自誰手？《少年Pi的奇幻漂流》在海洋生態環境的包圍之下，把這個可怖的「神蹟」具象化。第二部〈太平洋〉的一開始就重演「鐵達尼號」的沈船滅頂。所有的東西都在海裡一同沈浮，拼命喘氣抓著救生圈、擠上救生艇的，除了人之外，竟然是動物。一幕幕的海上驚魂，就像是「世紀末」滅絕夢魘的誇張動畫。到了海上，陸地的文明、階級、次序全部失根。在朋迪榭里，人跟動物一樣都是被餵養的，不需費力取得食物。一到了海上，Pi就必須自力求生，被迫快速由現代文明轉換到原始的生存樣態。本來是素食的印度教信徒的他也不得不殺生以求活命。正所謂「不可知論者缺乏想像力，錯失了更精彩的故事」（79），宗教的想像力幫助Pi把魚看成上帝的禮物，看成毘濕奴的化身。他在物盡援絕的末路徘徊時，自我提升地把一切「神化」：

　　我會碰觸用破襯衫做成的頭巾，大聲說：『這是上帝的帽子！』
　　我會拍拍褲子，大聲說：『這是上帝的！』
　　我會指著救生艇，大聲說：『這是上帝的方舟！』
　　我會攤開雙手，大聲說：『這是上帝遼闊的天地！』
　　我會指著天空，大聲說：『這是上帝的耳朵！』
　　藉由這種方式我可以提醒自己造物主的存在，以及我在其中的位置。（216）

　　極度的苦難造就極度的謙卑；人的盡頭就是神的開頭。在

茫然大海中，Pi領悟到「我的苦難事實上既有限又微不足道」（186），生死只有一線之隔，都是上帝的恩賜。因此隨時都可以無畏地死去，回到神的國度，何必半死不活、如此辛苦地抓著這口氣不放呢？Pi還拼命地活著，是因為同行的老虎也在受著同樣的苦，可是牠並沒有出言抱怨，只是在一旁呼吸著，活出牠的本色，展現生命之美。

植物通常只是陪襯的背景，固定在原地，靜悄悄，不會出聲喊痛；動物跟人一樣，有眼睛、有神情、會成長、有病痛、會出聲表現多種情緒。動物又因為有採集食物或獵捕的需要，所以與人的關係會有衝突。這本小說與眾不同的特點之一是生存本能並沒有導致大男孩Pi與大老虎的「勢不兩立」。Pi跟老虎的關係逐漸遞變的過程，正好展現一句頗富生態哲學的日常諺語──「活著，也讓〔他者〕活著」（live and let live）。Pi大可以使用他的「馴虎」智慧，取了老虎的命，不用活在被吃的恐懼中；然而在求生的過程，他對老虎的觀察──每個喘息、怒吼、表情的變化、步伐的進退、臀部背部的紋路、舔水的聲音、暈船的樣子──比對一個人的所有一切，更為熟悉與親近。老虎不會人語，只是以牠的本能方式對Pi的喜怒哀樂有所回應：

　　理查‧帕克坐了起來，從舷緣看去只看見牠的腦袋和一點點肩膀。牠向外看。我大喊：『嗨，理查‧帕克！』還朝牠揮手。牠注視我，不知是哼了一聲還是打了個噴嚏，不對，這兩種說法都不準確，應該是噴音才對。這隻生物真是了不起，丰采是那麼的高雅，不愧是皇家孟加拉虎。我覺得從某方面來說我的運氣還不壞。要是我不是和理查‧帕克困在一起，而是什麼看起來又蠢又醜的生物，比方說貘、鴕鳥、一群火雞，那從某方面來說恐怕會叫人更加難以忍受。（184）

……牠成了瞌睡蟲，大部分時間他都在防水布下休息，只有……陽光不很強烈的白天和風平浪靜的晚上會出現。牠最喜歡的位置是船尾座椅，他會側躺下來，……如此狹窄的地方要躺下一頭老虎很不容易，但牠做到了，牠把背彎成圓圓的。他真的在睡覺的話，就會把頭貼在前腿上，可是如果心情比較浮動，就會選擇睜開眼睛四處觀望，轉過頭，下巴靠在船舷上。

牠另外還有一個最喜歡的位置，那就是背對著我而坐，後半身貼著船底，前半身趴在座位上，臉埋入船尾，前爪就在頭兩側，看來像是我們在玩捉迷藏，牠正在當鬼從一數到十。每次牠擺出這種姿勢總是動也不動，偶爾耳朵會抽動，表示牠未必在睡覺。（207）

老虎本身的存在就有其特有的力與美。老虎是旅程中可以跟Pi互動的唯一伴侶，也是跟他共患難的盟友，長期相處後，自然而然產生了感情，讓Pi把牠當親人一樣地照顧，後來Pi還說出：「我真的愛你，真的，理查‧帕克。……別灰心，……我會讓你回到陸地的，我保證，我保證」（241）。Pi心知肚明，沒有這隻老虎，他將會「孤苦無依的死去」（241）；正因為有老虎活生生的存在、威脅與互動，一直刺激Pi發揮「智人」的才智、本性與愛，才讓他不斷地奮力求生下去。

在奇幻的冒險故事中，野性的世界時常被妖魔化為英雄必須征服以建立更高自我的危險場域。與此並行的文學想像，還有開天闢地的拓荒英雄的功績，是把荒野馴服成「井然有序」的文明之地。兒童文學中動物的出現，在許多故事裡，也經常是消失的所指（absent referents）──牠們作為「你」的存在經常被作者的意識型態所移除或宰制了（Donovan 161-84）。《少年Pi的奇幻漂流》卻另闢蹊徑。儘管老虎被冠上一個正式的人名，理查‧帕克，作者

拋開擬人化的傳統文學手法，試著超越「人與自然」隔離的悲觀現實，讓人獸比鄰而居，相安無事。理查‧帕克是個既嚇人又會攪局，展現老虎本性的真老虎。牠發出的各種聲音與表情、抓魚、吃魚、鬥魚的模樣、暈船、餓昏、泡水的狼狽，甚至欣賞星辰、海天的莫測高深——都在Pi的眼下，被欣賞與記錄。有關老虎的鉅細靡遺的描繪，充分演譯了布雷克的〈老虎〉短詩企圖歌頌的「神品」究竟是什麼？Pi觀察牠、誘導牠、馴養他，但沒有貶抑牠，結果反倒是靈活地再現了老虎的「野獸」形象，讓理查‧帕克成為貨真價實的動物主角。

　　獲救後的Pi，重述了他與理查‧帕克的一起存活的過程，但並不為日本運輸省海事部人員所接受：

　　　　『喔，拜託，不要再提老虎了。』
　　　　……
　　　　『你們要的故事裡面沒有動物。』
　　　　『對了！』
　　　　『沒有老虎，沒有紅毛猩猩。』
　　　　『沒錯』
　　　　『沒有鬣狗，沒有斑馬。』
　　　　『什麼都沒有。』
　　　　『沒有狐獴或是獴。』
　　　　『我們一樣也不要。』
　　　　『沒有長頸鹿，沒有河馬。』
　　　　『我們會洗耳恭聽。』
　　　　『原來我猜對了，你們要一篇沒有動物的故事。』
　　　　……（314）

　　兩位調查人員的質疑，是可預期的反應。早就被人類排除在生活圈外的動物，出現的方式只可能會在籠子裡或電視上。Pi與老虎共乘小船的漂流記，在一般人耳裡，聽來當然又是一則「天方夜譚」。不過，這「天方夜譚」之所以引人入勝，是因為其中「駭人聽聞」的發展合乎邏輯，溢滿科學的指引與寫實的細節，毫不違反猛獸與人可以各自畫界、互不侵犯的常理。

　　大男孩Pi以他習得的動物管理知識，成功地馴服了老虎，讓牠在界線中，依賴他，安然地存活。理查‧帕克只是單純依牠的動物本性而活，倒是Pi這位大孩子在牠身上投射出複雜的情緒——敵人、對手、同伴、家人、活著的本能、死亡的威脅、真正的救贖——老虎與男孩的矛盾關係展現了人與動物之間某種難以言說的神秘連結。只有上帝知道Pi和他的老虎真的能一起躺下，建立相互依存的人獸關係。

　　不管這樣的關係，意在刺激「智人」發揮以智力馴服野蠻的自信，或者引發存在於人與動物之間奇妙之愛的自然流出，少年Pi因此而成年了，蛻變成了具有膽識、勇氣、有能力去愛的「人中之虎」。

五、結局的意義

　　少年兒童是人類尚未被完全社會化的時期，因此常被作家用為主角，來鋪陳人和自然互動的戲劇。只不過，這一類作品經常被歸入為不切實際的幻想文學。《少年Pi的奇幻漂流》以少年的角度去探討不同宗教信仰的差異，在涉及人與動物的矛盾時，少年Pi看到的不只是對立和隔離造成的悲劇；在危難中，他神奇地營造出了「他者與我」能超越異同，相生相伴的可能願景。但是透過成人Pi的回憶書寫，這樣的願景，似乎在其敘述的一波三折中，自我瓦解

了？

　　海上漂流的故事完畢後，Pi 應日本「聽眾的要求」，即席擬了另一個版本，把裡面的動物都換成人。但這個新故事也沒能解釋貨船沈沒的原因，不被接受為「真相」。雙方對「真相」與「故事」的看法，差距頗大：

　　　岡本先生：『可是我們是來調查的，所以我們想知道事情真相究竟是怎麼回事。』
　　　『事情的真相？』
　　　『對。』
　　　『原來你們要聽別的故事？』
　　　『呃……並不是。我們想知道真相。』
　　　『不管是什麼，只要說出口不就成了故事？』
　　　『呃……也許英語是這樣，可是在日語來說，故事裡總有創造的成分。我們不要聽創造的部分，我們要的是「清清楚楚的事實」。』
　　　『但是只要說出口，只要用上了語言，不管英語還是日語，不就已經有點創造的味道了嗎？光是觀察這個世界不就也是一種創造嗎？』
　　　『呃……』
　　　『世界並不是表面那個樣子，而是看我們如何去理解，不是嗎？在理解某樣東西的同時，我們也賦予了那樣東西一些意義，不對嗎？那人生不也就是一篇故事？』（312-13）
　　　『哈！哈！哈！』帕帖爾先生，你真的非常聰明。』
　　　千葉先生：『他到底在說什麼？』
　　　『我一句也聽不懂。』（312-13）

作者馬泰爾，藉由以上的對話，呼應了「後設小說」的寫作方式——在敘述進行中，掀開故事建構的過程，清楚表明「故事」就是一種創造。所謂「真相」與「故事」一樣，一旦經過了符號的傳輸，其中虛實的判定，就靠讀者的想像了，作者無權干預。

　　《少年Pi》的一開場，馬泰爾安排讓書中的作者大膽揭露「成書的過程」。《少年Pi》的敘述結構也採用「層層引述」的框架（frame narrative），刻意降低敘述的霸權，讓主角本人以第一人稱，自說自話——至於「可置信或不可置信」的選擇權，完全留給讀者。Pi最後向日本代表提出的一個請求（這應該也是作者向讀者的請求）：

　　　『那麼請告訴我，既然……你們也證明不了孰是孰非，你們是喜歡哪一個故事？哪一個故事比較精采，有動物的還是沒有動物的？』

　　　岡本先生：『這個問題倒很有意思……』

　　　千葉先生：『有動物的。』岡本先生：『對。有動物的比較精采。』

　　　派・帕帖爾：『謝謝。老天終究是有眼睛的（And so it goes with God）。』

　　　（沈默）

　　　岡本先生：『不客氣。』

　　　千葉先生：『他剛才說什麼？』

　　　岡本先生：『我不知道。』

　　　千葉先生：『喔，糟了——他在哭。』

　　　（長長的靜默）

　　　岡本先生：『我們開車的時候會很小心，我們可不想碰到理查・帕克。』

　　派‧帕帖爾：『別擔心，碰不上的。牠躲在你們永遠也找
不到的地方。』（330-31）

　　全書的最後一段評語再次強調：「本調查員之經驗中未曾見過
可與他的故事比擬的船難史。鮮少有海上漂流者可以如帕帖爾先生
堅持那麼長的時間，也從未有一人是與一頭成年的孟加拉虎同船」
（334）。「人與虎同船」這樣的故事太奇幻、太難以置信了，然
而這也是閱讀此書最大的樂趣：「在完全不該信任敘述的地方，我
們卻被小說帶得暫時背棄常識，也要繼續捧讀……讓完全不可信的
故事從頭到尾閃現使人不得不信的靈光……」（楊照 12）。

　　對此小說種種精心編排的稱許──多層的敘述架構，對小說真
實性的「自我懷疑」，以及令人目不暇給的創意劇情，頗富趣味的
宗教哲理與動物學的鋪陳──這些都是對此書的表層解讀。我們更
深的感動，是在閱讀的餘韻中，來自底層的深刻意義散發出的能量
與滿足──也就是所謂「從頭到尾閃現的使人不得不信的靈光」。
這個靈光，可回溯浪漫詩人對孩童的另眼相看與自然神論（de-
ism）的精神取向。讀者知道選用少年跟動物當主角的安排，非常
卡通化，劇情也不可能是「真的」。但敘述的鋪陳如此的寫實，細
節如此的合理，兩者滿足我們潛意識裡，想透過「虛構」來讓這個
「不可能的夢」能夠有「成真」的希望。

　　第二部的〈太平洋〉，是本小說的核心故事，也是少年Pi與自
然力的互動過程的全記錄。無所不在的海洋，與環伺在側、亦敵亦
友的老虎主體，沿路上不斷地示現各種變化與挑戰，讓少年在驚畏
中，謙卑地體認宇宙奧秘的深不可測，和人的脆弱渺小。雖然上
岸後，理查‧帕克頭也不回地走了，從此消失，但牠已嵌入Pi的靈
魂，不時在Pi的惡夢中出現，「驚駭中依然帶著愛意」（23）。

　　理查‧帕克與浩瀚兇險的太平洋，都代表著苦與樂、生與死的

兩極拉扯，才造就了生命的張力。也因為如此，我們才能體驗「我與他者」之間的愛。這樣的刻骨銘心的經歷，即便是虛構的，我們依舊受到吸引。小說的魅力，究其根本，就在於每個人的意識或無意識中，都渴望經歷愛默生（Emerson）在《論自然》（*Nature*）中所描繪的神秘經驗：「所有平庸的自我主義消失了。我變成了透明的眼球，我無足輕重，我看到了一切，宇宙浪潮環繞著我，流經我的生命，我是上帝的一部份……」（6）。

這樣的渴望，在我們的靈魂深處，最終濃縮成一幅「少年與老虎，共乘桴，浮於海」的經典畫面。這個畫面，在2012年，已透過電影的發行，傳遍了全世界（李安）。

📖 引用書目

李安導演。《少年Pi的奇幻漂流》。臺北：德利影視，2013。DVD。

沙林傑。《麥田捕手》。吳友詩譯。臺北：水牛出版社，1979。

楊・馬泰爾。《少年Pi的奇幻漂流》。趙丕慧譯。臺北：皇冠出版社，2004。

楊照。〈海洋：人與神的曖昧交會處〉。《少年Pi的奇幻漂流》。趙丕慧譯。臺北：皇冠出版社，2004。8-12。

Blake, William. "The Tyger." *The Norton Anthology of English Literature*. Eighth Edition. The Major Authors. Ed. Stephen Greenblatt. New York: Norton, 2006. 1420. Print.

Burnett, Frances Hodgson. *The Secret Garden*. London: Penguin Books, 1995. Print.

Defoe, Daniel. *Robinson Crusoe*. New York: Holt, Rinehart and Winston, 1961. Print.

Dobrin, Sidney I., and Kenneth B. Kidd. "Into the Wild." *Wild Things*. Ed. Sidney I. Dobrin and Kenneth B. Kidd. Detroit: Wayne State UP, 2004. 1-15. Print.

Donovan, Josephine. "Ecofeminist Literary Criticism: Reading *The Orange*." *Hypatia* 11.2 (1996): 161-84. Print.

Emerson, R. *Ralph Waldo Emerson: Selected Prose and Poetry*. Ed. R. Cook. San Francisco: Rinehart, 1969. Print.

Holton, Tara L., and Tim B. Rogers. "The World around Them: The Changing Depiction of Nature in *Owl Magazine*." *Wild Things*. Ed. Sidney I. Dobrin and Kenneth B. Kidd. Detroit: Wayne State UP, 2004. 149-67. Print.

Kincaid, James. *Child-Loving: The Erotic Child and Victorian Culture*. New York: Routledge, 1992. Print.

Lessing, Doris. *Martha's Quest: A Novel*. New York: Harper Perennial Classics, 2001. Print.

Ong, Watler J. "Romantic Difference and the Poetics of Technology." *Rhetoric, Romance and Technology: Studies in the Interaction of Expression and Culture*. Ithaca: Cornell UP, 1971. 255-83. Print.

Williams, Terry Tempest. "The Erotic Landscape." *Literature and the Environment*. Ed. Lorraine Anderson, Scott Slovic & John P. O'Grady. New York: Addison-Wesley Longman, 1999. Print.

Wordsworth, William. "Ode: Intimations of Immortality." *The Norton Anthology of English Literature*. 8th ed. Stephen Greenblatt. New York: W. W. Norton & Company, 2006. 1538-43. Print.

3 生態女性主義

華梵大學外文系　張雅蘭

　　「生態女性主義」一詞是由法國女性主義者多芃（Francoise d'Eaubonne）在1974年《女性主義或毀滅》（*Le Feminisme ou La Mort: Feminism or Death*）一書中提出，她「召喚女性領導生態革命拯救地球」（Merchant, *Radical* 184），以重視女性與自然的關連。隨著女性主義和綠色抗爭運動（green movement），生態女性主義起源於1970年代早期（Mellor, *Encyclopedia* 349），並在1980年代後結合反核、反戰等議題，強調女性與自然一同被解放。

一、生態女性主義早期根源

　　生態女性主義的根源眾多，但可以概括分為與女性主義、環境正義運動的關係，以及生態女性主義的轉變。生態女性主義是結合理論和社會政治實踐的論述，綜合環境運動和女性主義的觀點審視環境災害問題。深植於北美和歐洲女性思潮以及草根性運動正是生態女性主義的基礎。雖然起源於歐美，生態女性主義卻企圖擺脫專屬白人女性運動的污名，強調其思想根源於現代女性主義以及草根性運動，並企圖造成「跨國現象」（Gaard and Gruen 173）。現代

女性主義可追溯至吳爾史東克拉芙特（Mary Wollstonecraft）與瑪麗·雪萊（Mary Shelley）這對母女的作品。吳爾史東克拉芙特常被認為是自由派女性主義者，她的書《為女權辯護》（*A Vindication of the Rights of Woman*）（1792）主張婦女不該只有順從和依賴的特性，應該被視為理性的人類，可以因為她們本身的才華和能力在教育和社會上獲得平等的機會和權利。雪萊在《最後一人》（*The Last Man*）（1826）不僅從浪漫主義時期的觀點也從女性主義的論點批評西方理性主義，她和她的母親是二十世紀後半葉生態女性主義論述的重要先驅者。[1]

生態女性主義也可以溯源至卡森（Rachel Carson）的作品。在「生態女性主義」一詞存在之前，評論家相信女性科學家（海洋生物學家）卡森啟迪生態女性主義運動，稱她為「生態女性主義的鼻祖」（Sturgeon，*Natures* 200 n.4）。《寂靜的春天》（1962）在環境論述中標誌著一個新的文學轉向，它是生態女性主義和環境正

---

1 雪萊的《科學怪人》（*Frankenstein*）（1818，1831）是英國著名的浪漫主義時期的小說，被認為是一種生態女性主義文本，因為它譴責殖民主義和批判以父權為主的現代科學對從北極到美洲的環境有破壞性的影響。如同馬婁（Christopher Marlowe）的《浮士德博士悲劇》（*Tragicall History of Dr. Faustus*）（1607）中的浮士德渴望擁有知識並不惜出賣靈魂與魔鬼交易，雪萊的科學家法根斯坦（Victor Frankenstein）渴求科學知識，創造怪物的野心與至北極征服探險的船長華爾頓（Robert Walton）的個人冒險在故事中平行對比。華爾頓遠征北極，希望超越人類以往的成就，抵達人類從未到達過的地方。另外，法根斯坦的好友克里華（Henry Clerval）在大學主修東方語言，以便日後準備完成帝國主義的創業。透過對法根斯坦、華爾頓和克里華毫無節制的野心的描寫，雪萊將帝國主義的雄心、地理大發現、現代科學的父權制平行對比。法根斯坦的科學追求和華爾頓的北極探險的受挫，代表男性計畫的失敗，這當中女性的主體和私領域都被犧牲。例如，女主角伊麗莎白（Elizabeth Lavenza）面對自負的科學家未婚夫的野心並對婚姻表現出脆弱和無奈。在荒廢破壞的籠罩下，法根斯坦的科學創作幾乎將他的家人全部趕盡殺絕，而華爾頓的探險隊也幾乎害死整組船員。

義運動的公因數，因為它改變了生態批評家從對「純樸自然」或「外於人類的自然」的關注，到對於「我們的合成環境」（Murray Bookchin的詞語）的注意。作為一名女科學家生活在一個男性主導的工業化和化學驅動的世界，卡森認為化學毒素被釋放到食物鏈和生活網絡中，經由這種方式進入人體，她的論點受到來自化工行業和利益團體的嚴厲譴責。她指責並反對科學上重男輕女的觀念。生態批評家齊默曼（Michael Zimmerman）指出卡森的著作點出「現代科技如何與工業界、政府和政治意識形態合謀，促進對某些人來說是有益的意識型態，但對許多其他人、有機體、地貌和生態系統卻造成傷害」（Zimmerman 3）。

　　卡森的著作揭示了就風險認知而言的關鍵問題，她對使用農藥敗壞環境的分析開啟了環境運動，因為大眾開始了解他們的生活環境，注意他們的飲用水，他們呼吸的空氣和下一代孩子們的未來。《寂靜的春天》「引起世界關注到在人類破壞自然和人類傷害人類之間有某種關連。卡森所追溯的毒鍊召喚出一個『已經』沈靜的春天，但正是人類在這鎖鍊之中……即便是生物中心的路徑也必須通過人體傳播」（Reed 150）。就環境主義歷史而言，主流（激進）的環境主義[2]在過去十年都被認為是屬於太過荒野導向的運動，是屬於白人、有錢階級的意識型態，中間忽略了性別、種族、階級、自然和風險的相連性。卡森的書寫挑戰當時自然寫作的論點，將在家庭與鄰近地區的大眾健康和毒物議題放在《寂靜的春天》一書中討論。卡森代表的不僅是「第一個對自大人類掌控自然世界做出情緒與科學上的反擊」（Diamond and Orenstein ix），也是作為一個

2　齊默曼將環境正義運動（environmental justice movements）與主流環境主義分開。「主流的美國環境組織幾乎都由中產階級的白人所組成，而環境正義運動領袖號召環境主義要觸及少數族群以及城市居住者」（Zimmerman 2）。

女性她默默的在環境保護上積極行動而非服膺於傳統脆弱、被動的女性形象。有些女性受她的激勵而見到女性在社會上的位置和非人動物之間的關連。在《寂靜的春天》之後，生態女性主義與環境正義運動相繼出現。

另一本書《住在河下游：生態學者看環境與癌症》（*Living Downstream: An Ecologist Looks at Cancer and the Environment*, 1997）是由環境作家和癌症倖存者史坦格柏（Sandra Steingraber）所寫。史坦格柏在書中解釋為何癌症屬於女性議題。「下游」，對於居住在河川下游接受比較多污染源和具有較高罹癌機率的人而言是個譬喻。史坦格柏的書籍揭示德國社會學家貝克（Ulrich Beck）所關心的議題之一：風險與貧窮之間的連結。「當致癌物質充滿我們的環境中，其實我們每個人所承擔的風險是不同的」（Steingraber 268）。環境風險是與種族、階級和性別議題相互結合的。針對最後一項，性別，史坦格柏特別指出女性與孩童暴露在不平等的癌症風險下。女性癌症患者並沒有得到科學家足夠的研究，母乳才是他們的焦點。研究顯示不僅是女性，也包括孩童，暴露在不平等的癌症風險上。有照顧罹癌姊妹經驗的塔特（Jim Tarter）指出，「污染源聚集在母乳哺餵裡，並傳給嬰孩：很明顯的，婦女與孩童是比男性承擔更高的風險」（222）。另一方面，史坦格柏在1997年的紀錄片《瑞秋的女兒》（*Rachel's Daughter*）[3] 中回答為何癌症屬於女性議題的提問：

> 它是女性議題因為女性身體深受影響—我們的卵巢，子宮，胸部—這些都是被歧視，被物化，被商品化的身體。切除

---

3 瑞秋（Rachel）在此暗指卡森（Rachel Carson）。「瑞秋的女兒」則指她們都是受到環境污染罹癌的女性受害者。

　　婦女乳房在社會上的意義……說明了我們的文化是看重女性的
乳房勝過女性的心智和她的生活。（qtd. in Tarter 222）

　　女性主義者檢討文化裡所呈現的女性刻板印象和女性的社會角
色如何受這些意識型態影響時，當癌症與這些討論相關，它就是女
性主義的議題。

　　史坦格柏除了指出卡森在《寂靜的春天》的貢獻外，她讓讀
者注意到在毒物脈絡背後有更大的架構在操控。她的書籍的副標題
為：「生態學者看環境與癌症」，可以看出史坦格柏並未承認自己
是以生態女性主義的觀點在看癌症和環境之間的關係，雖然內容的
確如此，但背後的主要原因如塔特指出，「在父權社會文化裡，如
此做恐會損及她作為科學家的公信力以及書籍無法擴及更多讀者」
（Tarter 224），也讓讀者體認到其實是在美國的化學工業的複合性
以及整個工業的基礎建設製造這些化學物質讓人們罹癌。因此，癌
症是生態女性和環境正義共同關注的議題。

　　生態女性主義理論根源也來自美國廢奴政策（American Aboli-
tion）和公民權運動（Civil Rights Movement），批判對人和環境
的不人道對待。非洲人民在十八世紀的廢奴主義和1960年代的公民
權運動都佔據重要位置，他們企圖結束奴隸交易和在機構、服務和
機會中所實施的種族隔離政策。這個政治運動激勵女性有色人種提
出另類的女性主義，包含後殖民和第三世界女性主義。受到1960年
和1970年代的公民權和女性主義運動影響，生態女性主義主張性
別、種族、階級和自然對生態女性主義的文學理論和批評有舉足輕
重的位置。然而，誠如泰勒（Dorceta E. Taylor）指出，「生態女
性主義一直忽略一個現實，亦即女性有色人種無法只將矛頭指向父
權社會，也無法僅靠她們自己的力量面對壓迫」（Taylor 63）。對
女性有色人種的壓迫是「多方向的，且男性女性都受到壓迫……」

（63）。然而這些運動似乎都有一個共同的目標，就是廢除層級化的宰制形式。

　　根據亞當森（Joni Adamson）的觀察，自1970、1980年代始，學者諸如科羅德尼（Annette Kolodny）和藍立可（Patricia Limerick）都在她們討論分析生態破壞時考慮到性別、種族、階級以及性所帶來的差異。在亞當森的文章〈文學與環境研究及環境正義運動的影響〉（"Literature-and-Environment Studies and the Influence of the Environmental Justice Movement"）中，她採用克隆納（William Cronon）的論點主張「美國對於荒野的觀念去除了種族屠殺和遷徙的歷史，忽略原住民被驅趕出他們住了幾世紀的家園，因為美國的土地絕不是『無人居住』、『荒涼野性』、『原始自然』或者缺乏文化」。在1990年代，生態批評應該要包含「多元聲音」（Glotfelty xxv），如納入社會正義議題。具有草根性特質的環境正義運動與生態女性主義即誕生於這股趨勢。文學環境學者例如墨菲（Patrick D. Murphy）、亞當森、葛薾德（Greta Gaard）和史坦（Rachel Stein）都在他們的作品中同時提及環境正義運動與生態女性主義。[4]

　　隨著在1970年興盛的環境運動，全球女性生態行動主義者開始努力保護環境和積極參與環境運動。生態女性主義反對父權世界觀和層級化二元對立，反對性別歧視、種族歧視、階級歧視、自然歧視（對自然不公義的宰制）及物種歧視。簡言之，今日生態女性主義是一個在世界各地跨領域的運動，提出反思自然、性別、階級、精神性和政治的替代方案，並支持在以人類、自然環境和「地球他者」（Karen J. Warren的詞彙）互動中新的以生態為基礎的關係。

4　關於這些學者的論點可以參照亞當森的〈文學與環境研究及環境正義運動的影響〉一文。

生態女性主義述及在我們這個時代從生殖科技到第三世界發展的多元議題、以及從毒物化學到對經濟和政治的另類視野。生態女性作家，如卡森、多芃和史坦格柏都企圖提升群眾的生態意識、刺激草根性運動。

二、生態女性主義和環境正義（Environmental Justice）的關係

　　生態女性主義與其他團體的對話，如「環境正義行動主義者、永續農業務農者、深層生態主義者、社會生態學家、生物區域主義者、北美印地安族、反帝國主義者、生態社會主義者環保人士和其他等」（Gaard and Gruen 173），是聚焦在與其他團體的相同與差異。然而，沃倫（Karen J. Warren）的主張「生態女性主義是一個社會生態學」（*Philosophies* 33），致使布伊爾（Lawrence Buell）質疑生態女性主義的位置恐遭環境正義運動吸納。布伊爾說明：

　　　　在過去十年中，有些生態女性主義者訴求更大的要求，將環境批評推向實質參與環境福祉與要求對貧窮和社會邊緣人給予更多關懷：尤其對都市化地景、種族主義、貧窮和毒物及對環境不正義的見證和受害者給予公平關注。（Buell, *Future* 111-12）

　　布伊爾因而質疑環境正義運動的出現會否將生態女性主義消音，因為兩者在許多關懷層面都相互重疊。的確，環境正義運動也考慮到性別議題。根據亞當森、伊凡斯（Mei Mei Evans）和史坦的看法，「世界上環境正義運動興起於公民權運動、反戰、反核運動、婦女運動和草根性組織與環境議題的交會」（4）。環境正義

作為一個政治運動，一種學術論述的形式，連結社會正義議題、環境議題及性別議題。美國社會正義議題自1950、1960年代以來一直是環境正義運動的中心，尤其是污染、毒物、大眾健康議題。由此看來，生態女性主義和環境正義運動有許多共同的關懷，雖然他們各自採用不同的論點和政治實踐。所以生態女性主義不該被環境正義運動吸納，他們應該被視為是兩條平行的運動，各自為平等永續的未來努力。生態女性主義接受男性作家對運動的方向的觀點，以及男性評論家對這個論述的努力。例如塔特喜愛使用「有性別意識的環境主義」更勝於「生態女性主義」一詞，因為前者避免本質化和統概化「女性」和「男性」。對塔特而言，「性別研究」是一個比女性主義或是生態女性主義還廣泛的詞。也暗示男性可以是性別研究的主體和客體。墨菲（Patrick Murphy）一直都以堅定立場支持生態女性主義，墨菲主張男性作家應當要在他們的作品中包含女性的聲音。相同的，生態女性主義者普魯姆德（Val Plumwood）同意男性作家替女性發聲，前提是如果女性完全沒有機會自己發聲的話：「白人反種族主義者的言論或男性的女性主義者的論點是一種為他者辯護的言論，這樣的言論注意到他者的苦難」（Plumwood, "Androcentrism" 350）。將生態女性主義視為只討論女性和自然是對生態女性主義很大的誤解。史坦就曾解釋：「我們的目的並沒有排除男性……但是我們提供性別如何顯露女性遭受環境不正義。這些議題如何影響女性以及性別角色如何影響他們所參與的行動主義形式」（New 5）。

儘管以上提到一些批判，生態女性主義和理論仍是有力量的論述，且在政治和文學運動上具有高度影響。例如，生態女性主義，作為激進生態的一支，與環境正義運動有共同性與相似的利益。史坦在《環境正義的新觀點》一書的前言中表示：環境正義、生態女性主義和生態批評應該彼此結合鼓勵讀者檢視「性別和性如何改變

環境正義議題、行動主義和藝術」（*New* 15）。史坦認為，在環境正義團體中，婦女，特別是女性有色人種，相信女性權利是離不開「種族和階級平等保護和再現的需求」（*New* 5）。此外，生態女性主義與環境正義運動兩者的觀點不斷流動與演繹發展，也可能因此模糊了兩者之間的界限。然而，兩者均接受婦女和兒童遭受不平等風險的論點，並認為性別關係在環境倫理中發揮了舉足輕重的作用。如同物質生態女性主義者梅勒（Mary Mellor）指出：「如果性別關係不被承認的話，在人類和自然之間建立適當關係的環境倫理就無法開展」（212）。例如，單單在美國，環境敗壞最大的受害者通常是婦女和兒童，特別是非裔美國人、美國原住民、拉美裔和貧窮的白人。出於這個原因，這些婦女團體時常變成行動主義運動的參與者。史坦也在書中表示，「工人階級的女性和有色人種女性會參與運動都是出於保護所愛的人不受威脅到家庭、鄰里和工作地環境和社會污染的需求」（*New* 2）。因此，從生態女性主義的角度出發，受迫害的女性、孩童、動物、有色人種、窮人和受剝削的自然都陷入在一個「宰制的邏輯」（沃倫的術語）壓迫觀念框架下。生態女性主義者主張這個框架應被辨識出來，因為它是一個「導致從屬關係合理化的論證結構」（Warren, *Philosophies* 21）。

三、生態女性主義與女性主義的關係

　　許多生態女性主義者認為生態女性主義屬於第三波女性主義（Sturgeon, *Natures* 260）。生態女性主義根源於自由女性主義、文化／激進派女性主義，以及社會女性主義（Plumwood, *Mastery* 39），它與「第一波十九世紀女性運動及第二波六○、七○年代的婦女解放運動平行且一樣重要」（Sturgeon, *Natures* 260）。做為第三波（至少在美國），生態女性主義與女性主義有相同點及差異

處。正如女性主義挑戰父權結構，生態女性主義也批判深植於宰
制女性、「地球他者」和受到「由上而下全球化」力量剝削的第三
世界國家的父權神話。但生態女性主義與女性主義的差異處在於
「生態女性主義堅持非人自然和歧視自然主義（亦即不正義的宰制
自然）是女性主義議題」（Warren, *Culture* 4）。與女性主義相似
的是，生態女性主義視性別為必要考慮因素；沃倫主張生態女性主
義的口號為「自然是女性主義議題」（Warren, "Social" 139）。但
這不意謂著「拯救地球是女性的責任或『任務』或性別議題是生
態女性主義唯一的焦點或女性本身有比較高的視野或道德素養」
（Mellor 208；強調為作者原有），而是如同（生態）女性主義戴
力（Mary Daly）所言，藉著採用卡森在《寂靜的春天》的譬喻，
「有勇氣在我們的自我中打破沈默的女性正在發現／創造／旋轉
出一個新的春天。這個在我們之間的春天讓存有（be-ing）變得可
能，因為它使我們與直覺的存在相契合」（Daly 21；強調為作者
原有）。

　　但有些來自女性主義和生態批評對生態女性主義的批判值得
注意。許多女性主義不願貼上生態女性主義的標籤，主要是質疑
「女性化自然和自然化女性」會讓女性主義反抗父權結構的努力
前功盡棄。尤其是文化生態女性主義將女性與自然連結，引起一
種恐懼，令人聯想到歷史上將女性與自然相連結的後果；因此，
「對大部分女性主義的理論和政治而言，『自然』是一個很有問題
的範疇」（Alaimo 165）。女性主義抵制生態女性主義企圖要女性
攬起環境破壞的重責大任。另外，生態批評方面也對生態女性主義
有所質疑。生態批評家艾克絲里（Robyn Eckersley）提出好幾個值
得辯論的議題。主要是生態女性主義認為宰制邏輯的元凶是男性中
心論（androcentrism）而不是人類中心主義（anthropocentrism），
然而「我們要如何……解釋某些傳統父權社會是與大自然和諧相

處的狀態？」（Eckersley 68）。此外，艾克絲里還聲明「婦女的解放不見得會帶來非人世界的解放，而且反之亦然」（68）。[5] 因此，「父權」，對艾克絲里而言，「不是環境危機的根源」，她認為真正的問題在於「從古典希臘哲學普遍存在於西方思想中哲學裡的二元對立（例如身／心、理性／情緒、人類／非人類）所帶出更廣泛的問題」（Eckersley 69）。阿萊默（Stacy Alaimo）則是擔憂生態女性主義強調「慈母般的關懷和培育」會將生態志願者工作推入單獨的私領域，「從商業、經濟和政治公領域移除」（Alaimo 175）。不僅阿萊默，布伊爾也質問：生態女性主義的「關懷倫理」可能會讓生態女性主義者「受限於或天生優勢成為照顧者，如此不就又陷入了父權命令下的性別分工」（*Future* 110）。由於生態女性主義的多元面向，評論家所提出的議題都是在處理生態女性主義本身的問題。史特君（Noël Sturgeon）就指出：「女性主義者對生態女性質疑的部分，也存在於生態女性主義內部」（Sturgeon, *Natures* 6）。女性主義者質疑的女性和自然的連結，也正是生態女性主義不斷辯論之處。為了將爭執置入更大的架構下討論，需介紹生態女性主義的三個派別。

四、生態女性主義派別

由於學者楊銘塗在《生態人文主義 3》（2006）已有專文〈生態女性主義評析〉分析生態女性主義各個派別，因此以下文章將分析生態女性主義主要的爭執點。根據莫倩（Carolyn Merchant）在

5　葛蘭德在其文章〈與動物和自然互連生活〉（"Living Interconnections with Animals and Nature"）中主張，「生態女性主義要求結束所有的壓迫。如果女性（或其他受壓迫團體）未受到解放，那自然也不會受到解脫」（"Living" 1）。

《激進生態》（*Radical Ecology*, 1992）一書，自由生態女性主義（Liberal Ecofeminism）延續著第一波女性主義思潮，由吳爾史東克拉芙特（Mary Wollstonecraft, 1759-1797）或西蒙波娃（Simone de Beauvoir, 1908-1986）為代表反對女性與自然掛勾。主要論點認為女性要切除自身與自然的關係，提昇自己進入到男性領域，參與文化公領域事物，並且「無性別」（unsex）才能避免背負原本的污名。為了超越生理生育者的角色，在父權社會中將女性視為較親近自然，自由生態女性主義主張「女性……可以超越社會加諸在她們生物上的污名，並與男性加入環境保護的文化計畫」（Merchant, *Radical* 189）。自然，被認為是與理性相反，與「情緒、身體、激情、動物性和原始或不文明、非人世界、物質、肉體和感官經驗以及非理性、瘋狂的領域」相連結（Plumwood, *Mastery* 19）。在如此情形下，坦承女性與自然接近，不但會將被動、只會生育的動物特點污辱女性外，也剝奪女性的能動性，尤其是把女性背景化、貶斥為私領域和自然資源。

　　然而，自由（生態）女性主義所強調的「無性別」特色，從強調生物性別差異性的文化／激進／親密生態女性主義（cultural/radical/affinity ecofeminism）的觀點看來，會被壓迫性別的父權價值體系吸納。生態女性主義者莎拉（Ariel K. Salleh）駁斥自由（生態）女性主義的「未經批判的投向機構和文化……完全沒有質問男性所本的二元對立架構」（qtd. in Plumwood, "Overview" 130）。從文化生態女性主義的觀點看來，女性不僅要駁斥男性對私領域的輕視，還應該讚揚女性和自然的連結。原因如下：不論就譬喻或實質而言，大地，在文化或文學文本甚至是科學的文本中，常被視為是萬物的母親、處女地、母親的土壤；例如洛夫洛克（James Lovelock）的「蓋亞假說」（"Gaia Hypothesis"）想像地球為蓋亞，有著女性意象的活生生的有機體，具有自我調節的能力。女性

的身體運作，例如排卵、月經、懷孕、生產、哺餵嬰兒都與自然界
的月亮陰晴圓缺相比擬。因此女性天生比男性更接近自然。「本質
主義的論點」（essentialism），根據卡拉賽（Elizabeth Carlassare）
的說法，「斷定女性與男性先天或本質上具有不是歷史或文化條
件的特質，而是一種永恆、不變，出自其生物的結果」（221）。
儘管激進生態女性主義呈現本質論濃厚的言詞，莎拉認為「女性主
義者不應該懼怕母親＝自然這個雙面刃的譬喻。這個核心描述女性
權力的來源和完整，同時又揭露父權資本主義病理論述的複雜性」
（175）。此外，女性和自然的確都受到父權體制和父權科學所壓
迫。自然時常被看成是科學譜儀和實驗的目標；女性在父權社會被
降格為在私領域活動，是性別分工後的結果（「介於生育領域〔女
性〕和生產〔男性〕之間」）（Eckersley 66）。

　　反對切斷女性和自然的連結，激進生態女性主義支持女性與
自然的關連性，藉由擁抱女性特質、認可生育、拒絕「女性被收編
至男性的模式中，那是一種屈服於沒有生命、且是恨女人和死亡的
文化」來提升女性特質超越男性特質。激進生態女性主義認為男性
不像女性從事生育的活動，因此女性應該要對自己的差異性感到驕
傲，並肯定過去常被貶斥為私領域的範疇，例如家庭、身體、情
緒，並承認或重新認可女性從事的工作在社會上是屬於生產過程的
一部份。激進生態女性主義訴求的並不是在男性主流社會爭得平等
的參與權或被收編，「而是一種顛覆、抵抗和取代」（Plumwood,
Mastery 31）來彰顯女性有興趣的研究領域。

　　強調女性特質，激進生態女性主義召喚一些相關的立場，以自
然為基礎的宗教或是「以地球為基礎的精神性」（earth-based spiri-
tualities）（Tong 261）。例如巫術、女神崇拜、異教思想和北美原

住民精神性，藉由儀式和精神性神聖化女性身體。[6] 精神性生態女性主義重視以地球為基礎的精神性，受到戴力的《婦女／生態學》（*Gyn/Ecology*）和露瑟（Rosemary Radford Ruether）的《新女性、新地球》（*New Woman, New Earth*）的影響（Tong 260-61），兩者皆毀謗父權的神學思想和「戀屍的」（necrophilic）（戴力的術語）男性範例，並為女性提倡新的肯定生命的神學觀。懷疑基督宗教賦予人類掌控自然的權力，精神性的生態女性主義將女性身體和自然看成是「神聖並是精神啟示的來源」（Spretnak 261）。反對超然的一神論，精神生態女性主義者依附「宇宙意識、終極神秘、神聖、聖潔的神或女神」（Spretnak 264）來加強女性與蓋亞（大地之母）之間的關係。然而，精神生態女性主義的批評者指責他們「花太多時間在月光下跳舞，施發『神奇』法術，誦經持咒，做瑜伽，『用心』打坐，並彼此按摩」（Tong 273）。然而，精神生態女性主義的捍衛者則堅持女神精神性不是一種「奢侈的精神性」（Mies and Shiva 19），而是一種「打破文化構建下的精神和物質之間的二分法」的企圖（Tong 274）。

　　反對激進生態女性主義主張女性與自然有內在連結，社會生態女性主義斷言她們的作法加深了二元論，且二元翻轉只會加強父權的刻板印象和男性的工具理性。根據社會生態女性主義的建構論立場，視女性為照顧者、養育者和更親近自然僅是深化在資本主義社會中的女性與自然的壓迫的相互連結。如莫倩聲稱，「女性和自然的概念是由歷史和社會建構而成。沒有不變的性、性別或自然的『本質』特點」（Merchant, *Death* xvi；強調為作者原有）。女性

6　在生態女性主義中，精神性的議題至今仍然引發許多辯論，某些吊詭的問題探討可詳見 Noël Sturgeon (*Ecofeminist Natures*)和Greta Gaard ("Ecofeminism")的書籍或文章中。

在本質上更接近自然的觀念是媒體、教育、父權概念框架形塑出來的，女性可以平等地與自然分離，男性也同樣可以與大自然親密。相信女性與自然的連結是社會、歷史和文化背景組合而成，社會生態女性主義使用物質方式來診斷父權資本主義社會。他們認為「環境危機是資本主義對資源和其他物種貪婪掠取的產物」（Dickens 9）。他們的論點圍繞著經濟、社會和政治機構，並指出體系如何塑造對女性與自然的壓迫，主張女性與自然之間的相互聯繫應放在更廣的範圍下介於西方資本主義父權制的生產和再生產的關係談論。為了有一個更加公正和可持續發展的社會，他們斷言，將被生產壓制其下的生育和生態反轉是十分必要的。

　　社會生態女性主義痛斥資本主義父權制造成自然資源短缺的社會關係，並認為短缺的原因與社會結構和經濟有很大的關係，換言之，資源材料的缺乏可以從改變社會結構和使用替代材料來進行。因此，「推翻經濟和社會的層次結構，將所有生活層面都轉向市場社會」是他們建議採取的第一步。然後「構想可以超越對資本主義生產和官僚國家很重要的公私領域二分的去中心社群的社會」（Merchant, *Radical* 194）是他們最終要實現的目標。

　　總之，自由主義的（生態）女性主義和激進的（生態）女性主義兩相對立，一個主張將女性從自然分離以與男性競爭，另一方則確立女性與自然的關係，以肯定女性特質。社會（生態）女性主義則是尋求推翻資本主義和打造一個烏托邦願景或無政府主義的未來。然而，這些派別關於自然的觀點不是陷於有缺陷的二元對立思考，不然就是困在一個太以人為中心的心態。不管對生態女性主義而言的生態危機是「深植於行為模式」或是「結構關係」（Birkeland 14）都依賴改革在父權社會男性中心或父權資本主義的層級化二元對立。生態女性主義文學批評給予更多的動力去重新發現女性的聲音，以批判的角度重新審視女性和自然的關係，並在相關的概

念框架下，質疑「自然」、「人類」和「等同自然」等概念在文學研究、生態批評和典律文學的意涵。

根據這些有疑慮的假設基礎，金（Ynestra King）提出一個「真正的生態女性主義方法」（Tong 252）。

> 雖然自然－文化的二元論是文化的產物，我們仍然可以有意識地選擇不必藉著加入男性文化來切斷女人和自然的連接。相反，我們可以利用它作一個優勢來創造不同種類的文化和政治，整合直觀、精神性和理性形式的知識，一起擁抱科學與魔法，因為它使我們能夠改造自然文化的區別，創造一個自由的生態社會。（King 23）

不管是認為公領域優於私領域（自由派的生態女性主義）或是女性特質超越陽剛之氣（文化生態女性主義），都陷入層級化的價值二元論，如此排除男性或女性在建造生態社會可以共同參與的想法。從童（Rosemarie Putnam Tong）的角度來看，金的「真正的生態女性主義」是「後現代女性主義的想法」（252），在當中二元對立思維，如自然／文化、科學／靈性，都應該被跨越。提到後現代女性主義，阿萊默和黑克蔓（Susan Hekman）的物質女性主義企圖補充將所有現象都看成是論述形成組合的後現代主義，強調在人體和自然世界的物質性（Alaimo and Hekman 1）。阿萊默和黑克蔓對於物質女性主義的理解是一種「物質／論述二分的解構，保留二者元素不偏袒哪一方」（Alaimo and Hekman 6）。他們的論點沒有專門強調後現代主義或激進的後結構主義中引起爭議的論述實踐問題：「不存在文本以外的現實」（Grewe-Volpp, "How" 124），他們在生態批評中是可信的，堅持回歸到文學的現實主義。以下將列出如何以生態女性主義理論探討文本。

五、生態女性主義的文本探討

生態女性主義做為一個方法論，可以做跨文化、跨種族文本閱讀。以下以生態女性主義做為視角，閱讀生態女性主義的精神性：加拿大作家愛特伍（Margaret Atwood）的《浮現》（*Surfacing*）、《末世男女》（*Oryx and Crake*）、臺灣作家李昂的《殺夫》（*The Butcher's Wife; Shafu*），以及日本作家尾關（Ruth Ozeki）的《食肉之年》（*My Year of Meat*）。

（一）生態女性主義精神性：愛特伍的《浮現》（*Surfacing*）

愛特伍的《浮現》（*Surfacing*, 1972）處理了性別歧視、父權掌控、科學和技術對自然的支配和控制。愛特伍不僅試圖將這些議題連結，例如美國的殖民統治、生態破壞和父權制對女性的態度，並且在小說中提出替代方式。無名敘述者在父權社會中失去主體性，與男友喬，以及一對夫妻大衛和安娜一同回到位於加拿大鄉下的故鄉。對敘述者而言，這是一場身體與心靈之旅，一方面尋找失蹤的父親，另一方面揭開深埋在其內心關於前段婚姻與墮胎的記憶。敘述者在小說末尾掙脫了父權中的二元對立得到心靈覺醒，並與周圍環境有著心靈契合，此正符合生態女性主義的目標：「生態女性主義召喚結束所有的壓迫，主張解放女性不會成功⋯⋯如果自然沒有一起得到解脫」（Gaard, "Living" 1）。《浮現》正是展現這樣的信念。從生態女性主義理論的角度來閱讀《浮現》這本小說，生態女性主義理論點出敘述者的語言與日常現實都已遭父權思想編碼、組合，當中更與環境敗壞及美國殖民主義相勾結，小說結尾顯示敘述者如何解碼、最後並重組自己與他人及環境的關係，體悟生態無意識和一個新的以地方為基礎的身份實現。

在小說中，愛特伍不僅處理自然受到破壞，例如被凌虐致死

的蒼鷺倒吊在樹上（令人聯想到被吊死的黑奴）、被機器嚇死的潛鳥，以及加拿大荒野受破壞的景象（為建電廠水淹荒野），也觸及人類文化中的不正義議題以及殘酷、希特勒的惡行。敘述者將自然受破壞與資本主義、殖民主義和大美國主義作連結。在敘述者一行人踏上敘述者在加拿大的歸鄉之路時，敘述者發現，舊時的路都已消失，取而代之的是新經濟型態的生活方式和觀光產業。為了建造水庫，水泥改道的道路取代原來的地景。樹林、土地或湖泊都是進步意識型態下的犧牲品。敘述者所要回去的島已經淹沒在一片汪洋中，而原本的樹林就在水下任其腐爛。沿路敘述者開始反省自己在父權語言下受掌控，而作為一名加拿大人也開始對美國的殖民主義感到反感，當他們一路北行，她「繞過湖泊中垂死的白樺樹，感覺到從南方而來的疾病正蔓延北上」（3）。在歸鄉一路上，敘述者還見到蒼鷺與潛鳥被美國人當作玩物而凌虐致死，倒吊在樹上的蒼鷺讓敘述者聯想到美國的種族歧視：「為什麼他們要把蒼鷺吊成像黑奴受私刑吊死一般（lynch）」（136）。《浮現》中呈現的是一連串的壓迫關係，包含種族歧視、自然破壞、權力糾葛和美國殖民主義，這些都與父權體制掌控女性、自然和動物相關連。

敘述者的生態意識體現在她將被她哥哥囚禁在瓶罐裡的生物解放出來，她說；「我們對生物所做的暴行也會施行在人類同胞身上：我們只是先拿動物開刀而已」（141）。另外，在她北行至加拿大荒野中時，她也運用生態智慧避免造成環境負擔，例如她會在設置天然便溺洞讓大家方便後，還可以不破壞環境（138）。愛特伍讓女主角的自我主體從環境意識逐漸演化至環境潛意識，[7] 此

7　筆者在另一文詳細分析敘述者如何從生態意識走向生態潛意識。參照張雅蘭，〈為生態女性（新）主體塑像：談瑪格麗特‧愛特伍的《浮現》〉，《生態人文主義 3》（2006）：37-76。

正是一種精神性，一種生態女性主義者普蘭特（Judith Plant）所謂
的生態女性主義四個面向之一。[8] 隨著敘述者踏入荒野、與自然接
觸、跳入湖水，任湖水洗滌其心靈，她逐漸看穿父權社會的虛偽與
掌控，看出其男友喬身上的動物性（他的不擅言語、生氣的聲音
讓敘述者聯想到動物的咕噥聲），讓敘述者接受喬並與他孕育下
一代，她認為她是喬通往另一個有別於父權社會的出口。簡言之，
《浮現》是一部展現生態女性精神性的小說。

（二）二元對立社會政治批判：《末世男女》（*Oryx and Crake*）

　　對於層級化二元對立（hierarchical dualism）的撻伐除了
《浮現》一書中可見之外，愛特伍更在《末世男女》（*Oryx and
Crake*）小說中刻畫了一個由二元對立組構而成的末世景觀。普魯
姆德將層級化的二元對立（hierarchical dualism）細分為三種：首
先為高低的假設（the higher-lower assumption），對立的二方有價
值的高低之分，價值高的自然凌駕價值低的。其次為工具性的假設
（instrumental assumption），價值低的沒有內在價值可言，只能被
當成工具，為價值高的服務，那是一種支配、統治與掌控，而價值
高的一方充滿優越感與排他感。最後則是兩極化的假設（polarity
assumption），強調兩個領域之間的差異與距離。如此的邏輯觀偏
重排擠身體的心智、鄙視女性化的男性、厭惡自然的文化。因此，
層級化的二元對立合理化掌控與剝削弱勢的一方。

　　《末世男女》故事開頭呈現人類世界已由病毒摧毀殆盡，看
似唯一倖存者[9]也是敘述者雪人－吉米（Snowman-Jimmy）藉由破

8　根據普蘭特，生態女性主義有四個面向：理論、政治、精神性與社群。詳
　　見*Healing the Wounds: The Promise of Ecofeminism* (Philadelphia: New Society
　　Publisher, 1989).

9　在愛特伍於2009年出版《洪荒年代》（*The Year of the Flood*）小說，主要是回

碎的回憶拼湊出世界毀滅前的樣子，並企圖反省造成毀滅的原因。
浩劫前的世界是一個由理性科學語言與藝術感性領域對立的世界，
不僅強烈對比，理性心態與高科技勾搭全球資本主義及醫藥生技產
業，在全世界形成一幅幅高利潤、高收入的科技景觀、媒體景觀、
金融景觀。在此世界中，愛特伍藉由對末世地景的想像，創造出一
個虛擬與真實混雜的世界，並有科技與道德的內在衝突。層級化二
元對立在此小說處處可見。

　　大浩劫前的世界國與國的分界模糊，取而代之的是由雜市（一
般百姓居住處）與園區（專業科技人員住所與工作地）形成二分地
帶。居住在雜市的百姓充滿絕望，他們赤裸的生命只是生物科技藥
品的白老鼠，相對於住在園區的高級科技人員所擁有的各式權力。
愛特伍藉由科學家的養成教育，諷刺全球金融世界與醫療科技產業
掛勾的結果，就是將全世界推入死胡同。這個世界所培養出來的科
學家如克雷科（Crake）善用科學知識完成許多富有者所欲求的長
壽、美麗、健康的夢想，編織慾望美夢之際，克雷科，作為一個
「瘋狂科學家」，也將世界一步步經由無止盡的慾望，將人類帶入
毀滅。

　　愛特伍在小說中藉由吉米（雪人）與克雷科之間的對照，讓
讀者檢視離小說世界不遠的價值觀。在二十一世紀晚期的世界裡吉
米是弱者、是長輩眼中「普通」的小孩；相對的，克雷科（吉米中
學時的好友）則逐漸在此世界訓練下變成這個世界的首席科學家。
藉著他們之間的對立與衝突（antagonism）看見這個分裂、對立的
世界：數字文字對立、身心分裂、科學藝術對立。吉米與克雷科各

應世界各地讀者閱讀《末世男女》後的好奇提問，與《末世男女》可以平行閱
讀；但有別於《末世男女》中的男性視角─雪人-吉米看末世的形成，《洪荒年
代》則從女性的敘述者提出不同觀點，並有多位倖存者。

自代表這個對立分裂的世界。吉米自幼對文字、敘述感興趣，他是「文字型」的人（a words person），而非父親和父親園區公司裡或克雷科那種「數字型」的人（a numbers person）。在基因工程當道的世界裡，父親對只喜歡追求文字意義的吉米不斷感到失望。而吉米也是一籌莫展，因為在此世界中，文字型的人只能為數字型的人服務。一切學科、所有的科系走向實用與應用路線，人文藝術的理想早就被金錢侵蝕殆盡；學生讀書旨地是要一畢業就能找到工作。文字型的吉米只能淪落為「用華麗而膚淺的辭藻去粉飾這個冷漠、痛苦、數位化的現實世界」（*OC* 194）。克雷科則是典型理性、冷靜的數字型的代表。即使面對自己母親在自己眼前化成一灘血水，克雷科還是可以不動聲色、不皺眉毛。相對的，渴望母愛的吉米，在電視前看到母親被處死的畫面讓他痛苦到無法自拔。克雷科的身心分離相當高段，不論是交女朋友、上暴力／血腥／色情網站，他的情緒從不受影響。理性，是他唯一面對事情的態度。永遠只穿單一色系的衣服，永遠以科學理性分析人類感情的發生：諸如愛情或性關係。專注力超乎常人讓他最後終於實現毀滅全人類的願望。愛特伍在小說中處處呈現層級化二元對立的心態與之間產生的詭辯，正是這樣的二元分裂帶領人們走向環境災難，甚至連活命的後路都消失。

（三）跨文化生態女性主義關懷：李昂的《殺夫》
（*The Butcher's Wife*）

　　生態女性主義重要理論包含沃倫所提出的「宰制的邏輯」（logic of domination）這一概念（Warren 471-72）。生態女性主義各種流派的主張中較不受爭議的，就是強調性別壓迫與父權社會中其他各種形式的壓迫是相互關聯的，生態女性主義的首要任務就是剷除所有相關的宰制系統，而這些宰制系統的根源就是現存於社會

的父權體制，因此，唯有顛覆父權中心思想才能解除所有不公的壓迫行為。這也是生態女性主義與一般深度生態學不同之處，深度生態學者在從事生態保育工作時，並沒有思考到父權中心論才是生態危機的根本原因，有些保育工作者仍然存有內化的父權意識形態，喜歡用「強暴」做為破壞自然的比喻，或以「處女林／地」形容未遭人類侵入的森林或土地，這些比喻仍充斥著權力宰制的關係。此外，深度生態學者在處理環境議題時，也往往忽視最佳展現男性權力的軍國主義對自然的嚴重破壞，然而帝國主義的侵略行為卻深為生態女性主義所痛斥。再者，有別於男性主流保育者，生態女性主義者更直指環境污染對女性生育能力的影響。在肯亞以及印度都有婦女意識到環境的破壞對她們生育能力的影響，因此發動抗爭，舉行如植樹與抱樹（tree-hugging）等活動。

檢視李昂《殺夫》小說中的女性角色，可以發現都是中國父權社會下受迫害受壓抑的一群。然而李昂不只是描寫女性的不堪生活，以生態女性視角閱讀，可以發現女性與自然或動物的關係。以小說中做妓女的金花為例，金花是男主角陳江水最愛的妓女。陳江水的職業是宰殺豬隻的屠夫。每每在宰殺豬隻身心疲累之後，陳江水喜愛到金花處尋求慰藉。金花也會用她豐滿下垂的雙乳撫慰他，並跟他分享她近日來不斷重複出現的夢境。夢中，她夢見自己像是一頭母豬，一窩五隻的小豬仔跟她索奶喝。這個夢暗示她是家中的經濟來源，她如同動物般犧牲自己的身體，只為填飽家中那需求無度婆婆的嘴。另外金花的身體也遭比擬為水田，在描述金花的身軀時，用了大地的意象，金花的身體就像是秋收之後浸滿了水的水田。奉獻與犧牲，是當時典型女性的形象，當然妓女猶是，也正是「大地之母」的意象：一個「無私、慷慨、養育」的意象（Gaard, "Ecofeminism" 302）。葛薾德認為大地之母的比喻背後帶有一連串的價值觀（301），而且「合理化了人類對於自然進行毫無止盡

的取用」（Gaard, "Vegetarian" 127）。將女性自然化（naturaliza-tion of women）或是將自然女性化（feminization of nature）在索波（Kate Soper）的眼中都是相當有問題的（Soper 139）。索波如此的連接並不只在西方文化中出現，是跨文化的現象（Soper 139）。以此雙重宰制檢視李昂的《殺夫》似乎可以證明此點。

　　小說中的女主角林市也是一個被奴役和剝削的對象。林市的鄰居和丈夫陳江水都將林市視為豬。她的身體是陳江水用豬肉交換而來的，如此讓她在陳江水眼中成為真正的妓女。她半夜被陳江水強暴時所發出來的尖叫聲，被殺豬工人拿來戲擬豬隻被宰殺前恐慌的尖叫聲。受虐婦女與宰殺動物作為比擬，正加強了戴力所謂的「緘默的陰謀」（conspiracy of silence）（Daly 158）。女性與動物同時在這個玩笑裡被犧牲。《殺夫》中還有許多描述林市為動物的橋段，諸如她受驚嚇的如蝦子般蜷縮著身體，如受傷小動物般低鳴，如臨死動物般咬緊牙關苦撐在床上的酷刑。李昂在描寫林市從家中到鄰里間所受到的種種不平等待遇，都不忘帶入以動物作為比喻，可見林市的心靈一一遭父權思想啃食殆盡。[10]

（四）生態女性行動主義：尾關（Ruth Ozeki）的《食肉之年》（*My Year of Meats*）

　　尾關（Ruth Ozeki）的《食肉之年》（*My Year of Meats*）主要述及日裔美籍女主角珍・高木小（Jane Takagi-Little）在製作電視

10　關於如何以生態女性主義觀點剖析李昂的《殺夫》，尤其是李昂對於屠宰豬隻的屠宰場多所著墨，筆者已於〈李昂的《殺夫》和臺灣生態批評〉（"Li Ang's *The Butcher's Wife* (*Shafu*) and Taiwanese Ecocriticism"）一文中發表淺見，有興趣者可以參見：Yalan Chang, "Li Ang's *Shafu* and Taiwanese Ecocriticism," *East Asian Ecocriticisms: A Critical Reader*, ed. Simon C. Estok and Kim Won-Chung (New York: Palgrave Macmillan, 2013) Chapter 10.

節目時，發現父權意識型態如何荼毒女性的身心，並藉由訪問美國不同區域的屠宰場或工廠農場發現肉品食物的隱憂，最後以製作自己的紀錄片揭發殘忍的真相做收。珍的自製紀錄片正是她的生態女性行動主義發揮之處。當珍帶著懷孕的身軀進入屠宰場拍攝屠宰動物的過程時，裡面的熱氣、動物身體噴出的血氣終於讓她的身體不支倒地，當她清醒後，她不知道身上的血漬究竟是已宰動物的血還是已胎死腹中的嬰孩的血，一種生態女性主義似的倫理關懷，讓她決定不再為廣告大財團效勞，改而製作自己的影片，記錄最真實的肉品真相，戳破影像前刻意擺出的虛假恩愛、美食佳餚與烏托邦美景。並把這樣的影帶寄給她所訪問過的女性們。生態女性的行動主義，根據葛蘭德，強調的是一種同情的力量（"Vegetarian" 118），這股力量必須與政治力量結合（"Vegetarian" 121）才會是有效力的行動主義。尾關在《食肉之年》中利用她的文字，透過對於珍的紀錄片的描寫，確實給予生態女性主義一個好的典範。[11]

　　生態女性主義理論亦同其他理論，仍在不斷演化中。近來已有學者從生態女性主義發展出女性生態論述（feminist ecocriticism），因此生態女性主義絕不是一個一言堂理論，而是關懷女性、物種、階級、種族、生命的論述。

---

11 在《食肉之年》中相關議題的描述以及尾關另一部小說《天下蒼生》（*All Over Creation*）中的環境行動主義，筆者皆有探討。參考：張雅蘭，〈「食物即訊息」：論尾關露絲小說中危機論述和環境激進主義〉（"'Food Is the Message': Risk Narratives and Environmental Activism in the Work of Ruth Ozeki"）《中外文學》十二月號。

📖 引用書目

楊銘塗。〈生態女性主義評析〉。《生態人文主義 3》（2006）：
　　1-36。臺北：書林，2006。

Adams, Carol J. *Ecofeminism and the Sacred*. New York: Continuum P,
　　1993. Print.

Adamson, Joni. "Literature-and-Environment Studies and the Influence
　　of the Environmental Justice Movement." *A Companion to
　　American Literature and Culture*. Ed. Paul Lauter. Oxford, UK:
　　Wiley-Blackwell Publishing, 2010. 593-607. Print.

Alaimo, Stacy. *Undomesticated Ground: Recasting Nature as Feminist
　　Space*. Ithaca and London: Cornell UP, 2000. Print.

---, and Susan Hekman. "Introduction: Emerging Models of Materiality
　　in Feminist Theory." *Material Feminisms*. Ed. Stacy Alaimo and
　　Susan Hekman. Indianapolis: Indiana UP, 2008. 1-22. Print.

Atwood, Margaret. *Oryx and Crake*. New York: Anchor Books, 2003.

---. *Surfacing*. New York: Anchor Books, 1972. Print.

Birkeland, Janis. "Ecofeminism: Linking Theory and Practice."
　　Ecofeminism: Women, Animals, Nature. Ed. Greta Gaard.
　　Philadelphia: Temple UP, 1993. 13-59. Print.

Buell, Lawrence. *The Future of Environmental Criticism*. Oxford:
　　Blackwell, 2005. Print.

Carlassare, Elizabeth. "Essentialism in Ecofeminist Discourse." *Ecology*:
　　Key Concepts in Critical Theory. Ed. Carolyn Merchant. New
　　Jersey: Humanities P, 1994. 220-34. Print.

Daly, Mary. *Gyn/Ecology: The Metaethics of Radical Feminism*. Boston:
　　Beacon, 1990. Print.

Diamond, Irene, and Gloria Feman Orenstein, eds. *Reweaving the World: The Emergence of Ecofeminism*. San Francisco: Sierra Club Books, 1990. Print.

Dickens, Peter. *Reconstructing Nature: Alienation, Emancipation and the Division of Labour*. New York: Routledge, 1996. Print.

Eckersley, Robyn. *Environmentalism and Political Theory: Toward an Ecocentric Approach*. Albany: State U of New York, 1992.

Gaard, Greta, and Lori Gruen. "Ecofeminism: Toward Global Justice and Planetary Health." *Environmental Philosophy: From Animal Rights to Radical Ecology*. 4th ed. Ed. Michael E. Zimmerman, J. Baird Callicott, John Clark, Karen J. Warren, and Irene J. Klaver. Upper Saddle River, NJ: Pearson/Prentice Hall, 2004. 155-77. Print.

Gaard, Greta. "Living Interconnections with Animals and Nature." *Ecofeminism: Women, Animals, Nature*. Ed. Greta Gaard. Philadelphia: Temple UP, 1993. 1-12. Print.

---. "Ecofeminism and Native American Cultures: Pushing the Limits of Cultural Imperialism?" In *Ecofeminism: Women, Animals, Nature*. Ed. Greta Gaard. Philadelphia: Temple UP, 1993. 295-314. Print.

---. "Vegetarian Ecofeminism: A Review Essay." *Frontiers* 23.3 (2002): 117-46. Print.

Glotfelty, Cheryll. "Introduction: Literary Studies in an Age of Environmental Crisis." *The Ecocriticism Reader: Landmarks in Literary Ecology*. Ed. Cheryll Glotfelty and Harold Fromm. Athens: U of Georgia P, 1996. xv-xxxvii. Print.

Grewe-Volpp, Christa. "How to Speak the Unspeakable: The Aesthetics of the Voice of Nature." *Anglia-Zeitschrift fur Englische Philologie* 124.1 (2006): 122-43. Print.

King, Ynestra. "The Ecology of Feminism and the Feminism of Ecology." *Healing the Wounds: The Promise of Ecofeminism*. Ed. Judith Plant. Philadelphia: New Society Publishers, 1989. 18-28. Print.

Li, Huey-li. "A Cross-Cultural Critique of Ecofeminism." *Ecofeminism: Women, Animals, Nature*. Ed. Greta Gaard. Philadelphia: Temple UP, 1993. 272-94. Print.

Mellor, Mary. "Ecofeminism and Environmental Ethics: A Materialist Perspective." *Environmental Philosophy: From Animal Rights to Radical Ecology*, 4th ed. Ed. Michael E. Zimmerman, J. Baird Callicott, John Clark, Karen J. Warren, and Irene J. Klaver: Upper Saddle River, NJ: Pearson/Prentice Hall, 2004. 208-27. Print.

---. "Ecofeminism." *Encyclopedia of Globalization: Volume One: A to E*. Ed. Roland Robertson and Jan Scholte. London: Routledge, 2007. 349-50. Print.

Merchant, Carolyn. *Radical Ecology: The Search For a Livable World*. New York: Routledge, 1992. Print.

Mies, Maria, and Vandana Shiva. *Ecofeminism*. London: Zed, 1993. Print.

Plant, Judith. "Toward a New World: An Introduction." *Healing the Wounds: The Promise of Ecofeminism*. Philadelphia: New Society Publishers, 1989. 1-6. Print.

Plumwood, Val. "Androcentrism and Anthropocentrism." *Ecofeminism: Women, Culture, Nature*. Ed. Karen J. Warren. Bloomington: Indiana UP, 1997. 327-55. Print.

---. "Ecofeminism: An Overview and Discussion of Positions and Arguments." *Australasian Journal of Philosophy* 64 (1986): 120-

37. Print.

---. *Feminism and the Mastery of Nature*. London: Routledge, 1993. Print.

Reed, T. V. "Toward an Environmental Justice Ecocriticism." *The Environmental Justice Reader: Politics, Poetics, and Pedagogy*. Ed. Joni Adamson, Mei Mei Evans, and Rachel Stein. Tucson: U of Arizona P, 2002. 145-62. Print.

Ruether, Rosemary Radford. "Foreword: Ecofeminism and the Challenges of Globalization." *Ecofeminism and Globalization: Exploring Culture, Context, and Religion*. Ed. Heather Eaton and Lois Ann Lorentzen. Philadelphia: Rowman and Littlefield, 2003. vii-xi. Print.

Salleh, Ariel. *Ecofeminism as Politics: Nature, Marx and the Postmodern*. London: Zed, 1997. Print.

Soper, Kate. "Naturalized Woman and Feminized Nature." *The Green Studies Reader: From Romanticism to Ecocriticism*. Ed. Laurence Coupe. New York: Routledge, 2000. 139-43. Print.

Spretnak, Charlene. "Earthbody and Personal Body as Sacred." *Ecofeminism and the Sacred*. Ed. Carol Adams. New York: Continuum, 1993. 261-80. Print.

Stein, Rachel, ed. *New Perspectives on Environmental Justice: Gender, Sexuality, and Activism*. London: Rutgers UP, 2004. Print.

Steingraber, Sandra. *Living Downstream: An Ecologist Looks at Cancer and the Environment*. New York: Addison-Wesley, 1997. Print.

Sturgeon, Noël. "Naturalizing Race: Indigenous Women and White Goddesses." In *Environmental Philosophy: From Animal Rights to Radical Ecology*. 4th ed. Ed. Michael E. Zimmerman, J. Baird

Callicott, John Clark, Karen J. Warren, and Irene J. Klaver. New Jersey: Prentice Hall, 2004. Print.

---. *Ecofeminist Natures: Race, Gender, Feminist Theory, and Political Action*. New York: Routledge, 1997. Print.

Tarter, Jim. "Some Live More Downstream than Others: Cancer, Gender, and Environmental Justice." *The Environmental Justice Reader: Politics, Poetics, and Pedagogy*. Ed. Joni Adamson, Mei Mei Evans, and Rachel Stein. Tucson: U of Arizona P, 2002. 213-28. Print.

Taylor, Dorceta E. "Women of Color, Environmental Justice, and Ecofeminism." *Ecofeminism: Women, Culture, Nature*. Ed. Karen J. Warren. Bloomington: Indiana UP, 1997. 38-81. Print.

Tong, Rosemarie Putnam. *Feminist Thought: A More Comprehensive Introduction*. 2nd ed. Colorado: Westview P, 1998. Print.

Warren, Karen J. *Ecological Feminist Philosophies*. Bloomington: Indiana UP, 1996. Print.

---, ed. *Ecofeminism: Women, Culture, Nature*. Bloomington and Indianapolis: Indiana UP, 1997. Print.

---. "Ecofeminism and Social Justice: Introduction." *Environmental Philosophy: From Animal Rights to Radical Ecology*. 4th ed. Ed. Michael E. Zimmerman, J. Baird Callicott, John Clark, Karen J. Warren, and Irene J. Klaver. Upper Saddle River, NJ: Pearson/ Prentice Hall, 2004. 139-54. Print.

Zimmerman, Michael E. "General Introduction to the Fourth Edition." *Environmental Philosophy: From Animal Rights to Radical Ecology*. 4th ed. Ed. Michael E. Zimmerman, J. Baird Callicott, John Clark, Karen J. Warren, and Irene J. Klaver. Upper Saddle River, NJ: Pearson/Prentice Hall, 2004. 1-4. Print.

4 環太平洋原住民的生態想像*

中山大學外文系　黃心雅

　　全世界有四分之一的主權國家領土由島嶼或群島所構成，近年來，全球因為氣候變遷所產生的責任、債務與償還（debt and reparation）問題不斷，珊瑚礁漂白、物種滅絕與林地消失等問題凸顯島嶼生態在世界環境危機議題的重要性。地理學家暨環境歷史學者莫爾（Jason W. Moore）著眼於資本主義世界經濟與世界生態系的辯證統合（dialectical unity）：「資本主義世界經濟就是世界生態」（capitalism as world-ecology）（514），世界生態系統提供一個有生產力的視野，世界經濟與生態存在著緊密的關係；世界經濟與世界生態互為形塑。倪克森（Rob Nixon）（2011）與德勞瑞（Elizabeth DeLoughrey）（2007, 2011）提及島嶼生態美學的重要

---

*　本章部分內容已陸續發表於 "Toward Trans-Pacific Ecopoetics: Three Indigenous Texts," Special Issue on Eco-criticism, *Comparative Literature Studies* 50.1（2013）: 120-47；〈海浪、記憶與生態：夏曼・藍波安與太平洋原住民文學〉《仰觀天象・俯察萬物──國立成功大學文學家系列》（臺南：國立成功大學文學院2011年11月18-19日）；〈星辰・舟子・海洋：（跨）太平洋原住民文學研究方法與實踐〉，國科會外文學門研究成果發表會（臺北：政治大學，2013年3月23日）。

性，島嶼潮汐相依的社群對環境變遷能以各種不同的創意形式予以回應，生態美學足以提升區域與國家對環境危機的反省力。[1] 威爾森（Rob Wilson）則以「星球即海洋」（planet as ocean）觀點出發，說明太平洋海域成為人類處置汙染性核廢料等廢棄物的場域，軍事、經濟與科技發展是太平洋沉重的負荷，然而，海洋之為星球的一部分，為宇宙支撐生命與生態的必要元素，他提到：「如果人類選擇開啟互屬與守護的想像，海洋足以成為我們維持生態永續的方法。」威爾森引述笛龍（Ed Delong）認為佔據我們百分之九十生物圈的海洋形塑一個共享流動的星球：「海洋召喚廣闊的星球意識，是生物的起源、生存的方法、比擬的對象與生物的終點」；「鯨魚、海豚、珊瑚礁與海洋微生物召喚共存共享的世界觀」，跨越不同物種、血緣、族裔、地域。[2]

　　本章透過島嶼及海洋景觀的主動參與，造就時間與空間的認知，以島嶼生態美學與太平洋原住民族群記憶帶領航海方向，隨處充滿立基於傳統知識、跨越畛域的文化想像，由航海原初知識修正當代跨國主義及資本主義全球化論述的偏執，如同實現一段未被「西方文明」軌跡定調的航程，島嶼生態成為殖民與國家劃界的反敘事是對歐美陸地思維文化的激進反動。這種立基於島嶼生態的論述，重新定義了陸地與海島的關係，加勒比海文評家格立森（Édouard Glissant）指陳「島嶼並非孤立的模式」，亦非「空間自閉的神經質」（spatial neurosis），「每座島嶼都充滿開放的可

1　另參見Susan Finley, "Ecoaesthetics: Green Arts at the Intersection of Education and Social Transformation"；Rasheed Araeen, "Ecoaesthtics: A Manifesto for the Twenty-First Century."

2　參見Rob Wilson, "Oceania as Peril and Promise: Toward Theorizing a Worlded Vision of Trans-Pacific Ecopoetics." Lecture given at "Oceania Archives & Transnational American Studies," Hong Kong University, June 4-6, 2012.

能」（qtd. in Glover 1）。太平洋東加作家郝歐法（Epeli Hau'ofa）
在《我們是海》（*We Are the Ocean*）書中，以同樣激進的態度看待
島嶼的位置，大洋洲是「群島的海洋」（a sea of islands），崩解殖
民主義的劃界，也解構陸地觀看「遠洋中散落孤島」（islands in a
far sea）的思維，轉化海洋之「無人之境」為「多物種共生連續」
（multispecies connectivities）的繁複綺麗的世界（32）。[3]

　　本章將以「多物種共生連續」的生態觀點，透過海洋與島嶼的
比較視角，閱讀太平洋原住民海洋文學，如東加作家郝歐法（Epeli
Hau'ofa）、紐西蘭毛利族作家伊希麥拉（Witi Ihimaera）、毛利
族詩人蘇立文（Robert Sullivan）、北美原住民作家霍根（Linda
Hogan），以及臺灣蘭嶼達悟族作家夏曼・藍波安等人的作品，以
流動的主體概念，強調太平洋另類／原住民（alter/native）巡航模
式，透過島嶼及海洋景觀的主動參與，造就時間與空間的認知，以
生態環境與族群記憶帶領航海方向，隨處充滿立基於傳統知識、跨
越畛域的文化想像，由航海原初知識修正當代跨國文化論述，如同
實現一段未被「西方文明」軌跡定調的航程，提供巡航太平洋跨原
住民文化想像的「根的路徑」，是一個身體、文化皆不被島嶼空間
／疆界所限制的主體概念，身份認同在島嶼關係中生產，隨生態環
境／存在結合。

一、太平洋海洋原住民的生態主權

　　海洋文化豐富與遼闊，消融專橫霸權的國家疆界，也孕育了
太平洋原住民作家的生態書寫。星辰、風向、海潮、島嶼都是作家

3　參見Hsinya Huang, "Representing Indigenous Bodies in Epeli Hau'ofa and Syaman
　Rapongan," *Tamkang Review* 40.2 (2010): 3-19.

航海的參照座標。美國伊利諾大學原住民研究學者迪亞茲（Vicente Diaz），本身是太平洋島嶼（關島）查莫羅（Chamorro）原住民，多年來關注跨國文化與太平洋原住民議題，2001年客座為《當代太平洋》（*The Contemporary Pacific*）編輯專刊，由「太平洋原住民文化研究」「邊緣」發聲（"Native Pacific Cultural Studies on the Edge"），即至近期論文〈移動的主權島嶼〉（"Moving Islands of Sovereignty"）裡，提出「太平洋原住民主權」論述，迪亞茲認為太平洋海洋原住民的航海文化實踐，在來自歐美大陸帝國主義近半世紀的殖民後，仍屹立不搖，代代相傳，是太平洋原住民串連結盟的契據，成為原初知識（original knowledge）的日常生活實踐，其意義有二：（一）在殖民切割的地理位置，以航海知識和航海實踐結盟，重新尋回為殖民主義斷裂的政治及文化主權；（二）以原住民跨越領域的海洋論述對抗／批判以「民族—國家」主權為基礎的殖民政治。迪亞茲的「太平洋原住民文化研究」由2001年的「邊緣發聲」至2010年的「原住民主權」論述，呼應了美國原住民研究由1989年柯魯伯的「邊緣聲音」對抗政治以至二十一世紀形塑「中心」—「中心」對話的必然學術轉向。

　　迪亞茲認為太平洋原住民航海技能代代相傳。例如，加羅林群島（Caroline Islands）稱為「伊塔克」（etak/moving island）「移動的島嶼」的航行定位知識與西方世界的導航模式不同，成為太平洋島嶼超越國族、殖民以及區域架構限制，由地理所形構的太平洋共同的文化。簡要而言，「伊塔克」是計算航行距離或是航行所在位置的技術，藉由第三島作為參考座標，結合對天體的觀察，使用三角法量測出發點與目的地間的距離，對太平洋／南島民族來說，這樣的海域空間想像是地圖，也是無聲的時鐘，將時間與空間概念化以定出航行者所在的位置。這項技術在歐洲人開始大航海時代的千年前就幫助太平洋／南島民族航行四分之三個南半球，族群散播廣

大的海域。「依塔克」所代表的是完全不同於西方的製圖觀念：自我不是經度與緯度的交叉點，不是一個絕對的社會與自然空間，而是像理論與實務的運作；航行者在獨木舟上向目的島嶼的星星所在位置方向移動，當作為起點的島嶼消失在視線時，他開始注意第三島如何向另一個星座移動，獨木舟被視為在星空下靜止不動，而島嶼群則在巡航過程中不斷的掠過，故有「移動的島嶼」之概念。島嶼的移動是一種感知的操作，不以航海圖中之俯視角度來壓縮和固定空間，而島嶼和宇宙朝向航行者而來。這個「移動的島嶼」的概念為原住民及當代跨國文化研究的交會提供一種創新的研究取徑，明顯不同於西方模式當中被動且空缺的空間如無人之境和無人之水這些被用來合理化疆域擴張的詞彙，「移動的島嶼」相互連結的概念，強調在太平洋另類／原住民巡航模式當中，認知空間和時間需要島嶼以及海洋與天體景觀的主動參與，是為太平洋海洋原住民生態主權的重要利基。

　　「移動島嶼」的概念，在蘇立文詩集《星舟》（*Star Waka*）的第53首詩裡，發揮得淋漓盡致。《星舟》是史詩預言之作，2001詩行牽引人類歷史走向第二個千禧年，100首詩以羅馬數字、阿拉伯數字及waka編碼：羅馬數字碼詩34首、阿拉伯數字碼詩19首、waka詩47首（其中兩首穿插在羅馬數碼詩群裡），在100首詩外，前有詩人〈前註〉（Note）和〈祝禱序曲〉，詩集封底有〈揚帆〉詩領航出發。〈祝禱序曲〉共32行，包含在2001行中，〈揚帆〉詩共14行，不在2001行中，是千禧年外的溢出和延伸。由羅馬至阿拉伯數碼，最後到waka編碼，預言人類歷史由羅馬文明至歐美文明，迎向太平洋海洋世紀的來臨，而舟子（waka）詩介入羅馬詩序，又讓直線前進的軌跡循環回到起點，形成整全的圓滿。詩59是整部詩集的高潮，是數字編碼詩的最後，也是引入waka詩的開端。全詩共10行，僅計14字：島嶼／島嶼／無人／島嶼／島嶼／鯨

魚／島嶼／島嶼／羅伯特／雕刻形塑熱愛漂浮的木舟（totara），
以意象組織，島嶼的詩行上下接合，形成圈狀的島嶼形象，散落太
平洋海域，形成三座汪洋中的島嶼，以三為多，再現郝歐法「我們
群島的海洋」（Our seas of islands）的太平洋視野。原住民研究學
者艾倫（Chadwick Allen）認為三座島嶼可以分別指紐西蘭的三大
島嶼：南島、北島、斯圖爾特島（Stewart Island），也可指涉玻里
尼西亞的群島金三角：夏威夷群島、復活島，以及紐西蘭（*Trans-
indigenous* 239），但他卻忽略了太平洋島嶼的獨特性，這三座島
嶼實也暗示了原住民古老的航海技術，即是迪亞茲所說的「移動島
嶼」的概念，以三座島嶼，對照星空天體，作為航行羅盤，配搭對
海浪高度與形狀和潮汐方向的觀察，形塑太平洋原住民傳統的航海
史詩與美學：「星球，如同你我所知，／不僅是我們的母親，而且
是所有生命的母親／，穿越寰宇」；「航海人的指南針/星辰的羅
盤／海風的羅盤／太陽的羅盤／海潮的羅盤／大海的想望」(Sulli-
van 64)。游行於島嶼間的第三行是 "no man"，如艾倫所言，令人聯
想到西方經典文本：荷馬（Homer）史詩奧迪賽（Odysseus）面對
獨眼巨人（Cyclopes）說出：「我是無名小卒」（I am Nobody）；
英國詩人唐恩（John Donne）經常被引述的詩句：「沒有人是座島
嶼，全然獨立」（No man is an island, entire of itself）（*Meditation
17*, Allen 238）。但艾倫未見詩人海洋生態的關懷，no-man也是
「非人」多元繁複的海洋生態世界，是太平洋原住民多物種共生共
存的生態世界，一種全然去人類中心的視野，所以「無人／非人」
事實上是主體移向大海、島嶼、舟子以及海中多物種的繁複世界，
移出「人」的自我之外，觀照「非人」（no man/non-human）的海
洋生態。[4]「海洋血脈」（例如，蘇立文的「血液中的海洋」〔the

4　有關「非人」生態論述，參見 Hsinya Huang, "Toward Trans-Pacific Ecopoetics:

ocean in the blood〕；郝歐法的「我們身體裡的海洋」〔"the ocean in us"〕；夏曼・藍波安的「我體內的血液就是海洋」）所指涉的正是一個海洋原住民與非人生態組合整全的家族系譜，也是毛利語 whakapapa（系譜）的真實意涵。

因此，在第二個島嶼的側邊即見「鯨」（whale），鯨為海洋哺乳動物，折衝人與非人的生物機能，是班妮特（Jane Bennett）所稱「活性物質」（vibrant matter）的中介生命，[5] 牽動寰宇生態的中樞機能，回應毛利族傳說中航海英雄沛起亞（Pekea）乘鯨來到紐西蘭島的傳說。他是為毛利人的始祖，著名的小說改編電影《鯨騎士》（The Whale Rider）就是重新詮釋這段傳說的精彩作品，[6] 鯨豚身體承載太平洋族人的民族記憶，是連結父祖傳承的文化載體，與潮間的浮游生物形成綺麗的海洋生態空間，是多元物種繁複的社群，超越人類歷史可記（measured）的時間，延展為宇宙生態萬物的演化時間。

有趣的是，鯨的毛利語tohora，也是一座小島的名稱，Tohora-motu是鯨魚島，位於紐西蘭「繁多灣」（Bay of Plenty）裡，是來自大洋洲玻里尼西亞（Polynesian）的毛利始祖到紐西蘭上岸的地方（Alan 238），詩人史筆春秋奠定太平洋海洋民族宇宙觀的基底，但艾倫顯然忽略了詩中詩人Robert駕舟巡航島嶼間，傳遞大洋洲海洋的詩學，蘊涵島嶼和島嶼之間緊密的生態關係，以及毛利祖先遠古傳承下來的航海科技與智慧。航海人觀察海潮的流向、海

Three Indigenous Texts," Special Issue on Eco-criticism, *Comparative Literature Studies* 50.11 (2013): 128-29.

5　參見Jane Bennett, *Vibrant Matter: A Political Ecology of Things* (Durham: Duke UP, 2010).

6　鯨豚在太平洋原住民傳統的文化意義，參見Hsinya Huang, "Toward Trans-Pacific Ecopoetics: Three Indigenous Texts," Special Issue on Eco-criticism, *Comparative Literature Studies* 50.11 (2013): 120-47.

風的方向、生態的物種、島嶼的距離、星辰的對應，決定航行的距離和目標，島與島之間，有豐富的物種做為聯繫，羅伯特是詩人的名字，他的獨木舟稱為「星舟」，與星辰運行緊密相連，是串連島嶼、生態與天體的媒介，從「伊塔克」古老的航海技術來看，「星舟」也是一座島嶼／中心，而航行參照的島嶼，則是一艘移動的舟子，這種海洋景觀主動參與、人與非人以及島嶼、星辰與舟子互為主體的概念，是太平洋原住民以海洋為中心、迥異於美洲大陸原住民的文化傳承。最後兩行，「詩人Robert雕琢、形塑、熱愛島上原生造舟的樹木totara」，totara既是紐西蘭土生土長的樹木，也有舟子的意思，詩人在舟子的上方，用原生樹種雕琢舟子，既是航行太平洋的獨木舟，同時也意喻「以文字為舟」，傳承毛利先祖的文化。如同蘭嶼達悟作家夏曼・藍波安在〈黑潮の親子舟〉（《冷海情深》）中所記載由父親傳承的造船智慧：「這棵樹是Apnorwa，那棵是Isis，那棵是Pangohen……。這些都是造船的材料。這棵Apnorwa已經等你十多年了，是拼在船身兩邊中間的上等材質，這種材是最慢腐爛的。這棵是Cyayi，就是今天我們要砍的船骨」（57）。

　　在2012年新作《天空的眼睛》，夏曼說：「每艘木船是由二十一棵樹削成流線型的木板而組合的，每棵樹至少有三十年的樹齡，如此之木船只使用一個斧頭製作而成，即使是他人的木船被破壞，也像是自己的肌膚被刀傷的感觸」（34-35）。在《海浪的記憶》之〈樹靈與耆老〉一篇，達悟老人兄弟的對話被轉譯為樹靈間的對話，樹就像人一樣有靈魂，凡有靈魂者就是有生命的，自然和部落、老人和樹木、客體和主體接續，山海形同日常生活的履踐，經驗知識是源自於自然界。

　　樹靈與耆老的對話平台立基於達悟族人的生態宇宙觀，達悟

即是「海洋之子」之意，人需要樹木造船、捕魚，在大海中人與船是一體的，尊敬樹是這些住在小島上的人應有的習俗（223）。耆老們的一生就像平靜的汪洋大海一樣，在一般人透視不到的海底世界，實踐他們敬畏自然界神靈的信仰，又從自然界的物種體認到尊重自己生命的真諦。夏曼・藍波安的語言，似乎也詮釋了Robert「熱愛島上原生造舟的樹木totara」的源由。

在蘭嶼的達悟民族是南島文化的起源，太平洋文明的主脈之一，達悟文明則維繫於「拼板舟」，伐木、造舟是達悟男人生命中重要的儀典，船裡的每一片木板就像 上帝 一樣神聖，如同是自己的骨肉（《海浪的記憶》〈樹靈與耆老〉220），上山來探望樹靈時，要很虔誠地說： 我是你靈魂的朋友，特別來看你 （222）。達悟族的拼板舟以21塊木料拼裝而成，樹材不同，因而保存了島嶼樹種的多樣性，如同達悟傳統裡，男人、女人、老人各有應食的魚種，保存了海洋資源的多元物種。達悟耆老們的一生就像平靜的汪洋大海一樣，在一般人透視不到的海底世界，實踐他們敬畏自然界神靈的信仰，又從自然界的物種體認到尊重自己生命的真諦，船板破損得不能出海後，耆老就會選擇死亡的時間：「我的耳朵經常聽到他們說這樣的話：『我在選擇我的死亡季節。』什麼樣的季節、什麼樣的氣候、日子、時辰死亡」（226）；耆老與船板生命一體，回歸樹靈，「我山裡的樹就送給你造船」（226）。

達悟人拼板舟的儀典涵納天空與海洋為一體。達悟語Mata no angit 或直譯成漢語即為「天空的眼睛」或「宇宙的眼睛」，航海人對照星辰、風向、海潮和第三島嶼（小蘭嶼）暗影，在海上用歌謠告訴族人，他們離回航的家還有多遠，南下的星星稱sasadangen，也稱masen（天蠍星），北航的星星是mina mahabteng（北極星），海上的自我不是經度與緯度的交叉點，島嶼、星辰以及海洋

景觀具有主動參與的能動性，形塑了達悟男人的海洋，海人專注學習洋流的與月亮、潮汐與魚類浮游生物的臍帶關係，夏曼在《天空的眼睛》說：「沒有海洋，你就沒有魚，你也沒有智慧」（29）。而海中的大魚就被稱為Manilacilat，就是一閃一閃的魚，就是達悟人現在稱的Cilat（浪人鰺），Cilat（浪人鰺）映照「一閃一閃的」星辰，意即「天空的眼睛」：「龐大的身軀〔又〕被月光照射，如巨大的鱗片放射一閃一閃的螢光」（4）。天空與海洋連成一體，在《天空的眼睛》的代序中，達悟族人在天空裡都有其中一顆「眼睛」：「是我的天眼，在沒有死亡之前，它會一直照明著我走的路，我生命的力氣大的話，或者努力奮鬥，努力抓魚的話，屬於我的天空的眼睛將會非常的明亮」（viii），在飛魚汛期（二月至六月）的五月天，學習海洋的課程，俯仰之間，天空海洋交融為一體，成為航海的參考座標。《天空的眼睛》代序「在冬季的海上我一個人旅行」，以作者孩提時的夢境，進入Amumubu（鯨豚）的體內，同遊大海的浩瀚：

> 　　我那一天的夢十分的奇特——在深夜的潮間帶，我聽到有人在叫我的名字，說：「切克瓦格要不要去海上旅行，看看水世界的綺麗啊？」
> 　　「你是誰？」「我是Amumubu（鯨豚）。」
> 　　「你為何找我？」「嗯……想帶你看很大的世界。」
> 　　「你怎麼知道我的名字？」「你的曾祖父跟我說的。」
> 　　　　　　　　　　　　　　　　　　　　　　　　（v-vii）

　　鯨豚身體承載達悟族人的民族記憶，是連結父祖傳承的文化載體，與潮間的浮游生物形成綺麗的海洋生態空間，是多元物種繁複的社群，超越人類歷史可記（measured）的時間，延展為宇宙生

態萬物的演化時間，跟鯨豚遨遊大海，體認「哇！海洋真的很大，沒有源頭也沒有終點」（viii）。夏曼具現海洋的「多物種社群」（multi-species communities），飛魚季裡，掠食大魚在飛魚魚群群聚的水下尾隨浮游，鯨豚一一唱誦大魚名字：「那些是鮪魚、黃鰭鮪魚、浪人鰺、梭魚鬼、頭刀魚、丁挽魚、旗魚等等」（ix）。

二、多物種共生連續

迪亞茲〈移動的主權島嶼〉也附帶提到另一太平洋島嶼原住民巡航的「生物定位系統」，稱之為「蒲客夫」（pookof），以生態環境帶領航海方向，「蒲客夫」是特定島嶼上的特有種生物知識體系，包含各種生物的行為模式與習慣，太平洋／南島民族藉由生物知識判斷他們所處的海域位置，島嶼甚至可以根據生物遷徙的範圍放大或縮小，判斷島嶼的方式還包括其上空獨有的雲之形狀、洋流與海浪的特徵以及星座群等，航海者甚至可以經由嗅覺判斷所處的海域位置，太平洋航海原住民的生態主體，隨生態環境／存在結合，取代語言中心主義及語言結構之權力運作，是為理解太平洋（跨）原住民生態想像的重要取徑。

生態研究學者羅絲（Deborah Bird Rose）呼籲重新注意把人類與多物種共同體結合的境況（地域）連接，這些物種包括曾經被歸類於自然生命或裸命（zoe, bare life）、隨時會被剝奪消滅的生命，書寫多物種社群即在為自然生命列傳使其成為有政治生命的物種（bio），與人類形成共生關係，兼具創造性與能動力。在《物種相遇》（When Species Meet）書中，哈洛威（Donna Haraway）寫道，「假如我們領會人類優越主義的愚昧，我們即知『化成』（becoming）總是『伴隨著化成』（becoming with）的——世界的化成總在緊要關頭的接觸場域中萌生」（244），跨物種化成的想

法與德勒茲和瓜達希的「根莖」（rhizome）理論，若合符節，自然與文化非人與人類的界線模糊或消失，多物種相遇而產生共同生態的多物種族群，在《異質海洋》（*Alien Ocean*）書中，賀姆立克（Stefan Helmreich）以嶄新的思維，想像海洋（浮游）生命與人類生命關係互相滲透，斷言我們正在見證人性也參雜了其他物種的種性，令物種的垂直／高低位階關係崩解，人類仰賴海洋生物、大魚仰賴小魚、小魚仰賴浮游生物而存活。

因此，《天空的眼睛》在小說的正式開端，即將敘述分為兩線，小說雖以一位歷經風霜的老海人為主軸，寫他島上的部落生活、與孫子的相處，以及面對遠到臺灣工作的女兒死訊，然而，在生動的人文寫照之中／之外，另有一場海洋生命的生存故事，以「浪人鰺」作為第一人稱的敘事者：「此時我的身長已超越一百六十多公分，體重約莫七十多公斤，我這種體型的浪人鰺，他們又稱Arilis，他們的祖先說是，超越他們想像的浪人鰺巨魚。達悟人在二月到六月的飛魚季節獵到我這種魚，是他們最為興奮、最驕傲的漁獲」（8）。海人的故事是現實的面向，而浪人鰺的敘述則是超越人類歷史的神話緣起，傳遞夏曼一再強調的「原初知識」。浪人鰺由創世說起：天神在海洋開了一道路稱之洋流，是飛魚族群旅行的路線，當時「人與魚」同時的生病，幾乎危及到族群，令之滅絕的地步，天神於是請託飛魚群的頭領Mavaheng so Panid（黑翅飛魚神），托夢給達悟人始祖的先知，令族人學習捕魚、分類與食物長養生命的方法，因此人類能以存活（3）；又魚類與人類同樣賴海洋為生，黑潮帶來浮游生物，成為人魚共生起源：「黑潮湧升流的海域，海底海溝寬窄深淺不一，這兒是黑潮南端往西流經的地方，浮游生物多元又豐富，我用腮吸吮浮游粒子來補充養分」（7）。人魚交融，魚是人的祖先，又長養人類的生命，是人類知識的起源，人類的故事由魚的口中／視角述說，達悟

人又依據揣摩浪人鰺肋骨弧型製作拼板船首尾切浪的Panowang，「說是具有切浪的功能與視覺原初的美感」（8）。老海人的故事也是由老浪人鰺的口中說出，反向拆解人類中心主義，由魚做為主體的視角，觀看老海人在海洋風浪中與大魚搏鬥的尊榮，評述成熟的達悟男人「最深層的底牌，謙虛的本質，就是憑藉獵到的大魚、飛魚，或其他珊瑚礁魚，海洋是達悟男人共同獵魚的田園」（28），成就夏曼所謂「自然人」才有的尊榮，才能參與的與大海生物物種共生的「野性的壯闊奇景」：

　　上萬尾的飛魚從海裡浮衝飛躍，許多的漁夫吶喊著，哇！哇！說是遲，也不算遲，更多的飛魚自動躍進我的船身內，哇！哇！我的身體也被三、四十尾的飛魚撞擊，顯然那位患有幻想症的小子沒有對我說謊。哇！這是掠食大魚在剛入夜之際進行獵殺進食的儀式，這是驚恐的魚群井然的飛奔，也是稍縱即逝的浪雲被我的首航遇見，哇！我說在心裡，是幸運也是讚嘆的心語，千萬尾的飛魚群飛躍海面一次、兩次、三次，之後海洋、飛魚歸於零的寧靜，野性的壯闊奇景只留給繼續運用初始漁撈漁具的自然人。（xvi）

　　如此「自然人」視野裡的壯闊奇景，在伊希麥拉的《鯨騎士》（*The Whale Rider*）中，以騎著鯨魚到紐西蘭的沛起亞創世神話寫起，伊希麥拉的生態詩學以海洋星球為中心：「突然間，海充滿了令人敬畏的歌聲。唱著：你召喚我而我帶著神的禮物到來。黑色的影子上升再上升，一隻巨大的海中怪物突然出現時，飛魚看到了宏偉巨獸的強大，由海水泡沫的波光閃亮中高高地飛躍而起的鯨魚。看到跨坐在鯨頭上的是個人。騎鯨人看起來很奇妙，水從他兩旁湧出，他張開口換氣」（5）。《鯨騎士》序幕從飛魚的視角觀看，

描述人鯨如同伴（共生）之不可分，將非人物種帶入一個島嶼歷史的創世，伊希麥拉以人鯨間有密切關聯性，像鯨魚般，騎鯨人從海裡冒出頭換氣，如同《天空的眼睛》的鏡像文本，夏曼由黥寫飛魚，伊希麥拉由飛魚書寫人與鯨，兩個同樣書寫太平洋海水、生物與島嶼的文本相互呼應，《鯨騎士》序幕後故事也同樣分成兩線交融參照的敘述，一個是關於鯨魚及神話的，以斜體字鯨魚觀點呈現，另一個是人類和現實社會，包括部落和文化政治。這兩個敘事交錯，使海洋世界裡充滿人性，人的世界又滲透有他物種的色彩，成為跨太平洋、跨族群、跨物種的太平洋生物系譜，抹消人類和動物、自然與文化的虛偽界線。

　　《天空的眼睛》是夏曼進入中年的成熟之作，積累數十年的能量，盡情流瀉，其過程艱辛漫長。夏曼在青少年時離開蘭嶼，到臺灣求學。之後數十年成為在都市工作的都會原民，並參與了1980年代達悟民族反對台電在蘭嶼掩埋核廢料的抗爭，回歸到遼闊的海洋，尋找島民空間、神話和語言，決心成為「真正的達悟男人」：

　　　　我想著，這幾年孤伶伶的學習潛水射魚，學習成為真正的達悟男人養家餬口的生存技能，嘗試祖先用原始的體能與大海搏鬥的生活經驗孕育自信心。用新鮮的魚回饋父母養育之宏恩，用甜美的魚湯養大孩子們，就像父親在我小時候養我一樣的生產方式。（《冷海情深》213）

　　　　祖父的祖父的祖父在這個小島上，一出生就看海、望海、愛海的遺傳基因遺留在自己的血脈裡。對海的熱愛可說超過其他的海伴，並且可以說，是近乎「狂戀海洋」的。（《黑色的翅膀》80）

　　夏曼對於敬愛的祖先猶如在身旁守護的親密描述，讓人聯想到

東加作家郝歐法極具特色的比喻「我們身體裡的海洋」（the ocean in us），海洋聯繫個體，賦予能量，使個人軀體在回歸海洋時成為改變的媒介。在〈我們身體裡的海洋〉（"The Ocean in Us"）一文裡，郝歐法點出海洋與人體之間微妙的連結，對他而言，「大洋洲」並非意指「國家與國籍的官方世界」，而是指經由海洋血脈「互相連結的世界」（50），因而，開展了積極擴展大洋洲，以涵蓋更大區域及更多物種的可能性」，郝歐法在文章結尾處指陳：「海是我們彼此間以及和其他人之間的通道，海是我們無盡的傳說，海是我們最強大的象徵，海洋在你我之中」（58）。

夏曼演繹海洋原住民的身體，藉由培養身體的禮節和技藝／技術引以召喚：「看海、望海、愛海的遺傳基因遺留在自己的血脈裡」，忠於原初知識，讓身體和自然接觸，當夏曼和父親選定一棵樹，砍下並做成船，整個過程不僅是一種神聖的儀式，也是一門生態的功課。父親為樹命名時，展現了部落對植物物種豐富的語彙和知識：

> 孩子的父親，這棵樹是Apnorwa，那棵是Isis，那棵是Pangohen〔……〕。這些都是造船的材料。這棵Apnorwa已經等你十多年了，是拼在船身兩邊中間的上等材質，這種材是最慢腐爛的。這棵是Cyayi，就是今天我們要砍的船骨〔……〕（《冷海情深》57）

夏曼說：「父親們慣用被動語態，以魚類、樹名等自然生態物種之習性表達他們的意思。所有魚類的習性、樹的特質、不同潮流等的象徵意義，我完全不懂。深山裡清新的空氣吸來很舒暢，但我卻像個白癡」（223）。「被動語態」、「魚類」、「樹名」、「自然生態物種」、「潮流」等環環相扣，逆寫「人本主義」的思

維，而由都市返鄉的「現代」孩子渾然無知，「像個白癡」。

　　這樣的世代斷裂有賴族老身體實踐／展演予以修補——「我仔細地看著長輩們砍樹的神情，揮斧的同時，他們長年勞動肌肉呈現的線條，如刀痕般深刻」（《海浪的記憶》217）。山海的經驗以身體實踐的勞動力為挹注。部落的記憶，沉澱在老人的身體裡，伐木如同儀式，經由身體的儀式、身體的禮節、身體的技法、身體的符號系統的展演實踐，召喚沉澱的歷史記憶。

　　在《冷海情深》的〈黑潮的親子舟〉中，夏曼也以和父親選樹、伐木、造船的經過道出一個達悟老人面對生命、生活和大自然的方式與態度。父親是個「說故事的人」，父親用詩歌、祝禱、先人的事蹟，講述生活的體驗、生命的哲理和屬於達悟的風俗與傳統，一邊敘說——教育作者如何選擇材質、如何祝福山林的神祇——一邊完成父子倆的造船大業。父親說起夏曼祖父年少時在海洋的一段經歷，如何聽從老人家豐富的經驗而躲過海上的風暴。這樣「口耳相傳」的學習方式，使個體的生活經驗既是獨一無二又是眾納百川，每一個講述者與聽話者身上同時摻雜著前人與自身的印記，每一個事件都可能在不同的實踐中獲得重生。父親也教夏曼認識各種樹木，並道：「樹是山的孩子，船是海的孫子，大自然的一切生物都有靈魂」（59），人與泛靈的大自然融為一體的和諧關係是原住民部族書寫的主軸，父親的詩歌、祝禱、故事即是儀式，儀式具有「中介」效應，緊密牽連人與自然、個人與族群。

　　夏曼以山海為家，貫串他的創作生命，在《黑色的翅膀》第一章，描寫這些「黑色的翅膀」——飛魚群的到來：「飛魚一群一群的，密密麻麻地把廣闊的海面染成烏黑的一片又一片。每群的數量大約三、四百條不等，魚群隊相距五、六十公尺，綿延一海哩左右，看來煞似軍律嚴謹出征的千軍萬馬，順著黑潮古老的航道逐漸逼近菲律賓巴坦北側的海域」（5）。黑潮是飛魚迴游的路徑，也

是達悟族古老波西里亞族系遷徙至當今蘭嶼島的路徑，古老／族人的記憶以飛魚群的到來復甦，飛魚長養肉體生命，地（海）域的想像則長養部族的儀式生命。

飛魚的「黑色翅膀」每年回來，重複達悟祖先遷徙的路徑，也成為族人在海上奮鬥的動力來源。海洋的記憶以成群的飛魚為喻，每一個飛魚季節，飛魚的回返延續在大洋洲島嶼間遷移穿梭的達悟祖先的記憶。多元多樣性的生物如「密集的飛魚群」，海島居民跟隨黑潮的自然節奏跨越疆界。他們的海洋沒有疆界，而跨疆越界是達悟族部落族人的特性，也是其他太平洋海島居民的特性。如郝歐法在《我們是海》中明確揭示的：

> 島民無法相信其歷史開啟於帝國主義或者帝國主義代表著他們族人和文化〔……〕他們無法失去和古老過去的連結，而只擁有殖民者所強加的記憶或歷史，但現今的跨國體系將他們消融於全球化的浪潮中，完全地泯滅其文化記憶的多樣性、社群認知、對祖先和後代的使命，將他們個人化、規格化，並將他們的生活同質化。（76）

兩位太平洋作家都使用海洋的語彙和海島的隱喻，這種立基於海洋原住民的論述，重新定義了陸地與海島的關係，郝歐法的《我們是海》中的「群島的海洋」（a sea of islands）之論，崩解了殖民主義的劃界，也解構了陸地觀看「遠洋中散落孤島」（islands in a remote sea）的思維，轉化海洋之「無人之境」為「多物種共生連續」（multispecies connectivities）的繁複綺麗的世界，形塑島嶼／島民之中心─中心、原住民─原住民的對話與結盟，《我們是海》集結郝歐法過去三十年來發表的海洋論述，共分為四部分，分別是「再思」（"Rethinking"）、「反思」（"Reflecting"）、「創造」

（"Creating"）和「重訪」（"Revisiting"），跨越大洋洲，重現蘊藏航海家反身性（reflexivity）和能動的星球圖像。作者身體力行，刻畫「圈內人」的島嶼觀點，創造航海家式的星象海圖，其中〈我們的群島海洋〉（"Our Sea of Islands"）、〈我們身體裡的海洋〉（"The Ocean in Us"）、〈當憶過往〉（"Pasts to Remember"），以及〈我們內在的位置〉（"Our Place Within"）四個篇章呈現作者追求更強大更自由的大洋洲觀點，自詡為「海洋人民」，守護擁有全世界最大水域的太平洋，將海洋視為連繫的主體，抗拒殖民霸權在海洋水域切割、將島民侷限在「遠洋裡的小島」的分離空間／論述。海洋遠古以來就是原住民巡航的航道，拼板舟／獨木舟來往頻繁，在空間中旅行、在時間裡巡航，再現海洋原住民文化為整體，在當今太平洋研究當中，得到許多正面的回應（參照Teresia Teaiwa; Hereniko and Wilson; Wilson and Dissanayake; Wilson and Dirlik）。

　　島嶼作家為「遠洋散落的海島」注入活力，島嶼成為充滿流動性、隱喻、圖繪、行動力、社群和希望、相互連結而成的「我們的群島海洋」。由太平洋內部重新建立的「大洋洲」，成為重建新的太平洋島民「海洋意識」的方法，佛洛伊德等精神分析學者將「海洋意識」（oceanic consciousness）視為自我和他者之間未分裂前的整體觀照，由下層反向轉化地理政治的劃界，測繪以太平洋的流動性和離散性相互連結的跨原住民雙向交流（crisscross），取代殖民／現代性直線單向的橫跨（cross），形塑海洋原住民中心—中心的對話與結盟。以「太平洋」為海洋原住民生態想像操練的場域，由現代性人本思維轉向人與非人互為主體的生態倫理，「太平洋」是經由海洋血脈相互連結的世界，布伊爾（Lawrence Buell）所謂的「全球生態情感」（ecoglobalist affect）是海洋遼闊意識的聯繫：鄰近和遠處、內部和外部、人和非人藉由星球（planetary）意識與想像，相互依存、聯繫，反向拆解國家主義的侷限，超越國族，以

星球生態環境為依歸，橫跨太平洋甚至星球性的活力造就生氣勃發的原住民共同體，在太平洋海域以（海）區域力量取代國族觀點，形成了一個共有共享的社群，結合海洋原住民特質，轉化成星球意識，去人類中心，省思海洋／液態環境、人與動物（非人）的倫理關係，乃為人類演進之自然歷程，成就人類永續共存發展的基礎。

三、全球生態情感

在德勞瑞（Elizabeth M. Deloughrey）的《路徑與根：巡航加勒比海與太平洋島嶼文學》（*Routes and Roots: Navigating Caribbean and Pacific Island Literatures*）書中，德勞瑞以陸地和島嶼之間的「潮汐辯證」（tidalectics）為立論契據，檢視島嶼作家如何書寫「路徑」與「根」之間複雜的關係，以海洋為歷史，藉由太平洋島嶼巡航文學，將跨海洋想像論述化，成就海洋詩學。德勞瑞的語彙「潮汐辯證」是借用加勒比海詩人、歷史學家、理論家布雷斯蔚特（Barbadian Kamau Brathwaite）於1974年所提出的理論架構，以海洋潮流在陸地與海洋之間的往復循環、持續不斷地活動之模式，動搖或顛覆國族、族裔或區域論述之框架，結合交錯的史實、跨文化的根源、多元及融合，成為「在海面下的團結／融合」（The unity is submarine）。這樣的概念著重地理空間的流動性，強調時間的循環而非線性前進。歷史是一個不斷被複寫的文本，一代又一代，如同海浪一次又一次在沙灘上留下痕跡也帶走沙礫，以海洋與島嶼為中心，不以島嶼為弱勢邊緣，強調文化地理學的模式，以釐清島嶼歷史與文化生產，為海洋及陸地、離散與在地，以及路徑與根之間複雜多變的交錯關係提供有力的論述架構。「潮汐辯證」以布雷斯蔚特所稱「另類／本土」（alter/native）的歷史書寫，面對殖民演進的直線模式。這種辯證方式抗拒黑格爾的辯證哲學，從循環／週

期模式召喚海洋不間斷的律動，反向拆解殖民主義和物質主義的線性偏見，是另類／本土認識論，也是雜揉歷史與地理詩學的模式，以地理探勘歷史，跨越海洋，「從一塊大陸／延續，碰觸另一塊，然後從島嶼退隱〔……〕直到或許具創造力的混沌未來。」這樣的海洋論述與歷史視野，動搖島嶼孤立的迷思，視「島嶼如世界」，將「島嶼世界化」，陸與海之間存有一種充滿能量、經常變動的關係，以這樣的關係重新檢視島嶼文學複雜的空間和歷史。

原住民的知識系統、文化想像、自然生態與人類共榮和諧的傳統宇宙觀是太平洋原住民書寫的共同命題，也應是原住民海洋書寫持續展延的養分，在集體結盟中創作，再現海洋原住民獨特的生態智慧與知識，並開創承先啟後的海洋詩學。捕魚不再只是對治物質／身體飢餓的方法，而是求得靈魂堅實的路徑。靠近黑潮水域為太平洋海洋豐富生態系統所滋養，達悟人幾世紀以在祖島*Pongso no Tao*環境所發展的傳統海洋生態知識過著富饒的生活。在1950年代當時的國民政府於蘭嶼本島建立四個工營、十個退伍軍人農場和駐防軍隊的總指揮部，此後蘭嶼又成為台電儲存核廢料的場所，情勢嚴峻，縱使如此，保留在歌謠、神話和故事裡的達悟傳統知識成為維持海洋文化於不墜的動力，族人依季節遷徙魚場，與珊瑚礁捕魚替換，維持生計，也有灌溉渠道的溼芋頭田、替換耕作（燒毀然後休耕）的乾芋頭、地瓜和小米補充。魚根據食用者分為三類，給男人、給女人及給長者的，以保護海洋並維持周圍海域的生物多樣性。達悟族根據月亮和潮汐節奏計算時間，歲時依「夜曆」而行、*Mi mowamowa*培育森林土地，林木築造傳統房屋和船，木材分等級篩選，分成建築裝飾（*Mivatek*）和不裝飾的船用的，使用熟練的造船技巧（*Mi tatala*），期望他們的船能成為魚的好朋友，維繫達悟族人與海洋密切關係的象徵秩序。

在夏曼《天空的眼睛》裡，延續對海洋生態的關懷，展現

海洋、星辰與多物種的成熟知識，透過說故事、歌謠、捕魚及划乘拼板舟的肢體技巧和傳承召喚海洋的記憶。有趣的是，在「代序」中，Amumubu（鯨豚）的出現，呼應了布伊爾、亞當森（Joni Adamson）與史坦溫（Jonathan Steinwand）等人所謂的生態文學的「鯨豚轉向」（cetacean turn）。布伊爾在〈全球共性作為資源與符碼：想像海洋與鯨魚〉（"Global Commons as Resource and as Icon: Imagining Oceans and Whales"）一文中試圖反轉海洋與鯨魚為全球共同消費／濫用的資源和表徵的謬誤，重新定位兩者成為星球想像與意識聚焦的小宇宙，如果像史碧娃克（Gayatri Chakravorty Spivak）所言：「人性／類在於對他者意圖接近」（"To be human is to be intended toward the other"）或如列維納斯（Levinas）倫理哲學所標舉之對他者的責任觀照，對布伊爾而言，海洋與鯨魚可說是陸生人類激進的他者（radical other），鯨魚更是海洋生態知識的隱喻，如何在倫理關係的想像裡拆解人本與大陸中心的思維，成為二十一世紀文學與文化論述最大的挑戰，也是以跨原住民觀點對比太平洋海洋書寫重要的命題。文本例證俯拾皆是：例如，以太平洋西北岸馬卡族（Makah）捕鯨傳統為主題的兩部小說北美（太平洋西北岸）原住民作家荷根（Linda Hogan）的《靠鯨生活的人》（*People of the Whale*）（2008）與太平洋西北岸加拿大原族作家霍爾（Charles Hall）的《鯨魚精神》（*The Whale Spirit*）（2000），由大陸的越界詩學轉向海洋的流動敘事。北美原住民馬卡族居住於華盛頓州西北突角的尼灣（Neah Bay）地區，獵鯨是馬卡人長久以來重要的經濟與信仰活動，具有深刻的文化內涵與傳統延續的意義。二十世紀初，馬卡族為保護鯨魚，同意禁止族人獵補鯨魚，而此禁令於七十年後方得恢復，1999年5月17日當天馬卡人捕獲灰鯨的消息於美國主要電視新聞網以現場連線方式播出馬卡人所有的活動與祭儀，但恢復捕鯨卻又代表著複雜且多層次的文化碰撞與衝

突，牽動了人類與海洋及海洋生物的互動關係，更可見社經與意識
型態的衝撞及異文化傳承之間的運作與角力，在馬卡部落、其他原
住民部落與美國主流社會都引起諸多的討論。

　　荷根以長期與彼德森（Brenda Peterson）所做的灰鯨生態觀察
記錄《觀看：灰鯨的神祕之旅》（*Sightings: The Gray Whale's Mys-
terious Journey*）為本，將長久賴鯨魚維生的馬卡族人虛擬為小說
裡的阿濟卡（A'atsika）族人，A'atsika族人與鯨魚之間關係親密，
在傳統文化中，他們相信自己是鯨魚的後代，捕鯨更是文化傳承的
一部份，從捕鯨前後的儀式，到吃下鯨肉的過程，族人的身體與
靈魂都與鯨魚緊緊相連，死後，族人的靈魂會回到海上，變成鯨
魚的一部份，這樣的傳統部落在白人治理下，逐漸淪為放棄文化傳
統的弱勢族群，以1999年的捕鯨事件為引，作者追溯白人政府長期
的殖民暴力，而迄今猶在的歐美帝國霸權與文化優越感，使得海洋
民族放棄海洋傳統，面臨存亡絕續之危機。小說中海洋所形塑的
感官經驗與身體技法成為部族復原療傷的觸媒，開啟主角湯馬斯
（Thomas）記憶的窗口，蟄伏在身體血液中的故事、記憶逐一被
召喚出來，形成抗拒大陸霸權殖民條約及政策宰制的力量，個人、
社群、海洋／土地及鯨魚／星球想像合而為一，荷根更展現從地方
盱衡寰宇的永續關懷，由生態觀點反思原住民傳統。

　　荷根探討現代原住民必定應付對考驗他們與環境關係的複雜議
題。故事中的角色露絲（Ruth）回想當她和湯馬斯還小時，鯨魚往
南遷移的事：「一大群，噴水，它們呼吸的水氣上出現彩虹。而當
它們北遷時，可以看到小小黑黑的幼鯨閃耀奪目。每個人看著它們
通過，尾鰭從水裡翹起，水花濺起然後它們潛入水裡」（163）；
那時有鯨魚、神奇的章魚及人類和海洋及其神秘關係的故事。然
而，湯馬斯退役時，部落議會決定部落應藉由重建捕鯨業來重拾傳
統，聲稱捕鯨將活化經歷多年悲慘的高失業率、貧窮、酗酒、家暴

及嗑藥問題的部落文化和經濟。荷根以古老的人與鯨的盟約，對捕鯨爭議書寫協商形式，以鯨魚的觀點來看宇宙，以鯨魚古老智慧指出人類歷史的圍限。荷根書道，鯨魚身上覆蓋著藤壺和其他海洋生物，鯨魚非個別生物而是包含整個宇宙生命，殺死一隻鯨魚，人類便殺死了宇宙裡的一個星球，跨越人鯨界線，開啟了對他物種的視野，史碧娃克所言，在星球寰宇間，人類只是過客，星球是我們共同的責任，以海洋的生態詩學，荷根修補人天失落的親密關係，反思部落文化的現代社會實踐，應是太平洋原住民書寫的共同取徑。

四、結語

2011年在夏威夷舉行之 APEC 領袖會議，「跨太平洋夥伴關係」（Trans-Pacific Partnership, TPP），以夏威夷原住民語OHANA「家人」為喻。[7]這樣跨越後殖民太平洋海域的宏觀地理與微觀政治，其實已是太平洋島嶼原住民千年以來的實踐，以原住民能動鎔冶回歸廣闊的海洋場域，「我們的群島海洋」是島民敘述展演與言談操練的空間，也是永續生存掙扎的場域，蘊含的星球視野與原民能動。如郝歐法所言，從一個海島到另一個海島，太平洋島民航行、貿易和婚嫁，也擴展了可供財富流動的社會網絡；他們遊歷拜訪居住在各種不同自然生態環境的親戚，藉以抒發他們對冒險甚至於打鬥和支配的渴望（33）；海洋提供水道，將鄰近海島連結成區域互惠團體，彼此相互融合，讓文化特性透過海洋傳播（53）；組織機構如南太平洋人類環境與生態行動委員會（SPCHEE, South

---

7　"Obama evokes island spirit as model" by Dan Nakaso and B.J. Reyes, *Star-Advertiser*. Posted: 01:30 a.m. HST, Nov 13, 2011 http://www.staradvertiser.com/news/20111113_Obama_evokes_island_spirit_as_model.html

Pacific Action Committee for Human Environment and Ecology）、太平洋區域環境計畫（SPREP, South Pacific Regional Environment Program）、論壇漁業局（the Forum Fisheries Agency）和南太平洋應用地球科學委員會（SOPAC, South Pacific Applied Geosciences Commission）共同倡導無核武太平洋運動、防止有毒廢棄物傾倒和禁止死亡之牆流刺網捕魚法，並與其他小型組織及其他地區運動互相合作；南太平洋海洋科學大學（University of the South Pacific of the Marine Science）與各種海洋資源經營計畫的成立，結合了太平洋魚場和海洋資源相關機構等等——皆突顯出大洋洲有如一個「群島的海洋」，在全球／地球環境的保護和永續經營上扮演著重要的角色，原住民為海洋的守護者，召喚「連結其他區域處境相似，有著為所有生物福祉保護海域共同任務的人民」（55）。數千年來，太平洋島民的祖先在海上暢行無阻，今日，他們依然跨越國界：他們所到之處——澳洲、紐西蘭、夏威夷、美國大陸、加拿大、歐洲以及其他地方——他們在新的海洋資源地紮根，穩定就業和家庭資產，並且擴展親屬網絡，親戚、物質商品和故事橫越海洋流傳——海洋是他們的，因為那一直是他們的家（34）；海洋的島民突破藩籬，他們在故鄉周圍移動、遷徙，並不是因為他們的國家窮困，而是因為他們被不自然的國界所拘限，因而與他們傳統的財富資源分隔。他們移徙也是因為「在他們的血液中有移徙的因子」（41）。

　　如威爾森所言，因有富含蘊育及滋養生命的海洋資源共享，我們可以展望自然生態與人類共榮和諧的未來及跨國合作的可能性，由海洋構成星球百分之九十的生物圈，星球應該叫做「海」而非「地」（球）。[8]面對人類科技的威脅，海洋需要更寬闊的定位。海洋生物尋求一個更具世界觀、能連結跨越藩籬的共居意識，海洋

8　參見註2。

蘊育的生物即可視為星球公民。夏曼・藍波安的故事、意象和傳說透露強烈的海洋共同體意識。人類仰望天空，大魚獵食飛魚仰望海面，被獵殺的飛魚散落海面的波光鱗片，猶如星光一樣，海天一氣，是為「天空的眼睛」，從達悟族人的觀點，每個人的靈魂都住在某一顆星星裡面。太平洋島民的自我想像是星球的而非陸地的，這是史碧娃克所指的人類未來。對史碧娃克而言，作為想像平台的不是全球（globe）而是星球（planet），在本質上，史碧娃克質詰：「我們是誰？」（Who are we?），我們能在何種平台上想像成一個共同體？在《學科之死》（Death of a Discipline）一書中，史碧娃克將星球性（planetarity）定義在地球的物質性（materiality）上，主張人類想像的共同體，不需以民族國家為基礎。這與布伊爾所謂的「全球生態情感」（ecoglobalist affect）若合符節，在廣義上，「全球生態情感」是對鄰近的居住環境有著情感依附，這情感依附至少可定義為某種想像的特定地點和全球區域脈絡的繁複聯繫：鄰近和遠處、內部和外部、人和非人藉由星球（planetary）意識與想像，相互依存，拆解國家主義的侷限，超越國族，以星球生態環境為依歸，形成了一個共有共享的社群，結合海洋原住民特質，轉化成星球意識，去人類中心，省思海洋／液態環境、人與動物（非人）的倫理關係，乃為人類演進之自然歷程，成就人類永續共存發展的基礎。

　　海洋不是阻隔，而是通路。達悟族人的拼板舟讓世界從海洋看見臺灣，也使臺灣能從海洋看見世界，「陸地的盡頭，才是世界的開始」，[9] 太平洋的拼板舟／獨木舟／星舟，以行動划過海洋，連結起部落與部落、部落與國家、人類與多物種互為主體之生命共同體。在轉譯跨原住民文本過程中，我們面向的不只是達悟族群的未

9　借用紀錄片導演林建享的美麗而懇切的語言。

來，也是臺灣所面向海洋的未來；不只做為（跨）原住民族群的共同省思，也讓世界學習海洋島嶼與島民的謙卑。

「願你有大魚的靈魂」，夏曼・藍波安在《老海人》中如是說。

📖 引用書目

夏曼・藍波安。《冷海情深》。臺北：聯合文學，1997。

——。《黑色的翅膀》。臺中：晨星，1999。

——。《海浪的記憶》。臺北：聯合文學，2003。

——。《老海人》。臺北：印刻，2009。

——。《天空的眼睛》臺北：聯經，2012。

Allen, Chadwick. "A Trans*national* Native American Studies? Why Not Studies that are Trans-*Indigenous?" Journal of Transnational American Studies* 4.1 (2012). Ed. Hsinya Huang, Philip J. Deloria, Laura Furlan, and John Gamber. University of California, Berkeley, eScholarship. http://escholarship.org/uc/item/82m5j3f5. Accessed March 20, 2013.

---. *Trans-Indigenous: Methodologies for Global Native Literary Studies*. Twin Cities: U of Minnesota P, 2012. Print.

Bennett, Jane. *Vibrant Matter: A Political Ecology of Things*. Durham: Duke UP, 2010. Print.

Buell, Lawrence. "Global Commons as Resource and as Icon: Imagining Oceans and Whales." *Writing in an Endangered World: Literature, Culture, and Environment in the U.S. and Beyond*. Cambridge,

Mass.: Harvard UP, 2001. 196-223. Print.

---. "Ecoglobalist Affects: The Emergence of U.S. Environmental Imagination on a Planetary Scale." *Shades of the Planet: American Literature as World Literature*. Ed. Wai Chee Dimock and Lawrence Buell. Princeton: Princeton UP, 2007. 227-48. Print.

Deloughrey, Elizabeth M. *Routes and Roots: Navigating Caribbean and Pacific Island Literatures*. Honolulu: U of Hawaii P, 2010. Print.

---, and George Handley, eds. *Postcolonial Ecologies: Literatures of the Environment*. Oxford: Oxford UP, 2011. Print.

Diaz, Vicente M. "Voyaging for Anti-Colonial Recovery: Austronesian Seafaring, Archipelagic Rethinking, and the Re-mapping of Indigeneity." *Pacific Asia Inquiry* 2.1 (2011): 21-32. Print.

---. "Moving Islands of Sovereignty." *Sovereign Acts*. Ed. Frances Negron- Muntaner. Cambridge: South End P, 2008. Print.

---, and J. Kehaulani Kauanui. "Native Pacific Cultural Studies on the Edge." *The Contemporary Pacific* 13.2 (2001): 315-42. Print.

---, eds. Special Issue of *The Contemporary Pacific* 13.2 (2001). Print.

Glover, Kaiama L. *Haiti Unbound: A Spiralist Challenge to the Postcolonial Canon*. Liverpool: Liverpool UP, 2010. Print.

Haraway, Donna. *When Species Meet*. Minneapolis: U of Minnesota P, 2008. Print.

Hau'ofa, Epeli. *We Are the Ocean: Selected Works*. Honolulu: U of Hawaii P, 2008. Print.

Helmreich, Stefan. *Alien Ocean: Anthropological Voyages in Microbial Seas*. Berkeley: U of California P, 2009. Print.

Hereniko, Vilsoni, and Rob Wilson, eds. *Inside Out: Literature, Cultural Politics, and Identity in the New Pacific*. Lanham: Rowman &

Littlefield 1999. Print.

Hogan, Linda. *People of the Whale*. New York: Norton, 2008. Print.

---, and Brenda Peterson. *Sightings: The Gray Whale's Mysterious Journey*. Washington, D.C.: National Geographic, 2002. Print.

Ihimaera, Witi. *The Whale Rider*. Orlando: Harcourt, 2003. Print.

Kirksey, Eben S., and Stefan Helmreich. "The Emergence of Multispecies Ethnography." *Cultural Anthropology* 25.4 (2010): 545-76. Print.

Moore, Jason W. "Capitalism as World-Ecology: Braudel and Marx on Environmental History." *Organization & Environment* 16.4 (December 2003): 514-17. Print.

Nakaso, Dan, and B. J. Reyes. "Obama evokes island spirit as model." *Star-Advertiser*. Honolulu, Hawaii. Posted 01:30 a.m. HST, Nov 13, 2011. http://www.staradvertiser.com/news/20111113_Obama_evokes_island_spirit_as_model.html. Accessed November 15, 2011. Print.

Nixon, Rob. *Slow Violence and the Environmentalism of the Poor*. Cambridge, Mass.: Harvard UP, 2011. Print.

Rose, Deborah Bird. "Introduction: Writing in the Anthropocene." *Australian Humanities Review* 49 (2009): 87. Print.

Spivak, Gayatri Chakravorty. *Death of a Discipline*. New York: Columbia UP, 2003. Print.

Teaiwa, Teresia. "Reading Paul Gauguin's *Noa Noa* with Epeli Hau'ofa's *Kisses in the Nederends*: Militourism, Feminism, and the 'Polynesian' Body." Hereniko and Wilson 249-64. Print.

Wilson, Rob. "Toward an Ecopoetics of Oceania: Worlding the Asia-Pacific Region as Space-Time Ecumene." Anthropological Futures

Conference. Institute of Ethnology, Academia Sinica, Taiwan. June 12-13, 2010. Print.

---. "Oceania as Peril and Promise: Toward Theorizing a Worlded Vision of Trans-Pacific Ecopoetics." Lecture given at "Oceania Archives & Transnational American Studies." Hong Kong University, June 4-6, 2012.

5 原住民文學與生態思潮的交會：連續、關聯與關繫導向的自然觀[1]

中興大學外文系　阮秀莉

一、前言

　　本文探討原住民文學、文化與生態思潮的交集，並以這個角度閱讀臺灣布農族乜寇・索克魯曼的小說《東谷沙飛傳奇》中的〈獵人之月〉，以及美國契卡索族琳達・霍根（Linda Hogan）的小說《鯨族人》（*People of the Whale*）。生態思潮是對人和自然環境關係的反思，其核心論述之一在於反省、檢視人類中心主義，修補人與自然關係的疏離，而原住民傳統和自然環境關係密切，原住民創作也多所展現這個傳統，在生態關懷和生態反思的潮流中，如何有意義的來探討兩者的交集，兩者如何接軌，如何從生態論述的角度來看原住民創作，以及原住民的人與自然關係如何與當代生態論述對話，並豐富當代生態論述，這片空間值得用心開發。

1　本文初稿〈原住民文學與生態思潮：『原住』之生態意義導向〉發表於「首屆海峽兩岸生態文學研討會」，廈門大學，2011/10/29-31。感謝國科會研究計畫和教育部頂尖計畫補助，國立中興大學人文與社會科學研究中心研究計畫支

　　有識之士早已注意到原住民傳統和創作，生態論述和生態作家也多所吸納原住民的自然傳統和文化價值，如梭羅、史耐德等，但原住民文化形式與生態論述概念的契合，經常落入生態原住民的本質主義。生態原住民應該如何來看待？當代生態論述從西方的情境和現代的困境產生，原住民本無生態的概念，也沒有切割自然與文化，而是人、自然、文化的結合體，所謂原住民與自然的和諧關係，是在這個結合體裡的平衡運作。原住民看來富含生態意涵的行動，是一套人和自然相處的關係，和社會、經濟、生產模式、信仰密不可分。本文嘗試從連續、關聯與關繫的進路，把原住民生態的行動放到整體的文化底層，來看這些行動的生產和生態意義的連結。

　　本文從人類學者張光直連續性的文明出發，擷取自然和文化連續的觀念，接續關聯的思維和關聯的世界，再繼之以西方人類學者柏德・大衛（Nurit Bird-David）「重探萬物有靈論」的考察，闡述關繫的認識論（relational epistemology），來看待原住民傳統裡自然與文化的連續、人與動物的連續，並援引兩部原住民作品《東谷沙飛傳奇》、《鯨族人》，連結原住民文學與生態思潮，以兩者的交會與糾葛，來看待生態原住民的學理和建構，以及非本質化的「原住」生態意義，如此有助於生態思潮的多元文化開發，同時提供「去人類中心主義」的人類學基礎和人類活動的範例。

二、連續性的文明、關聯性的思維

　　張光直提出連續性文明模式，其主要概念有文化與自然的連續、聯繫性的宇宙觀，世界是轉化、轉形，而不是開天闢地的從無

持，以及助理葉雯雅協助資料收集、論文校對、修訂，並協助庶務工作。

到有，可見於一般巫文化。張光直致力於商代文明的天人連續和聯繫性的宇宙觀，並連結中美洲薩滿文化支持亞美連續體之說，張派學者喬健則具體的連續拿瓦侯印第安文化和藏文化。

　　張光直在〈連續與破裂：一個文明起源新說的草稿〉中提出連續性和破裂性兩種文明起源模式，具體的差異在意識型態方面，前者的基礎是人與自然及超自然的連續、存有延續（continuity of Being），以殷商、馬雅文明為代表，後者是人與自然及超自然的分割與對立、存有斷裂（rupture of Being），以蘇末文明（Sumerian civilization）為代表。張光直考證中國古代殷商文明，並比之於中美洲印第安馬雅文明，兩者同樣充滿生命力關聯，都是整合性宇宙論，支持亞美連續體文明之說。連續性文明看待世界的方法，以及和世界的延續關係，為本文的興趣所在。[2]

　　張光直連續性文明的宇宙框架中，人類與動物之間連續、地與天之間連續、文化與自然之間連續。「中國古代的這種世界觀—有人稱為『聯繫性的宇宙觀』—顯然不是中國獨有的；基本上它代表在原始社會中廣泛出現的人類世界觀的基層」（張光直123-

---

2　〈連續與破裂：一個文明起源新說的草稿〉廣受重視，登載於《九州學刊》第 1 期（北京：三聯書店，1986），並收錄於《中國青銅時代》第二集（臺北：聯經出版事業公司，1990）131-43；《美術、神話與祭祀》（遼寧省：遼寧教育出版社，2002）；《印第安人的誦歌—美洲與亞洲文化的關聯》，喬健編著（臺北：立緒，2005）119-35。

　張光直和其他相關學者的興趣在於此連續性文明所產生的政治體制和社會運作。文明的產生有賴財富的積累和集中，連續性文明主要是通過政治程序，即通過對生產勞動力的操縱達成，破裂性文明則主要是通過技術和貿易的途徑獲得。張光直從青銅器的研究入手，認為青銅器就是中國古代政治權力的工具。掌握青銅器的人藉助青銅器及其上面的動物紋樣，壟斷了天地交通的工具，也因此掌握了政權。喬健和其他學者的後續研究則持續探討美亞洲際關連，如，比較拿瓦侯印地安族和藏族文化。

　本文藉助張光直的研究論點和成果，帶入原住民文學文化跨國生態文論的探討。

24）。與之相對為破裂性文明，以蘇末文明為考察代表。張光直引用Colin Renfrew和Richard F. Townsend說明破裂性文明（civilization of rupture，又稱突破性文明）產生自然和文化的斷裂，從連續過渡到分隔，人類本與動物夥伴共同分享自然，變成人類創造自己的世界，為人工的器物所包圍，把自己孤立於動物朋友之外，高高在上（131）。歐洲人的城市建構，視城市為人類文明所在，城市裡運作的宗教與法律制度，將人類的身分與未經馴化的自然的身體區分開來。相對而言印第安人則以一種參與的意識來對待自然現象：「宇宙被看成是各種生命力之間的關係的反映，而生命的每一方面都是一個互相交叉的宇宙體系的一部分」（qtd. in Townsend 132）。[3]

張光直引述佛爾斯脫（Peter T. Furst）對中美洲印第安人薩滿文化的研究，以闡釋聯繫性的世界觀及其文化基礎。佛爾斯脫的亞美薩滿文化的意識型態（the ideological content of Asian-American Shamanism）或亞美基層（Asian-American substratum）的宇宙論包括：萬物有靈一切平等，人與動物平等並可以相互轉型，以及宇宙乃巫術性變形等等（124-27）。[4]這個有機的宇宙以牟復禮（F. W. Mote）的話來說就是：「整個宇宙的所有組成部分都屬於同一個有機的整體，而且它們全都以參與者的身份在一個自發自生的生命程式之中互相作用」。[5]張光直說這種世界觀顯然不是古代中國獨有的，「基本上它代表在原始社會中廣泛出現的人類世界觀的基層」

3　Colin Renfrew, *The Emergence of Civilization* (London: Methuen, 1972) 11; Richard F. Townsend, *State and Cosmos in the Art of Tenochtitlan* (Washington, D. C.: Dumbarton Oaks, 1979) 9.

4　Peter T. Furst, "Shamanistic Survivals in Mesoamerican Religion," *Actas del XLI Congreso Internacional de Americanistas*, Mexico, Vol III (1976) 149-57.

5　F. W. Mote, *Intellectual Foundations of China* (New York: A.A. Knopf, 1971) 19.

（123-24），具有普遍性，跨過太平洋的印第安薩滿教是同類型的文化。

　　張光直的說法，在漢學界影響相當大，多位學者延伸演繹，本文僅提出孫邦金、王紀潮與本文相關的部分做為參酌。孫邦金從現代意義的角度呼應張光直，指西方啟蒙運動以來的天人二分本體論必然導致斷裂的社會文化，科學主義、理性主義的知識論導致人類中心主義；而天人關聯的思維模式，與邏輯分析思維方式相對，並內涵一定程度的非人類中心主義。從存有的連續來看，世界是一個互為因果條件、相互關聯轉化的複雜體，人與非人共存於同一個世界，共處需要謙遜與包容。而關聯性宇宙論最重要的類推在於「天與人、自然與社會、氣象與政治、肉體與精神、自我與非我間，是為天與人關聯的理論，以尋求天人合一與和諧秩序為最高目的」，其思維體現在類比、聯想和感應等形式（6）。是故王紀潮說，關聯性意識形態不以求真為目標，其社群精英或知識份子探索自然和社會問題的重點，「不在對事物本質的追問，而在事物的聯繫性、連續性和整體性」，這些聯繫、連續和整體的性質，通過各種儀式和祭祀活動體現出來 （4）。本文認為重新審視關聯性思維方式與存有本體的連續性，並正視連續性文化在日常生活的實踐，有利於開放多元文化的環境意識。

　　我們居住在同一個星球，不同的是人們看待世界的方法和角度，導致多樣的人和自然關係。張光直由集體意識分類和文化類型入手，連結中國古文明、印第安文明，以及巫文化，肯定亞美基層的連續性文化和關聯性思維是具普遍性的人類學現象，人與自然的分割和宇宙整體的破裂並不是唯一的標準常態，也提供了另類環境意識的人類學基礎。

三、從關連性思維到關繫認識論：「再探萬物有靈論」

西方人類學者柏德・大衛（Nurit Bird-David）經過長期的田野工作，沉浸於漁獵採集模式的原住民文化，對「萬物有靈論」重新探討，並提出關繫認識論（relational epistemology），這個具有物質性基礎的學說，可藉以進一步看待巫文化中人和自然的連續關係，與張光直的器物考掘學互補。[6]

柏德・大衛回顧文獻上所勾勒的「萬物有靈論」，經常將之視為初階的宗教，在學理上是失敗的知識論／認識論，是自身的天真投射，是分化未成熟的原始心靈。她在論文〈再探萬物有靈論〉中自最初命名的學者泰勒（Edward Tylor）開始檢視，歷經涂爾幹（Durkheim）和李維斯陀（Lévi-Strauss）等學者的發展，雖然有進一步的洞見，但他們的見解不出現代性的二分主義，區隔人和自然。柏德・大衛轉向哈洛維（Irving Hallowell）和史垂森（M. Strathern）的民族誌考察，民族文化對 "person" 有不同的理解，"personhood" 不單為人類專享，非人類事物也具有「人格」（"person"）的地位。柏德・大衛再加上 "dividual" 的「關繫人格」學說，進一步闡述人與自然的社會共享關係，說明「萬物有靈論」不是迷信或原始心靈的自我投射，而是關繫認識論（relational episte-mology）的運作。

哈洛維的研究，指出歐吉瓦印第安人（Ojibwa）所設想的世界，所有的存在都是 "person"，其下才分別有 "human person"、"animal person"、"wind person" 等等，現代性文化則將人類和非人

6　柏德・大衛的關繫認識論植基於漁獵採集民族的文化傳統，漁獵採集民族也是張光直的研究範疇，有油印本手稿收藏於哈佛大學：Chang, Kwang-chih. *Habitat and animal-food gathering economy of the northeastern palaeo-Siberians: A preliminary study* (Cambridge: Harvard UP, 1956).

類一刀兩斷，視兩者並非同類為理所當然，"personhood" 為人類專屬。史垂森的研究，則指出美拉尼西亞人（Melanesian）的 "person" 不是個人或個體，而是代表複合混成的關繫體，是社會總體的微型宇宙，具現了和個人牽連的種種「關繫」，並顯現於外。他將代表個體的 "individual" 去除字頭，用 "dividual" 新造字代表原住民的「個人」為關繫之合體，對比現代性的個人主義，兩者根本上不同。

有據於此，柏德‧大衛以動詞 "dividuate" 表示原住民個人關繫的形成，並以印度南部 Gir 地區納亞卡人（Nayaka）的漁獵採集民族誌情境為說明，納亞卡的德瓦盧靈通（devaru）的運作模式，山川草木與人都一同納入靈通文化的社會實踐，進而提出「萬物有靈論」為以關繫為主的知識論。關繫式的環境生態感知，體現文化與自然的連續體，值得納入當代生態論述，反思人和自然關係的多樣性。

依據柏德‧大衛的民族誌考察，納亞卡人看待彼此，不是把對方看成是權利、義務、頭銜、親屬稱呼的擁有人，而是和對方產生關繫的人，是親人、親戚、親屬（Bird-David 72）。納亞卡人的親族關係不是血緣式的生物性關連、系譜或神話的形塑，而是分享／共生式的關繫，是透過反覆的社會分享行動和產生關繫行動，不斷的打造和再打造而形成。個人不是既定的身份，是在多重的社會行動過程中浮現出來，跨越身體有形和無形的界線，而且產生關連的成員不只侷限於人類，而是涵蓋生活圈裡的其他物種。周遭的諸種存在，同樣是分享社群的一部份，是「複人」（dividual）中複合人格的成分。易言之，納亞卡人並不是先把山川草木人格化，再產生親屬關係，而是在持續的分享／共生行動裡，產生各種具有社群關係的「人外人」或「人上人」（"other than human person"）。一般所謂的關係指的是外在的連結，外在的關連，本文則用「關繫」

表達我在物內，物在我內，內涵、內構的互聯情境。

現代性的認識論建立在區別各種本質和元素，從分離的角度來觀察並瞭解世界，講究分析，追求分辨精確；而「萬物有靈論的目標是瞭解關繫所在，從關繫的角度以及在關繫的網絡裡，獲得知識」（73），需要發展「存在於世」並與「其他所有存在」分享／共生的技能，這樣的能力隨時間和歷練而增長，對所處的環境敏於覺知，追求的是越加精鍊、寬廣、深刻、豐富的經驗，而不是精確的實證分析，不是「我思故我在」，而是「我關繫故我在」，或是「我關繫故我知」（77-78）。關繫認識論對比現代性的認知/知識，一樣有效且真實，兩者各具擅場，也各有侷限。

柏德‧大衛對「萬物有靈論」的重新探討，考察人類的活動模式，以人類學的研究基礎，將「萬物有靈論」建立在漁獵採集社會發展出來的認知模式和知識內容。環境是泛靈社群中和人緊密聯繫的一環，是原住民很重要的信念，是萬事萬物無不相關的信仰表現（All things are related）。「萬物有靈論」是原住民「物物相關」的一體兩面。「物我相關」是物在人外，以我為關係的輻輳中心，「物物相關」則是物亦人、人亦物，人只是網絡中的一點，其內涵不可以迷信一筆帶過。從「萬物有靈新論」來看「物物相關」之道，更強調無盡的聯繫關係，如此構成人與環境互動網絡，化合在原住民文化傳統，成為神話、傳說、故事、信仰、儀式、吟誦，並進入現代表現方式的原住民文學。

一般所謂原住民和自然環境關係密切，經過深入的探討有其深刻的內涵。當代原住民一路行來，與原初的「萬物有靈論」，已經經歷劇烈的環境變遷，但是「物物相關」的文化積澱，依然可窺見其神貌。

當代生態意識抬頭，生態也成為原住民作家得以傳達原族精神的言詮。生態是一個新興詞彙，匯聚當代思潮動能和詩學想像，讓

缺乏共通生活模式和自然語彙的原族和非原族有所交集。以下以中西兩部原住民的小說作品，演示人和自然連續互通的文學表現，一部是《東谷沙飛傳奇》，另一部是《鯨族人》，兩者都擷取漁獵採集傳統的文化基礎，展現原住民族群「萬物有靈」的關繫認知，呈現物我兩涉的關連世界，用現代文學的形式，分別用主流的漢語和英語，轉化原住民觀點的世界，與非原住民的世界交涉。

四、《東谷沙飛傳奇》[7]

　　《東谷沙飛傳奇》是臺灣布農族作家乜寇‧索克魯曼（Neqou Soqluman）的青少年奇幻小說，獲得2008年吳濁流文學獎。布農族稱玉山為「東谷沙飛」（Tongku Saveq），意思是「避難所」，大洪水避難的所在。乜寇運用布農族的神話、傳說，書寫魔法時代善與惡的鬥爭，人類與山精風靈共處，對山野土地、萬物生靈抱持崇敬。

　　小說第五章〈獵人之月〉寫出傳統原住民的狩獵活動，是精神與肉體和土地的對話。狩獵前七天，所有要參與狩獵活動的男人都住進了男子會所，接受身體和精神的訓練。狩獵領袖教導年輕的學員，「狩獵就是人與土地之間的對話與過程」：

　　　　身為一位狩獵者，最重要的是能夠緊密地遵守各樣相關的狩獵沙目，並知道如何辨解來自土地的各樣訊息，從雲的變化理解將來的天氣，從風的味道知道是否有看不見的威脅，從不

7　《東谷沙飛傳奇》以奇幻情節為主，作者自述臺灣原住民的故事傳奇，比之《魔戒》不惶多讓，本論文以其中〈獵人之月〉一小節，做為傳統布農族人與自然環境相處之舉隅，化合在奇幻情節想像中。霍斯陸曼‧伐伐的《玉山魂》則以寫實方式，全面書寫布農族人的山林生活，趨近民族誌小說。

同的樹種辨識當地動物生態，從土壤中辨識最近發生了什麼
事，之後依照我們的虔誠與需要，土地會向我們敞開它自己，
將屬於我們的食物「送」給我們，而我們只要去「拿」即是，
這就是狩獵。（81-82）

　　每天早上他們都必須舉行夢的儀式，並學習闡述各人的夢境，
「因為夢是上天的語言、自然的嘆息，透過夢獵人得以預知將來會
發生什麼事」（82）。各種富有想像力的詳夢既幽默又具洞見，夢
見瀑布水氣打在身上是豐沛的好運，夢見巨木裂開顯示黑熊的憤
怒。夢見沒穿衣服的女人，令年輕人既害羞又困惑，對應的獵事可
好可壞，若是捉到女人，會捕獲山羌、白鼻心這一類肉質鮮美的動
物，若是沒捉到，表示將沒有任何收穫，跟去也沒用。夢見黑蛇從
黑洞爬出來，吞食了一隻老鼠，則難倒了長老。蛇是吉兆，但是黑
洞和吞鼠，則沒有人輕易下註解（83-85）。

　　這些夢境的聯想並非漫無目的發想，而是建立在密切的環境
互動關係上，被當成沙目誡律而認真看待。夢是原住民和非人類環
境互相靈通的方法，與環境互動，解夢所做的在境詮釋，培養對環
境敏銳的感知、領受、反應並活化與環境互動的情境。[8] 在關聯性
思維的文化中，事事相關，部落所有的人都要遵守在狩獵期間禁
食、禁慾、禁止隨意放屁。身體的修練，聯繫的是向土地討食的敬
謹和慎重。夢占與禁忌都不是理性的衡量，而是原住民靈性網絡的
一環，聯繫人類、非人類和超人類。爾文（Lee Irwin）在《追夢的
人：大平原區美國原住民的靈視傳統》一書中，肯定人類多面向
的能力，獨尊理性，會導致斲傷人類的其他心靈功能（*The Dream
Seekers* 20）。直覺力帶來的生命力，在靈視界域運作，延展身

8　本文討論的兩個作品都有夢的元素，另外專文討論，夢仲介了自然和人的連續。

心，跨越物種和物境，與非人類存在接觸、協商，是傾一族之人世世代代共同的創造，兆示集體存活的心智。

五、《鯨族人》[9]

《鯨族人》是琳達・霍根2008年的最新力作。霍根是契卡索族混血印第安人，身兼小說家、詩人、散文家、教師、學者、劇作家等身份，長年關注環境問題、原住民宗教傳統和文化，並致力於環境正義的社會行動。她的著作無論是虛構或非虛構，皆致力彰顯原住民的世界觀。她不僅書寫北美殖民以來原住民受到迫害，地景受到破壞，也直視原住民狩獵文化與動物保育互相衝突的議題。此書細膩的呈現作者對環境、靈性及戰爭創傷的敏銳感受，既描寫物我互通，互相密切關涉，彼此互相滲透，充滿民族詩意（enthopoetics）之美，也刻畫出人類在傳統與現實世界之間痛苦的道德抉擇。

《鯨族人》小說肇始於美國西北原住民馬卡族重啟捕鯨傳統的爭議，馬卡族1996年申請捕鯨，1999年成功獵得一頭灰鯨，引發爭議和媒體報導，原住民和保育團體爆發激烈衝突，霍根關切並參與了這個爭議，持反對立場，並受美國國家地理協會邀請與布蘭達・派特森（Brenda Peterson）合著《目擊：灰鯨的神秘旅程》（*Sightings*）。[10]霍根以其對原住民靈性傳統的體認，結合原住民捕鯨傳統的研究，設想角色和情節而成書。小說虛擬太平洋岸的阿

9　刁曉華譯為《靠鯨生活的人》，本文採用《鯨族人》。小說引文使用刁譯及頁碼，若有修訂則另標示。

10　臺灣相關的資料有：(1) 台邦・撒沙勒，〈傳統的追尋：美國印地安馬考族Makah獵鯨記〉，《尋找失落的箭矢：部落主義的視野和行動》（臺北：翰蘆圖書出版，2004）；(2) 勞勃・蘇利文（Robert Sullivan），《獨木舟獵鯨記：印地安傳奇重現》（*A Whale Hunt: Two Years on the Olympic Peninsula with the Makah and Their Canoe*），吳思齊譯（臺北：馬可孛羅文化出版，2003）。

契卡族，具有悠久的捕鯨傳統，鯨魚和其他的海族是部落的族人。一開始霍根就帶入幾位能與鯨魚和海洋互通的主角，以他們的養成，鋪陳捕鯨的靈性傳統，但是面臨越來越狹隘、貪婪的世界，部分族人以恢復捕鯨傳統為號召，卻因文化斷層和私心，反而踐踏傳統，刻劃出邊緣民族維繫尊嚴的艱難。

小說圍繞捕鯨和越戰兩個主軸，主角之一湯瑪斯因越戰的創傷，自我放逐多年後，聽聞捕鯨解禁而回鄉，想藉由再度出航捕鯨找回阿契卡族人的生命意義。他的妻子露絲知道捕鯨背後的種種糾葛，牽涉金錢與傲慢，堅決反對獵鯨計畫。鯨魚不會受到禱祝祈求，而是被屠殺。過去湯瑪斯的祖父老維特卡是位知名的捕鯨通人，他能在海中長時間屏息，且會與鯨魚說話，懇求鯨魚，並張開雙臂吟唱，問鯨魚是否願意幫助陸上的可憐人（ㄅ 31）。鯨魚不是獵物，而是前來聞受頌歌給人類解困：「喔，鯨魚，請憐憫我們。我們是破碎的。我們是虛弱的。我們是微不足道的。我們是挨餓又渺小的人類」（ㄅ 88）。德懷特之輩重啟獵鯨傳統，不對鯨靈道歉，也未遵守承諾向牠唱歌或祈禱（ㄅ 104），他們甚至沒向耆老請示（ㄅ 91）。湯瑪斯和露絲的兒子馬可孛羅擁有和曾祖父一樣的天賦，能與鯨魚互通。在捕鯨船上，他勸阻同伴不要對前來的鯨魚下手，因為來者是年輕膽怯沒有經驗的鯨魚，尚未準備好。他勸阻無功，並因為神聖的能力遭嫉而送命，湯瑪斯最後也步上兒子的命運。

在阿契卡的世界觀裡，阿契卡是鯨魚的族人，鯨族傳統是雙向的信仰、雙向的轉化，「他們說一位典型的捕鯨人在海上過世後，會化身成一頭巨鯨。或許馬可會繼續遊歷，或許有一天他會回來擔負餵養族人之責」（ㄅ 114）。借用孫邦金的語彙，存有的連續、關聯的思維意指「世界是一個互為因果條件、相互關聯轉化的複雜體」（5），阿契卡的人鯨輪迴論，座落在複雜的關聯體系當中。

人和海族的關係也烙印在天空的星座，轉寫在地的生命與環境經驗，阿契卡的星空不屬於歐洲的天空記憶，而是布滿巨鯨、海獅、生命之樹，「這些他都記得；他是一個在自然中成長的男人；他是一個站在那些星辰下、那些行星之下的人；他是阿契卡人」（ㄅ259）。年輕的阿契卡人成長在雙重宇宙下，馬可孛羅被送到長老處學習，「遙望陸地時，他也在想某些有學問的地方，那裡有大爆炸理論、望遠鏡、太空探險，以及理解人類智能的嘗試。」同時，「這裡則有關於海洋、陸地、植物、天文學、另一種語言的知識。現在到了該學習新字、新歌、新植物的時候了」（Hogan 62，參考ㄅ譯72）。兩種真實並行，現代的科學知識突破感官限制，躍進未知，讓馬可孛羅遙想企望；而阿契卡傳統知識，也讓馬可孛羅密切的連結生活環境的運行，得以穿梭於阿契卡宇宙。

對湯瑪斯而言，立於新舊的路口，生命的安頓在於把事情做對：「這個人悠遊於海膽、水母、搖曳的水草林間，正在尋求回到白人捕鯨船開展之前的歷史；這是本能，他想回到過去，就算不要複製過去的生活，也要把傳統理個明白」（Hogan 162，參考ㄅ譯169）。湯瑪斯與海洋在一起，他潛水浮出水面時，「成千上萬的分子包圍著他，在他的燈光下，每顆粒子都是發著磷光的生物」（170）。即使壞人德懷特之輩也感到失落、匱乏，「他們體內都帶著來自過去的驅力，像攜帶著遺傳基因的密碼一樣，……」（ㄅ91）。

小說最後超越物理時間和肉體生命，生命和先人、海洋連續在一起，不為死亡所斷絕：人生或許有時不免黑暗，但是祖先準備好牽起凡人的手，一起滑過記憶的神秘通道，破繭而出，「死去的心會掉落，新的心會長出來，一顆充滿生命而砰砰作響的心」（ㄅ269-270）。槍響的時候，「德懷特想，一槍斃命。湯瑪斯則心想，嘿，沒有死亡這回事」（ㄅ288）。

「紅花裙在海面張開，」中槍死亡的湯瑪斯被沖到岸上與長老共作息，傳承捕鯨人的鍛鍊，與祖靈同在的場景如真似幻：

> 湯瑪斯從接住他的大神秘者的胃裡沖洗而出，又被海水沖到古老的白屋前，那些屋子坐落在幾世紀以來由熔岩與巨石侵蝕成沙礫組成的海岸後方，這裡是鯨魚賦予部落族人生命的地方，且這事實已寫入岩石，就如戒律一般，豎立在耆老所在之屋後方。（ㄅ 290-91）

他和長老交談，「講著講著，他們的字句褪去英語，最後他們存在於自己的語言裡」（ㄅ 295）。這是從原住體驗生長出來的語言，海生族群在母語裡彼此交會，祖語承載著和海洋的連續，非連續、非關聯的外來語無法完全取代、嫁接。

他們共生的海洋像網絡，網住討海人：

> 有人說湯瑪斯死亡那天，德懷特一槍命中他的胸部與心臟，他們看見他在海上漂流，像是死了一般，彷彿他的靈魂直接被印在海上。……他們看見一隻鯨魚抬著他，還有些人看到一隻章魚用腕臂像蛇那樣緊裹住他的身體，將他舉入空中。……有些人則說：神靈世界在尋找我們，要我們傾聽。（ㄅ 303）

《鯨族人》以現代小說的方式，表現美國西北原住民傳統中人和鯨魚的靈性共生關係，融合作家個人的文學感性和有所本的海洋部族文化詩學，打造一個原住民萬物有靈的世界，非但不是現代性思維所謂有如兒童不成熟的心智，更且具有深層的倫理和美感，來自「原住」和「共棲」的深層文化養成。在地分享的共生環境，

形成「原住」的社群關係，原住民與棲地的各成員共同織造深層的網絡，共同感知生態環境的變動起伏，這是一個連續、關聯、感應的世界，共生的道德與倫理維繫著族人的利益，以及棲地環境的秩序。

六、原住民與生態思潮的交會與糾葛

生態取向的議題和關懷給予原住民文學和文化一個跨界的舞台，原住民文學與生態思潮的交集卻未如表面所見理所當然。一方面生態論述、生態批評、生態文論崛起有其脈絡可循，來自主流的文化和情境，並有一套典律和傳承。主流的生態文論挪用、想像生態原住民，並未落實到原住民複雜的日常實踐；另一方面生態論述的概念和語彙都來自非原住民的脈絡，互有出入扞格，甚至互相無法翻譯，原住民與生態的交會，有待從原住的基礎，建構新知識的誕生。

生態學ecology的字源為希臘字家園oikos，是為家園之學。然而布農族乜寇‧索克魯曼在碩士論文《Bunun的家園自然：一個在地人的觀點》說：「對於一個沒有『自然』相應字彙的民族如Bunun而言，自然是什麼？Bunun如何說自然？」因此他以「食物——尤其是小米——作為Bunun傳統家園自然的核心物質實踐，Bunun並以此建構了具有整體論的asang觀念，以及各樣複雜的人與自然關係的連結」（iii）。泰雅族拉互依‧倚岕在碩士論文《是誰在講什麼樣的知識？Smangus部落主體性建構與地方知識實踐》也從自己的文化脈絡去理解「自然」和「生態」這個外設的命題，他的研究途徑指出，司馬庫斯部落主體的堅定立場背後最重要的是，「部落內一直延續到現在的『人與自然的關係』，而這樣的觀念即是建基在Gaga na Tayal（泰雅人的知識）」，因此從部落的信仰和

實踐去釐清地方知識。[11]

　　鄒族學者浦忠成引介2007年臺灣文學獎霍斯陸曼·伐伐的《玉山魂》，文中也點出這部代表作的有意營造，他說：「這是一部精心安排的長篇故事，……；作者嘗試以一個布農族部落及其週遭的山林為空間範疇，竭盡所能的讓所有傳統生活的要素進入這個被安排的地方，營造充滿布農族氣氛的場景，一個典型的布農族家庭與其成員跟部落其他家族、超自然存在、人際間如何維持和諧……。這不是現在情境脈絡的部落，而是已經永遠難以追回的桃花源，只是作者想要讓所有的讀者還有機會進入過去曾經存在的部落，跟隨著小說的人物與情境，體會曾經艱苦而美好的部落生活」（191）。

　　原住民作家和研究者在現代文學和現代學術的空間裡，進行文化復振，汲取有靈論和整體論的文化傳統，書寫原住民的生態想像，建構原住民的生態論述，用生態取向的語彙，言說部落人與自然的關係。

　　傳統是什麼？原住民的傳統又當如何看待？原住民是否有生態傳統？林益仁與褚縈瑩說，「如果『傳統』不是本質或是客觀地存在某處等待被研究者發掘，那麼或許一個從原住民本身自發的建構式知識觀點是有幫助的」（181）。旨哉斯言，林、褚論文〈原住民「學習型部落」的理論與實踐：一個生態學的觀點〉的結語對文化道地性（cultural authenticity）的爭論有深刻的反思。

　　林、褚論文結語以生態考察的角度思考原住民地方知識的有效性，林、褚論文指出，原住民與土地及生態環境互動所累積而成

11　指導老師林益仁曾問泰雅語的「自然」怎麼說，拉互依·倚岕想到的說法是，「那一切美好的」。切割「自然」成為獨立的固態概念對泰雅人拉互依·倚岕是個難題。

的經驗知識、社會組織、與價值觀是原住民文化主體相當關鍵的部分，不過反過來說地方知識如果失卻自身的脈絡，就對在地社群本身再也沒有作用與意義，所以林、褚論文認為，原住民地方知識或傳統知識不能孤立看待，去脈絡化的挪用傳統生態知識經常無法易地適用。同理本文認為失去了整體文化的關聯，生態原住民也顯得一廂情願，原住民的文化當中本就沒有將生態獨立出來，特別賦予超越的價值和刻意照顧，原住民的生態行動是整體文化的表徵，是連續性文化的經濟模式和關繫認知的信仰傳統所形塑的具體實踐。

再則林、褚論文亦指出原住民的知識、體系、體制也是要受到檢驗和批判的。林、褚論文引述Antweiler說：「傳統知識的實踐不一定都是符合生態原則的，也不一定符合社會正義，反之傳統生態智慧也可能存在不平等結構，地方知識也不一定由全體成員共享」（qtd. in 180）。傳統落實在生活的時間，而不是靜止在過去的時間，是故「地方知識需要更多日常生活實踐，來闡明它仍然可用於追求共同目標。即使是變動，也會以其社會結構及文化價值為基礎，達成新的共識」（180），這是所有傳統都必須面臨的嚴肅問題。如何在當代生活情境下，不斷的協商，不斷的整合，讓原住民的宇宙與牛頓的宇宙並行，如此非原住民也能一窺原住民宇宙觀下的在世存在，以及另類的生態知識和生態實踐。

原住民的生態傳統是層層編織在整體文化的系統當中，林、褚論文引用Berkes（2000）的圖解，來說明原住民知識實體的大脈絡，一層包覆前一層，分別是對動植物與土地的在地知識、土地與資源的管理系統、支持該管理系統之社會體制，以及其背後的信仰及宇宙觀四個層次，林、褚論文因而說：「如果我們談的『傳統』只是對『過去』的資料整理、客體化與抽象化，且『傳統』不再具有認識主體在當下（here and now）所感受到的意義，那也不過是一種圈外人（outsider）所強加的意志與想像」（180）。

　　當代原住民文學與文化面對非常複雜的情境，不同的文明系統的衝擊、資本主義經濟模式、現代化的浪潮，以及最酷烈的殖民情境，造成傳承裂解，但是傳統依然以各種方式強韌存續，並轉化進入原住民現代文學。中國連續性的古文明大體已然化入現代文明，其遺緒流入民間信仰；而柏德・大衛定義下的萬物有靈世界是原住民實質的資產，認同的文化歸依，在現實的層次不斷的被生活、被言說、被演示、被記憶、被履踐，而具有生命力。原住民的在世存在具有集體文化的基礎、文化機制（神話系統、故事、祭典與儀式、日常生活、物質與非物質傳統），原住民文學中連續、關聯與關繫導向的自然觀，以及這樣化成的世界招引我們，引我們深思。

　　原住民文學與生態思潮的交會交織出一片混血風景，以美國為例，甚且幾位重要的原住民作家都是複雜的混血身份（mixed-blood）。[12] 我們現在最常接觸的主流原住民文學，經常都是跨文化翻譯的原住民創作，其內設的讀者（implied reader）為非原住民，在臺灣為原住民的漢文文學，在美國為原住民的英文文學，有很深的合成性格，作者經常是來自大學的原住民菁英，熟悉學院訓練，喜愛學院的經典文學，但同時強烈意識到對自我屬性的追尋，和肩負伸張文化主體的使命，因而必然要跨越雙語或多語文化，並面對文化衝突的挑戰。

　　以《鯨族人》而言，小說肇始於美國西北原住民馬卡族恢復捕鯨傳統的爭議，事件延續數年，並躍上媒體熱門新聞。北美原住民文化傳統和生態維護都是契卡索族霍根關心的議題，在小說中她也寫出兩者之間的衝突。如果霍根是小說裡的露絲，她也會想看到阿契卡族像過去一樣興旺，「真正活著，像從前一樣」，做真正的阿契卡人（90），但是什麼是真正的阿契卡人是個困難的問題。如何

12　可參見梁一萍論文〈混血風景：維茲諾與歐溫斯的生命書寫〉(175-302)。

來看待原住民的經濟行為和環境衝擊，如同小說中捕鯨的爭議，霍根提出發人深省的說法。

山莫・哈理遜（Summer Harrison）訪問霍根，指出原住民的宗教自由和「瀕危物種法案」之間的衝突，兩者都是霍根關心所在。哈理遜並敏銳的提出如何在現代情境中活出原住民傳統的大哉問，他認為湯瑪斯的困境是「如何在當代實踐部落傳統，獲得生命的充實，而不是一味的複製過去。」針對這個問題，霍根給了一個不論對原住民或非原住民都很具啟發性的回答，她說：「傳統是有關你如何看待這個世界，並且在這個世界作為。」並不是說原住民語、穿原住民服飾就是實踐傳統。霍根說，為了實踐傳統，你必須將你的心和靈解除殖民，「原化」或「再度原化」自己。簡而言之，傳統是一個與世界相處的方式，人們必須非常用心去追尋自己傳統裡與世界相處之道，而不是拘泥於表象（168）。就這點而言，小說中德懷特這群人無法在傳統中找到自己的定位，如小說中所言，這些人的生活中已經失去同情和憐憫，彷彿脫離了自己（Hogan 90）。他們只想用傳統把自己填滿，心和靈卻依然空虛，無力挽救崩壞的文化。

霍根藉由不斷寫作，「翻譯」原住民之道，用文學打動世人。在訪談裡，她說以西方世界能夠理解的語彙翻譯原住民所知所覺，大概是唯一的辦法，捨此別無良方。原民之道被棄如敝屣，「同樣的事，我們說了一遍又一遍，人們還是不理會。因此，我們必須找新的方式表達，而我在書中找到說出來的方式」（html 6）。

正如《鯨族人》並非百分之百的完全對應現實裡的馬卡族，霍根模塑的生態原住民，血統並非唯一條件。原住民的身體和心靈歷經環境的鍛鍊、文化系統的涵養，和「人外人」或「人上人」（other than human person, more than human person）對話，和世界交談，去挖掘原住的生態意義，是為原住新民。

📖 引用書目

乜寇・索克魯曼。《東谷沙飛傳奇》。臺北：印刻，2008。

＿＿。《Bunun的家園自然：一個在地人的觀點》。臺中：靜宜大
學生態學研究所碩士論文，2010年7月。

王紀潮。〈亞美文化連續體背景下的科學——「李約瑟問題」的人
類學觀察〉。《多元文化中的科學史——第10屆國際東亞科學
史會議論文集》。上海：上海交通大學出版社，2005。<http://
shc2000.sjtu.edu.cn/0505/yameiw.htm>。

拉互依・倚岇。《是誰在講什麼樣的知識？Smangus部落主體性建
構與地方知識實踐》。臺中：靜宜大學生態學研究所碩士論
文，2008年1月。

林益仁、褚縈瑩。〈原住民「學習型部落」的理論與實踐：一個生
態學的觀點〉。《舞動民族教育精靈——臺灣原住民族教育
論叢・部落教育》。臺北：行政院原住民族委員會，2006。
頁167-184。原收於《學習型部落的理論與實際》。行政院原
住民族委員會、玄奘大學推廣部暨教資系主編。臺北：師大書
苑，2005。頁323-348。

孫邦金。〈存有的連續與中國古代的關聯性思維〉。《人文月
刊》116期 (2003/08)：2-9。2013/5/23。<http://www.hkshp.org/
humanities/ph116-02.txt>。

浦忠成。〈《玉山魂》：再尋美好部落桃花源〉。《印刻文學生
活誌》(2008/2)：191。2013/5/23。<http://www.moc.gov.tw/
aboutcca/INK/2/191.pdf>。

張光直(Chang, Kwang-Chih)。〈連續與破裂——一個文明起源
新說的草稿〉。《印第安人的誦歌——美洲與亞洲文化的
關聯》。喬健（Chiao, Chien）編著。臺北：立緒，2005。

頁119-135。<http://tea.wordpedia.com/teawebsite/content.aspx?category=0&book=1124>

梁一萍。〈混血風景：維茲諾與歐溫斯的生命書寫〉。《生命書寫》。紀元文、李有成編。臺北：中央研究院歐美研究所，2011。頁175-302。

喬健（Chiao, Chien）編著。《印第安人的誦歌——美洲與亞洲文化的關聯》。臺北：立緒，2005。

琳達・霍根（Linda Hogan）。《靠鯨生活的人》。刁筱華譯。臺北：書林，2011。

Antweiler, C. "Local Knowledge and Local Knowing: An Anthropological Analysis of Contested 'Cultural Products' in the Context of Development." *Anthropos* 93 (1998): 469-94. Print.

Berkes, Fikret. *Sacred Ecology: Traditional Ecological Knowledge and Resource Management*. Philadelphia, PA: Taylor & Francis, 1999.

---, J. Colding, and C. Folke. "Rediscovery of Traditional Ecological Knowledge as Adaptive Management." *Ecological Applications* 10 (2000): 1251–62. Print.

Bird-David, Nurit. "'Animism' Revisited: Personhood, Environment, and Relational Epistemology." *Current Anthropology* 40 (1999): 67-91. Print.

Chang, Kwang-Chih. "Ancient China and its Anthropological Significance." *Archaeological Thought in America*. Ed. C. C. Lamberg-Karlovsky. Cambridge: Cambridge UP, 1989. 155-66. Print.

Harrison, Summer. "Sea Level: An Interview with Linda Hogan." *Interdisciplinary Studies in Literature and Environment* 18.1 (2011): 161-77. Print.

Hogan, Linda. *People of the Whale*: *A Novel*. New York: Norton, 2008. Print.

---, and Brenda Peterson. *Sightings: The Gray Whales' Mysterious Journey*. Washington, DC: National Geographic, 2003. Print.

Lee, Irwin. *The Dream Seekers: Native American Visionary Traditions of the Great Plains*. Norman: U of Oklahoma P, 1996. Print.

6 卡特《少年小樹之歌》中之自然與動物意義

臺北商業技術學院應外系　張麗萍

　　佛瑞斯特・卡特（Forrest Carter）的《少年小樹之歌》（*The Education of Little Tree*）描述名為小樹的少年，在深山與祖父母的山居生活，透過祖父母對小樹的教導，使小樹更了解傳統的原住民看待自然生態的概念，以及自然與動物對查拉幾族人（Cherokee）的重要性。傳統原住民過去由於生活簡單，一切生活所需皆仰賴自然資源，雖也因此破壞當地生態，但因現代科技使用有限，不致大肆破壞生態環境。現代的原住民則由於科技的進步，時有因經濟需求，過度濫砍樹木，開墾山林，破壞森林環境生態，為資本主義當權者謀取利益，卻因破壞土地環境生態，導致全球暖化極度氣候下造成的水災鬆軟土石，衍生成土石流的悲劇時有所聞。瓜地馬拉的原住民甚至為了保有自己的土地而砍伐森林開設牧場。明尼蘇達州北方的印地安人為了改善經濟問題將賭場移入原住民地區，為了賺錢過度漁撈，忽略及破壞湖泊生態。由於全球環境變遷之下，現代人開始省思人類對生態的破壞造成全球的災害，重新思考環境危機並提升生態環保意識，因此，傳統原住民對自然的平等對待之態度

可提供現代人參考，儘管原住民的傳統生活對生態圈仍有不利之影響，但其對萬物生態懷有共享、共榮與共存的思維，仍值得肯定。當代的原住民由於文化和語言的喪失，有些已經遺忘或忽視傳統原住民對生態的思維與秉持的態度，《少年小樹之歌》有助兒童了解傳統原住民的自然觀念。

　　《少年小樹之歌》於1991年榮獲美國年度暢銷書獎（American Booksellers Association Book of the Year），時代雜誌評選列為最暢銷的書及排行榜，並於1997年改編為電影。有關作者佛瑞斯特‧卡特的真實身分一直有爭議，1991年一位歷史學家丹‧卡特（Dan T. Carter）揭露佛瑞斯特‧卡特其實是白人至上主義的激進份子艾薩‧卡特（Asa Carter），甚至在1960年代身為恐怖的3K黨徒（Ku Klux Klan）並為「種族隔離主義者阿拉巴馬的官員喬治‧瓦歷斯及羅琳‧瓦歷斯」撰寫演講稿（McClinton-Temple & Velie 337）。佛瑞斯特‧卡特在1976年接受 The New York Times 訪談時否認自己是艾薩‧卡特，並拒絕討論身分問題，佛瑞斯特終其一生都否認自己是艾薩，更不可能是3K黨。然則，她的妻子在他過世（1979）後，於1991年向 Publishers Weekly 確認佛瑞斯特就是艾薩。儘管如此，《少年小樹之歌》的原主編依蓮諾‧福瑞德（Eleanor Friede）在1997年告訴 Times，堅稱佛瑞斯特‧卡特絕不是3K黨。將《少年小樹之歌》改編成電影的導演理查‧福瑞登博（Richard Frieden-berg）則認為佛瑞斯特所創作的文學，意味著他希望透過文學向世人道歉，因為在他所杜撰的故事裡，富有的白人或政治家都是惡棍。

　　佛瑞斯特‧卡特做為查拉幾族人的文化背景及個人色彩備受爭議。學者與評論家對於卡特的身分質疑，以及卡特若非為美國原住民的身分卻為美國原住民發聲，書寫美國原住民文化相關之文學作品是否恰當與正當，看法不一。有人激烈反應卡特身為白人至上主

義的身分及其假以想像的查拉幾族人身分書寫美國原住民文學的不
適當性，雖然卡特似乎有一些原住民的血統背景，但當卡特的背景
在1991年公開曝光之後，書商將《少年小樹之歌》歸類為小說創作
而非真實故事改寫的作品或回憶錄。儘管如此，有些學者仍然欣賞
小說的價值，而忽略了作者本身的身分。蜜雪兒‧史圖瓦特（Mi-
chelle Pagni Stewart）引用馬琳‧阿特李歐（Marlene Atleo）對於書
寫美國原住民文學的作者本身的身分真實性的觀點：「一些非印第
安人已書寫關於美國原住民的歷史及文化議題，並具有品質內涵意
義的書籍，因此，無須爭論只有原住民作家才可以寫與原住民主題
相關的故事」（185）。此外，史圖瓦特更強調學者可能會因此而
「限制書寫美國原住民文學的作者」（185）。史圖瓦特更引述海
佐‧羅曲曼（Hazel Rochman）的論點，羅曲曼也認為「禁止非原
住民作家撰寫原住民文學，同時也限制了原住民作家只能寫有關種
族的主題」（185）。因此，即使非美國原住民的作家撰寫美國原
住民兒童文學並不影響書籍本身的重要價值。由是觀之，佛瑞斯
特‧卡特的《少年小樹之歌》是個很好的例子。彼得‧雪印（Peter
Shaheen）原本是位很熱衷於教授學生閱讀《少年小樹之歌》的教
授，但當他赫然發現作者卡特的真實身分後，他拒絕教授此本小
說，但後來因為朋友的協助與引導，發現他自己的形式主義教學方
法是「不那麼有效率的教學策略」（88），而且他也發現自己「過
於運用形式主義的教學方式（formalist teaching approach）教學生
閱讀《少年小樹之歌》，使其感到罪惡感」（88）。大衛‧布魯斯
（David Bruce）甚至直接表示，「艾薩（Asa）是一個種族隔離主
義者。儘管如此，他的書《少年小樹之歌》是一個藝術作品，充滿
了人性化的書寫」（1）。美國文學學者路易斯‧蓋茨（Henry Lou-
is Gates, Jr.）特別彰顯《少年小樹之歌》文本的價值與意義，他也
論及讀者可以不須介意作家的傳記背景論述。蓋茨指出，許多讀者

認為小說揭示了「美國原住民文化獨特的視野」（26）。傑夫・羅奇（Jeff Roche）則宣稱許多批評家認為《少年小樹之歌》是「印地安哈克」（Indian Huck Finn）（263），並明確指出佛瑞斯特・卡特（Forrest Carter）做為一個查拉幾人（Cherokee）撰寫小樹的成長故事渾然天成；同時，羅奇認為《少年小樹之歌》乃為作者根據「卡特於1930年代在農村田納西州與他的查拉幾祖父母一起生活的童年回憶」（259）。此外，他指出，小說所呈現的「並非僅僅是一個簡單的回憶」，更充滿了「美國原住民的哲學」（259）。吉娜・凱森（Gina Caison）特別在作者的背景探究方面，有較深入的探討，並視《少年小樹之歌》為南方文學的方式詮釋文本。大衛・處爾（David Treuer）、薛曼・亞歷斯（Sherman Alexie）及丹尼爾・賈斯提斯（Daniel Heath Justice）則駁斥作者卡特身為美國原住民的虛假身分，並認為他是一個冒名頂替者。

　　不管批評家對卡特身分背景意見為何，他的人氣大作《少年小樹之歌》不應受到忽視，尤其是文本充分闡述了美國原住民的生活理念。因此，極具文學價值且幾乎大家耳熟能詳的作品《少年小樹之歌》（*The Education of Little Tree*）早在1976年即已出版，卻僅止於孩童閱讀必備之書，若有學術批評也多著墨於作者本身的真實背景受到質疑與挑戰，特別是白人至上主義者及恐怖3K黨徒的身分問題上，儘管卡特的身分令人質疑，但《少年小樹之歌》仍是值得探討的藝術作品。因此，本論文希冀藉由生態論述理論，透過文本分析探究《少年小樹之歌》中所呈現之自然與動物的意義，特別是透過小樹祖父母的生活方式和理念呈現自然及動物與美國原住民之間的密切關係。

一、美國傳統原住民的生態理念

　　傳統上，美國原住民對生態環境有自己的價值觀，其生態觀點顯示人與自然之間的密切關係，一種人類與自然共存共榮的和諧關係，使人類可以從大自然中學習，並能從動物身上得到一些啟發。根據美國原住民學者唐納德・休斯（J. Donald Hughes）對美國原住民的生態觀念研究顯示，對原住民而言，「我們應像早期的印地安人一樣從大自然中學習，用心傾聽大地並藉由與自然、動物、野生土地頻繁接觸的經驗，重新恢復我們對生態的意識觀點」（Devall & Sessions 98）。比爾・狄佛（Bill Devall）與喬治・沙宣（George Sessions）也指出美國原住民的神聖圈（Circle of Life）的基本生活哲學中，每個人都是平等的，大家都是兄弟姊妹，生活乃與鳥、熊、昆蟲、植物、山、雲、星星、太陽共享，為了要與自然界和諧相處必須住在神聖圈中。所有生活在地球上的萬物都是平等的，他們有一個強烈的兄弟或姐妹情誼感。美國原住民看待自然與動物的平等和諧關係促進現代人重新思考人與自然及動物之間的關係。隨著時代的變化，現代人發現，美國原住民的傳統生態觀有助於改善現代化的世界。許多深層生態學家（deep ecologists）強調，人類不需「回到石器時代」，但需「從原始的傳統尋求靈感」（Devall & Sessions 97）。美國原住民的生態環境觀念與行為仍值得現代人學習，地球上的全部生物乃生而平等並且彼此有非常深切緊密聯繫的手足之情。布隆・泰勒（Bron Taylor）解釋傳統生態知識意指傳統原住民將人與人之間的關係及其與環境之間關係，不斷變化的適應過程，透過代代文化相傳。泰勒進一步表示，現代人需要有「傳統生態智慧」，這是「環境倫理的靈感泉源」（1648）。許多美國原住民社群認為「人類是自然環境的一部分，他們與自然的關係具有和平共處的特色」（1648）。喬治・康乃爾（George

L. Cornell）則認為美國原住民被視為「20世紀自然保護運動的先賢」（105）。泰勒甚至將北美原住民等同於「第一生態學家、環保主義者、環境運動主張者」，意即1960年的所謂的「生態原住民」（Ecological Indian）（42）。美國原住民的生態智慧，提供現代人在地球上可永續發展及生活的學習知識。生態原住民永遠有一個主要的觀念，就是以自然的態度對待整個生存的世界。迪洛理亞（Vine Deloria, Jr.）聲稱具有生態觀念的印地安人乃「與其地共處」而不是破壞他的土地生態環境（186）。康乃爾引用史都華・鄔大（Steward L. Udall）的觀點表示很多生態學代表一種美國原住民對土地的生態智慧。康乃爾更透過喬治・格林內爾（George Bird Grinnell）在〈美國第一家庭〉強調人與自然之間的和諧關係：

　　　　通過在露天和原住民的生活與大自然親密接觸。格林內爾強調美國原住民乃與自然密切接觸相處，並有求於大地與住在地球上的野生動物，因此，美國原住民是自然的一部分，密切觀察自然，沒有甚麼可以逃過他們的眼睛。閱讀大地和天空的跡象，鳥類和動物的動作，來自對自然的觀察，了解萬事萬物所象徵提供的意義，倚賴這些跡象影響他們的行為和管理。（111）

　　主張美國原住民是環境保護的先賢，可能會被視為是一個過於浪漫的說法，因為一些美國原住民在現代社會仍破壞自然資源與生態環境。然而，傑斯・韋弗（Jace Weaver）強調仍有很多美國原住民「試圖讓自己的生活與自然秩序處在和諧與平衡的關係」（7）；因此，根據他們的傳統生活方式，美國原住民欲與自然環境和平共處的傳統態度仍可供現代人參考。

　　韋弗進一步說明傳統的原住民教育教導人們重視自然，環境就

是他們學習的教科書，而動物是他們的良師。季節是他們的日曆，自身的感官和想像力是他們的生存工具。此外，康乃爾也特別強調，人類和其他生物共存於宇宙中。美國原住民聲稱每一個生物都是「神聖的」，應受到「關懷與尊重」。康乃爾進一步強調人類和其他生物之間的關係是非常親密的，因為他們都是由大地之母孕育而成：「自然界的萬物皆有其目的，大地之母的兒女們都是自然現象及關係的敏銳觀察者」（107）。因此，自然界的萬事萬物乃相互依存。

地球母親在解釋美國原住民與自然和動物之間不可分割的關係是非常重要的觀念，大地乃美國原住民的母親，滋養她所有的孩子們，瀕臨絕種的北美草原松雞、鯨、海豹、美洲野牛、旅鴿、狼等等，都是她的孩子們。康乃爾認為美國原住民與動物之間的共存是立足於一種「精神信仰」（spiritual beliefs）（110）。唐納・葛林德（Donald A. Grind, Jr.）與布魯斯・約翰森（Bruce E. Johansen）進一步採用比喻的方式來描述人與地球母親的緊密連接：「地球之母的海水就像我們自己的血。她的能量經絡就像在我們自己的身體一樣。她的土壤是我們的肉體，她的石頭是我們的骨頭。氫、鈉、氧、鎂、碳等等都在地球母親裡，都在我們身體裡」（3）。因此，在大地之母的孕育下，美國原住民與動物及自然之間的相互關係猶如兄弟姊妹般，相互依存的親密關係，對於美國原住民而言，動物是不可缺少的，因為牠們也是他們維繫生命的來源；同時，他們認同所有生命的緊密連結性及神聖性。《少年小樹之歌》探討查拉幾人的生活、文化、歷史、動物與自然意義，透過小樹的祖父母對他的教育呈現出美國原住民看待動物與自然的態度，這本小說描繪了一個5歲的孤兒與他的祖父母在阿帕拉契山的山居生活。根據堤達・普渡（Theda Perdue）的說法，查拉幾族人住在「高山和綠色山谷的土地，今天被稱為南阿帕拉契山脈」（13）。小樹在群山

環繞的山居生活，他的祖父母透過對自然的生態意識和知識教育小樹。因此，小樹在自然環境中成長並與周圍的大自然和動物培養了深厚的感情與緊密的關係。這本書充滿了歡樂和悲傷，不僅呈現了動物和自然對美國原住民的意義，同時也顯示一個小男孩的成長故事。

二、小樹與自然

在《少年小樹之歌》中，小樹因父母過世所以跟祖父母在山中過著簡樸生活，小樹在祖父母的潛移默化中學習如何以美國原住民的生態觀念生活。他們在山上過著很簡單的生活，爺爺教導小樹學習如何與自然共處，小樹也學會觀察季節變化以耕種植物，並了解「萬事萬物都有其徵兆」（ELT 138）。爺爺不需要年曆就可以知道何時可耕種適當的植物。爺爺了解自然的運作，適當時節耕種可延續植物的多樣性成長，保存不同物種適性發展，維持大地生態：「白人農夫通常是在夏天的尾巴才開始採集種在園中的作物，但是印地安人卻是在第一抹新綠開始萌芽的早春就動手採集了。夏天到秋天則是我們採集橡子和堅果的時候。爺爺說，只要你跟森林和平地生活在一起不去破壞它，它會供你生活所需的一切」（ELT 103）。[1] 透過爺爺的教育與引導，小樹從中得到大自然的智慧。爺爺強調與自然和諧共存的重要性，猶如普渡（Perdue）的主張：「查拉幾人的信仰強調與自然永續和諧共處」（25）。另外，小樹也從昆蟲動物的行為中學習觀察生物，從牠們身上得到啟發。有一次，他觀察到一個小蜘蛛試圖在春天的小枝頭求生存：「它一開

1　本文有關《少年小樹之歌》的文本引言翻譯，採用姚宏昌翻譯的譯文，於民國89年由小知堂文化出版。

始便下定決心，要搭一面整條溪流中最大的蜘蛛網，所以它選擇了一段最寬的水域。它繫好細絲往天空中跳去，結果掉到水裡去了。它被水流沖到下游，在湍急的水流中為生存而奮鬥。最後，它終於爬上岸，回到原來那株水蕨上。它還要再試一次」（*ELT* 57）。目睹了蜘蛛不斷地為生活奮鬥求生的過程，小樹從而得到啟示了解到每個人都應該盡力生活，即使在山中艱困的生活也應該要有決心和毅力面對生活。與山澗成為朋友後，小樹發現了他的「秘密基地」（secret place）：「那是一片在半山腰上，由月桂樹圍繞而成的小空地。空地不大，一片草丘上頭有一顆香楓樹彎著腰站著」（*ELT* 58）。對查拉幾人而言，擁有一個秘密基地是非常重要的，因為它協助查拉幾人理解宇宙萬物。每個查拉幾人都有他們自己的秘密基地，且它必須位於大自然裡。

對小樹而言，爺爺是一個父親的象徵，訓練小樹知道如何在荒野中生存，並了解他的文化傳承和歷史，同樣地，爺爺也是小樹的精神指南，教他明白周圍的自然環境。他教他透過狩獵理解自然律法，爺爺帶著小樹用一些枝葉覆蓋在洞上做成一個火雞的陷阱，然後他們發現一些在樹上的鵪鶉和一隻正在尋找獵物的老鷹泰坎（Tal-con），老鷹抓到一個緩慢的鵪鶉。小樹為這隻鵪鶉的命運感到悲傷。爺爺告訴他：「別傷心，小樹兒，這就是大自然的規則。泰坎把跑得慢的鵪鶉給抓走，跑得慢的鵪鶉就沒有機會生下和牠一樣跑不快的鵪鶉孩子了。泰坎也捉田鼠，這樣就不會有太多鵪鶉蛋被田鼠偷吃，泰坎依賴著大自然的規則生存，它是在幫助鵪鶉」（*ELT* 9）。爺爺也告訴小樹要以自然原則的方式生活：「你只能拿你需要的東西，就像在獵鹿的時候，我們不可以獵取最強壯的那一頭，你反而要抓瘦弱並且跑不快的鹿，這樣強壯的鹿才能繁衍強壯的後代，你以後才會有更好的鹿肉可以吃，山豹帕可都明白這個道理，你可不能忘記」（*ELT* 9）。爺爺擁有一個「狩獵的人

生哲學並將之體現於與自然和諧共處」，並藉此教導小樹了解「偉大的生命圈」（Bruce 5）。但這樣殘忍的自然原則，卻也透露出人們須以動物為食物的需求。然而，人類無法完全依照這樣的大自然原則生活，現代的醫學與農業發展正違反這樣的自然原則，自然原則會淘汰虛弱或身體有缺陷的人類及新生兒，近代醫學發展使身體孱弱的人得以繼續存活。在自然原則裡，身強體壯能夠奪得食物者才得以繼續存活繁衍下一代，而農業發展使得人類不須依賴體力取得食物。若按照自然原則，人類是否也應該汰弱留強，捨棄醫學與農業?在現今人類社會，已經脫離原本的自然原則，即使人類已脫離這個自然原則，但仍須與動物及自然和平共存。爺爺讓小樹知道：「印地安人從不為了娛樂而捕魚或是獵殺動物，他們做這些只是為了食物」（*ELT* 107）。查拉幾人相信如果因為娛樂而狩獵，因此「侵犯了他們神聖的夥伴，可怕的事情會發生在自己身上」（Perdue 25）。 爺爺教育小樹如何尊重環境和動物，並讓他知道自然法則。康奈爾引述威廉·卡爾於1976年發表的〈靈感來自印第安人〉：「印地安人對野生動物有崇高的敬意，只有因為需要食物或其他用途才會獵殺動物，他們也以一種宗教式的崇拜儀式對待某些動物」（115）。

此外，爺爺教導小樹保護自然環境及自然資源，爺爺告訴小樹：「只要你跟森林和平地生活在一起不去破壞它，它會供給你生活所需的一切」（*ELT* 103）。這樣的講法似乎是一種目的論，為了生活上的需求才不破壞自然環境，有其現實考量。小樹描述爺爺儘管有一半來自曾祖父的蘇格蘭血統跟一半來自曾祖母的查拉幾血統，但都是用「純印地安式的思考」（*ELT* 123）。小樹了解爺爺像印地安式的思考，就像以前的偉人一樣：

像偉大的『紅鷹』、比爾·魏瑟佛、馬蓋佛瑞大帝，還有

馬金托許先生。他們效法印地安人，將自己奉獻給大自然，他們並不企圖征服或是濫用自然，而是與它融為一體在一起生活。所以，他們才會熱愛這種印地安式的思想，願意它在自己心中發芽茁壯。因為這樣，他們的心靈才不會和其他的白人一樣。（123）

　　小樹認為用印地安式的思考意味著用更深的層次思慮自然和動物，才能尋求一個人類、自然及動物之間的和平共處的和諧關係。此外，這似乎也意味著在某種意義上而言，一個人可以因為用印地安式的思維而成為一個印地安人。作者卡特似乎也為自己辯護，他可以像印地安人一樣的思維，使自己成為印地安人。意即，一個人可以藉由印地安式的思維而得到印地安人的身分。再者，小樹是一個印地安人，因此他在學校可以深刻感受到種族歧視，他認為自己的命運就像一棵豎立於學校卻又受到學校成員忽略的樹，只有他能憐憫感受這棵孤單受冷落的樹的心情。他與樹相連，正如他的名字所暗示的一樣。當小樹再次從學校回家後，他回到他的秘密基地，在那裡因為大自然重新淨化他的心靈，使他得以恢復精神：「我躺在落葉上，和睡眼惺忪的樹兒們談天，傾聽風在歌唱」（*ELT* 203）。

三、小樹和大地之母

　　理查‧懷特（Richard White）引用山姆‧吉爾（Sam D. Gill）的話：「大地之母是我們的母親」（131），他認為美國原住民對美國的生態意識有很重要的影響：「印地安人在美國環境主義上是重要的意象指標」（131）。珍妮‧羅林斯（Jeanne Rollins）說明美國原住民與自然、動物及印地安式的生活方式之連結關係：

> 我們是同住在社區中彼此關係密切的一家人。彼此猶如手
> 足情誼生活〔……〕印地安式的生活方式是與自然和諧共處，
> 而不是反對自然。重要的是要保持與萬物共處的和平關係。不
> 管他人是否是神聖的，皆應該尊重〔……〕群體責任感也是顯
> 而易見的〔……〕每個個體都必須得到照顧。我們的責任是提
> 供良好的社區，並對萬物懷有尊重和崇敬。（204）

　　顯而易見地，自然是一個有機的整體，美國原住民以印地安傳
統的生活方式與大自然和諧生活。雖然美國原住民有不同的群體，
但他們有共同的概念，大地之母是他們的創造者。在《少年小樹之
歌》中，奶奶教導小樹如何去感受大地之母的存在和意義：「大地
之母『夢歐拉』（Mon-o-lah）透過鹿皮靴子告訴我她就在這兒。
我感覺到她呼吸的起伏、毛髮的擺動和皮膚的彈性……還有在她身
體深處如血管般交錯的樹根，以及在其中流動、供養萬物的血液。
她的胸脯是那麼地溫暖而富有彈性，強而有力的心跳幾乎把我給
彈了起來」（*ELT* 7）。爺爺也教導小樹去感覺活生生的自然。此
外，小樹學習傾聽來自山上的聲音並感受充滿生命的群山，小樹知
道他和爺爺共同感受到山逐漸地活起來的感覺，「是大部分的人
從未經歷的」（*ELT* 8）。美國原住民認為自然界的萬物都有其生
命，因此，他們更尊重自然。這就是十九世紀人類學家所說的「萬
物有靈論」，換句話說，自然界的萬物都有「靈魂或精神，在一個
系統中相互交融」（Hudson 51）。
　　奶奶也曾對小樹述說一個故事，讓小樹了解萬物都有其靈魂。
奶奶的父親褐鷹（Brown Hawk）感受到白橡樹全都在哭泣，因為
他們將被為了興建道路的伐木工人砍掉。有一天，一棵大白橡木為
了破壞路面而犧牲自己的性命倒下。在那之後，伐木工人放棄砍伐
白橡樹和建設道路。查拉幾人都相信樹木有靈魂，如果與它們和睦

相處，人們就可以聽懂它們的談話。小樹終於了解「樹木也有生命」，所以祖父母「只用腐朽的木頭當柴火。因為死去的木頭，它的靈魂才不存在了」（*ELT* 62）。之後，小樹在學校聽老橡樹傳達的訊息並能和它談話：「她是一棵老橡樹了。因為冬天即將來臨，她用來說話的葉子掉得只剩下幾片。不過，她還能用她那光禿禿的樹枝手指，藉著風發出呼呼的聲音講給我聽」（*ELT* 187）。這裡也可以看出孩童非常豐富的想像力，同時也看出小樹學會尊重大自然，而大自然可以幫助人們在生活中度過困境。後來小樹被迫離開他的祖父母到州立機構的學校讀書，因為白人政府認為他的祖父母無法提供給小樹正確的教育。他從大自然中想起他的家，看著天上的雲、太陽和天狼星，並和橡樹說話。他知道大自然與他同在猶如祖父母和他在一起。自然在孩童的想像世界裡充滿了浪漫情懷。

再者，爺爺採用口述故事告訴小樹關於他們的歷史和文化。口述傳統始終是美國原住民一個教育兒童非常重要的方式，透過口述故事，孩童藉由長者的故事了解他們的歷史、傳統和文化。祖父母告訴小樹，他必須知道過去的歷史，這樣他才能知道他是誰，他們告訴小樹：「如果你不知道過去，你就不會擁有未來，如果你不了解你的族人過去的遭遇，你也不會知道他們將何去何從」（*ELT* 40）。因此，他們告訴小樹關於查拉幾人在1830年代和1840年代被白人政府強制驅離故鄉的故事。當時政府士兵捕捉查拉幾人並準備四輪馬車和騾子，叫查拉幾人駕著騾車離開故鄉的土地，然而，查拉幾人顯示他們的尊嚴，拒絕乘坐貨車或騾子：「他們用自己的腳走路」（*ELT* 41）。這就是著名的「淚之途」（Trail of Tears）：

> 騾車沒法子偷走查拉幾人的靈魂，雖然他們的土地和家園已經被白人竊據，但是查拉幾人決不會再讓騾車偷走他們的靈魂〔……〕當查拉幾人距離他們的山愈來愈遠，就開始有人撐

不住了。他們的靈魂不會死，也不會衰弱〔……〕士兵告訴人
們可以把屍體放在驟車上，但是查拉幾人不肯，他們情願背著
屍體，繼續走著……路旁的人群中有些人哭了。但是查拉幾人
沒有。他們從不在外人前面落淚〔……〕人們稱它為「淚之
途」是因為它聽起來十分浪漫，又很貼切地描述了那些在路旁
圍觀人群的憂傷。（*ELT* 41-42）

之後，並不是所有的查拉幾人遠離他們的土地。有些查拉幾人
仍然住在深山而不被人發現。透過這個故事，祖父母告訴小樹，小
樹的曾祖父在山裡長大，他們不貪求土地或利益，但他們愛山裡的
自由。小樹藉由故事了解祖先的歷史，領會「這個不人性的驅離政
策奪走美國東南部百分之二十五的查拉幾人（約4000人）」（Har-
vey 132）。很明顯地，這個故事也證明土地對查拉幾人具有重大
的意義。猶如其他的美國原住民一樣，查拉幾人強調他們和土地之
間的關係。韋弗表示查拉幾人和土地之間不可分割的感情：

他們的文化、精神和身份認同都和土地連結〔……〕印第
安部落被強行從家中帶走，他們被剝奪的遠遠超過土地的佔
有。整個自然的景觀，每一座山和湖對他們而言都代表著特別
的意義〔……〕因為這些親密的相互關係，搬遷對其文化、身
份認同和人格都是一種打擊。（12）

透過祖父母的口述故事，小樹理解到人與土地之間的意義，
就像人與自然特別的關係，同時也更了解族人的生活方式和生態思
維。

四、小樹和動物

　　道‧科爾（Dawn R. Cole）指出動物對美國原住民的意義及其密切的關係：

　　　　所有生命形式的相互聯繫，尊重自然及與自然的互動，被認為是人能與大自然的造物主溝通的方式。動物在美國原住民文化中扮演特殊的角色。他們不崇拜動物，而是尊敬和尊重他們。動物被視為良師、指導者和同伴，同時作為人類生存的關鍵。[2]

　　在《少年小樹之歌》文本中，人們用動物的名字命名，而動物則用人類的名字命名。主角男孩叫小樹，他的奶奶叫邦妮蜜蜂。奶奶的父親叫褐鷹（Brown Hawk），爺爺的好朋友叫柳樹約翰（Willow John）、松樹比利（Pine Billy），爺爺的狗則用人類的名字命名，包括林格（Ol'Ringer）、毛德（Ol'Maud）、憂鬱男孩（Blue Boy）、小紅（Little Red）、貝絲（Bess），有一隻老鷹叫泰坎（Tal-con），狐狸叫史立克（Slick）等。這些名字都是「查拉幾人的名字」（Bruce 5）。由此命名的方式似乎顯示人類和動物之間密不可分的關係，甚至可以解釋成戴夫‧阿坦迪林（Dave Aftandilian）所主張的「動物就是人類」（79）。

　　就像自然一樣，動物與人類乃密切相互關聯。人類和動物都是大自然的一部分，在大地之母的孕育滋養下，他們都是兄弟姐妹。酋長西雅圖在1854年的演說裡指出：

2　http://www.helium.com/items/1189640-totems-power-animals-wisdom-strength-symbols-emblems

　　當白人的鬼魂在繁星之中遊蕩時，早已忘卻他們出生的家
園。但我們的靈魂從不曾忘記這片美麗的土地，因為她是紅人
的母親。我們屬於大地，而大地也是我們的一部份。芬芳的花
朵是我的姊妹，鹿兒、馬兒和巨鷹都是我們的兄弟。怪石嶙峋
的山峰、草原上的露水、小馬溫暖的身體及我們人類，都是一
家人〔……〕大地不屬於人類，而人類屬於大地。我們知道，
每一件事物都是有關連的，就好像血緣緊緊結合著一家人。
所有的一切都是相互有著關連的。現在發生在大地的事，必將
應驗到人類來。人類並不主宰著生命，他只不過是其中的一小
部份而已。[3]

　　正如邁克爾・福克斯（Michael Fox）所主張，美國原住民堅持
認為，人類和動物是一體的，動物是他們的兄弟姐妹，這種「接納
的哲學思維理念」對他們而言是非常重要的（18）。此外，小樹的
名字似乎意味著美國原住民可以從一棵小樹長成大樹，甚至是一座
森林。韋弗主張：「人們就像樹一樣，一群人則像是森林，森林是
由許多不同種類的樹木集結而成，這些樹的根緊密地盤結糾纏，以
至於吹在我們群島最強的風也無法連根拔起，因為每棵樹都相互照
顧鄰居，他們的根也都密不可分」（184）。小樹從祖父母身上學
習查拉幾人的傳統思維與生活方式。美國原住民的孩子應該從他們
的長者身上學習他們的文化，就像小樹從他的祖父母所獲得的知識
一樣。此外，小樹學習如何與動物溝通並照顧他們。他了解到他和
動物是大自然的一部分，並且在大地之母的滋養下，人和動物也是
平等的。

3　同上。譯文參考http://www.geocities.com/~smewmao/vcenter/cseattle.html

五、小樹與死亡

　　小樹熱愛的人與動物接二連三地過世。死亡是自然法則之一，同時，死亡也顯示美國原住民的生態觀。雖然親戚、朋友和狗的死亡帶給小樹很大的影響，他也從死亡得到某種啟發，這樣他就可以有更大的勇氣去面對自己未知的未來生活。美國原住民認為人類終將死亡，歸於塵土，與大地同在，之後，他們將會輪迴變成一個新的生命，甚至死後，人們仍然成為大自然的一部分。雖然小樹的親人（爺爺和奶奶）和朋友（柳樹約翰、松樹比利、林格、毛德、小紅、藍色男孩等）都回歸塵土死去，他們永遠活在小樹的心靈和記憶裡。在一開始與爺爺一起在山上生活時，爺爺教導小樹有關大自然的規則，對死亡也有一些了解：

　　　　生命的終結是一件自然的事
　　　　因為有死亡才有新生
　　　　仔細咀嚼夢歐拉的智慧
　　　　你就會明白大自然的規則
　　　　還有查拉幾人的心聲。（*ELT* 12）

　　有一次政府官員為了探查爺爺私釀的威士忌釀酒地，剛好小樹也在附近，所以小樹為了不讓政府官員找到釀酒地，於是在山上和政府官員展開追逐遊戲，一隻勇敢又忠實的老狗林格，因為跟著其他狗兒去山上尋找失蹤的小樹，但是因為它眼瞎盲目撞上了一棵樹，因此死在山上：「林格的死，正是所有優秀的山地狗兒期待的結局：為自己的主人犧牲生命，然後在山林的懷抱裡死去」（*ELT* 77）。爺爺這裡的話似乎透露以人為主體而動物為客體的觀念，失去人應以平等方式對待動物的想法，但在小樹痛失林格的情況下，

爺爺也許希望用這番話安慰小樹。林格真是一隻忠實的狗，最終也成為大自然的一部分，葬在「水橡木下」（*ELT* 78）。林格的死使得小樹明白一件事，他知道自己非常喜歡林格，同樣地，林格也愛他。爺爺告訴小樹：「當一個人失去所愛的東西，都會嘗到這樣的痛苦。而唯一可以避免這種痛苦的方法，就是不去愛任何東西。不過，那樣的結局卻更為悽慘，因為你無時無刻都會被空虛所包圍」（*ELT* 78）。小樹知道他仍須愛他所愛的人，即使失去所愛的人會感到孤獨。

　　爺爺在去世之前已打算成為「一棵已經彎曲變形的老樅松」的養分，並說：「我死後，把我葬在她旁邊，她養了這麼大一片林子為我遮風避雨帶來溫暖。我的身體算是給她的報答，大概夠它過一年半載的了」（*ELT* 209）。爺爺希望死後也與大自然同在。同樣地，柳樹約翰去世之前，他面朝西方，越過遠山，「開始唱起自己的輓歌，告訴族人的靈魂們，他就要加入他們了」（*ELT* 210）。最後，柳樹約翰被埋葬在老樅松下的墓穴，因為他懇求葬在樹下，用他的身體可以滋養它，柳樹約翰最終返回到土地擁抱大自然。小樹的奶奶去世前留下一封信給小樹：「小樹兒，我必須走了。就像你能感覺到樹木們的心聲一樣，當你傾聽的時候，你也能感覺到我和爺爺。我們會在那兒等著你。我相信我的來生將更美妙。別擔心我，奶奶留」。（*ELT* 214）。死亡似乎是一件很自然的事情，奶奶希望小樹勇敢地生活，記得要與自然和諧共處，他的爺爺奶奶的靈魂將永遠與他同在大自然裡。奶奶曾經告訴小樹，每個人都有兩個心靈，一個是精神心靈，一個是肉體心靈。當一個人的身體死後，肉體心靈也會跟著死去，但精神心靈將永遠活著。美國原住民相信，一個人終將死亡回歸大自然，也會重新出生再回到大地，因此，奶奶的心靈精神將永遠與小樹同在。此外，奶奶也曾告訴小樹，她是從「毆夢拉懷抱中出生的」，奶奶唱的「歌中提到的山、

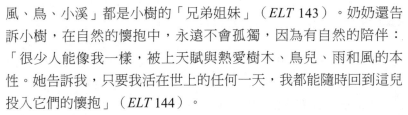

風、鳥、小溪」都是小樹的「兄弟姐妹」（*ELT* 143）。奶奶還告訴小樹，在自然的懷抱中，永遠不會孤獨，因為有自然的陪伴：「很少人能像我一樣，被上天賦與熱愛樹木、鳥兒、雨和風的本性。她告訴我，只要我活在世上的任何一天，我都能隨時回到這兒投入它們的懷抱」（*ELT* 144）。

查爾斯‧科爾（Charles A. Corr）表示，動物就像是孩童的寵物，他們的死對孩童有很重要的意義，孩子學會愛人及對周遭事物要有責任感：「動物是朋友、玩伴和無條件的愛的來源。此外，寵物幫助教導孩子照顧另一種生物」（399）。遭遇許多親人、朋友及動物的死亡，小樹也因此更加成長，長大後他會更永遠記得自然與動物在他生活中的重要意義。

六、結論

小樹與祖父母在山上生活，他學會了如何與自然和平共處及對動物的尊重。雖然小樹與祖父母在山上相處只有短短一年，卻對小樹有很深遠的影響。祖父母透過與自然生活的方式教育小樹，開導他學習對環境的尊重並了解自然與動物密不可分的親密關係。此外，小樹了解歷史與文化，歷經親朋好友的死亡，學習勇氣與決心等。小樹未來將成為「大樹」，不但了解祖先的文化歷史，也能保持傳統的生活方式，並與自然及動物和諧共處共榮。《少年小樹之歌》的文本所呈現的生活方式及對原住民的描寫或許過於浪漫與抒情，但卡特也許想透過這種浪漫的筆觸將自己的身分浪漫化。

儘管現代人不可能像小樹和祖父母在深山過山居生活，本文所揭櫫的原住民傳統及其對自然環境與動物的理念亦可供現代人參考。

📖 引用書目

Aftandilian, Dave. "Animals are People, Too: Ethical Lessons about Animals from Native American Sacred Stories." *Interdisciplinary Humanities* 27.1 (2010): 79-98. Print.

Bruce, David. *Forrest Carter's* The Education of Little Tree*: A Discussion Guide*. Athens, Ohio: The Author, 2008. Print.

Carter, Forrest. *The Education of Little Tree*. 1976. Albuquerque: U of New Mexico P, 2001. Print.

Cornell, George L. "The Influence of Native Americans on Modern Conservationists." *Environmental Review* 9.2 (1985): 104-27. Print.

Corr, Charles A. "Pet Loss in Death-related Literature for Children." *OMEGA* 48.4 (2003-2004): 399-414. Print.

Deloria, Jr., Vine. *We Talk, You Listen: New Tribes, New Turf*. New York: Macmillan, 1970. Print.

Devall, Bill, and George Sessions. *Deep Ecology: Living as if Nature Mattered*. New York: Gibbs Smith, 1985. Print.

Fox, Michael. *Between Animal and Man: The Key to the Kingdom*. New York: Coward, McCann & Geoghegan, 1976. Print.

Gates, Henry Louis, Jr. "'Authenticity,' or the Lesson of Little Tree." *New York Times Book Review* 24 Nov. 1991: Sec 7, p. 1. Print.

Grinde, Donald A., Jr. and Bruce E. Johansen. *Ecocide of Native America: Environmental Destruction of Indian Lands and Peoples*. Santa Fe: Clear Light Publishers, 1995. Print.

Harvey, Karen D. "Vanished Americans." *Social Education* (1991): 132-

33. Print.

Hudson, Charles. "The Cherokee Concept of Natural Balance." *Indian Historian* 3 (1970): 51-54. Print.

McClinton-Temple, Jennifer, and Alan Velie. *Encyclopedia of American Indian Literature*. New York: Facts On File, 2007. Print.

Perdue, Theda. *The Cherokee*. New York: Chelsea House Publishers, 1989. Print.

Roche, Jeff. "Asa/Forrest Carter and Reginal/Political Identity." *The Southern Albatross: Race and Ethnicity in the American South*. Ed. Philip D. Dillard and Randal L. Hall. Georgia: Mercer UP, 1999. 235-74. Print.

Rollins, Jeanne. "Liberation and the Native American." *Theology in the Americas*. Ed. Sergio Torres and John Eagleson. New York: Orbis Books, 1976. Print.

Shaheen, Peter. "The Education of Little Tree: A Real True Story." *Making American Literatures in High School and College*. Ed. Anne Ruggles Gere and Peter Shaheen. Urbana: National Council of Teachers of English, 2001. 82-89. Print.

Stewart, Michelle Pagni. "The Color of Their Skin? Quality Native American Children's Literature." *MELUS* 27.2 (2002): 179-96. Print.

Taylor, Bron, ed. *Encyclopedia of Religion and Nature*. London & New York: Continuum, 2005. Print.

Weaver, Jace. "Introduction." *Defending Mother Earth: Native American Perspectives on Environmental Justice*. Ed. Jace Weaver. New

York: Orbis, 1996. 1-26. Print.

---. "Afterward." *Defending Mother Earth: Native American Perspectives on Environmental Justice*. Ed. Jace Weaver. New York: Orbis, 1996. 177-91. Print.

White, Richard. "Environmentalism and Indian Peoples." *Earth, Air, Fire, Water: Humanistic Studies of the Environment*. Ed. Jill Ker Conway et al. Amherst: U of Massachusetts P, 1999. 125-44. Print.

7 吃或不吃，根本不是問題：《冰原歷險記》中動物的滅絕

臺灣師範大學英語學系　梁孫傑

　　我們不得而知，狼是否從〈小紅帽〉中所扮演的角色開始，就變成人人喊打的「大壞野狼」，但我們確實知道，這隻狼並沒有如我們一般所知道的野獸進食習性，先撕扯、咬碎、再咀嚼獵物，而是把奶奶和小紅帽整個兒完好無缺地吞嚥到肚子裡，然後安心的躺在床上呼呼大睡，等著胃液慢慢兒消化老幼兩人。這個獵人口中「怙惡不改的罪人」（Grimm 109），犯下吃人的滔天惡行，難怪成為古今中外幾乎人人唾棄的「大壞野狼」。就進食習慣而言，這個童話故事似乎告訴我們，吃肉，特別是吃人肉，是動物的行為，不容於人類文明進化的社會。因此對照狼的食物，奶奶吃的是蛋糕和葡萄酒。我們或許可以初步推斷，吃肉代表卑鄙狡猾邪惡的獸性，吃素代表慈悲正義善良的人性。不過假如我們平心靜氣想想，這頭狼的所做所為真的如傳言中的「畜牲」行徑嗎？假如是的話，那麼在剛遇到小紅帽時，為什麼不先吃了這個小女孩呢？狼和牠的獵物，單獨在廣茂的森林裡，距離村落約15分鐘的路程，這是天然絕佳的犯罪地點，此其一；再者，這頭狼也同時在內心盤算

著：「這細皮嫩肉的小東西會是肥美的一小口，一定比老的要來得好吃」（Grimm 108）。但是，狼竟然完全違背身為動物的本能和天性，捨棄眼前鮮嫩多汁的美食而直奔木屋先吞下氣血兩虛且身上有病的老奶奶。這完全是逆反本性的選擇，先吃不好吃的肉再吃好吃的肉。更何況小女孩也很有可能就此迷失在森林裡，永遠到不了奶奶家，煮熟的鴨子就這麼飛了。狼為什麼會做出這麼高風險的決定呢？

在這篇論文裡，我想先從德希達（Jacques Derrida）對於「吃」的看法談起，試圖回答以上的問題。

一、吃肉文化

1864年，動物學家蘭克斯特（Edwin Lankester）宣稱，「我們發現在人類的歷史上，所有吃肉的民族都是最有活力，最有道德、最聰明的民族」（qtd. in Otter 89）。這種食肉信念，到了二十世紀末，費德斯（Fiddes）指出，還是深植人心，因為仍有許多人相信「吃下其他高等進化動物的肌肉是我們具備至高無上權力最有力的證明」（2）。亞當斯（Carol Adams）在她的著作《肉的性別文化》（*The Sexual Politics of Meat*）中也持相同看法，認為大眾還是深信肉類是無法被取代最強悍有力的食物。亞當斯強烈抨擊這種迷思是父權文化的必然結果，避免吃肉的男性會被認為是娘娘腔，而大啖帶血牛肉絕對是陽剛男性的文化象徵（33-34）[1]。馬古魯（William McGrew）也指出：「對大多數的古人類學家，還有

1　莫理斯（Brian Morris）指稱，馬拉威文化中吃肉對男人和女人同等重要，以此來駁斥亞當斯吃肉是男人文化特權的象徵（187）。不過莫理斯也指出，在馬拉威正餐中，肉（nyama）是構成的必要條件，除了指打獵而來的野生動物肉類之外，也代表「精力」或「構成事物不可或缺的本質」（208）。

靈長類學家和動物行為學家來說……脊椎動物身上可食用的組織被認為對人類的進化有重大的影響，包含了營養、伴侶的選擇、性別角色到團隊合作，簡而言之，肉類代表權力從而也代表顯赫」（McGrew 160）。以古埃及為例，肉類饌食是當時皇室貴族富豪，不管在日常用餐或宴請客人的場合，用以炫耀展示社會地位和權力財富的象徵。亞當斯進一步說明，直到今日，美國和英國的家庭主食必須是「肉和馬鈴薯」，不然就稱不上正常的一餐，理由很簡單，因為大家相信，肉類富含精力來源的蛋白質，吃「肉和馬鈴薯」的男人，在大家印象中，都是「強壯又熱心，粗獷又熱情，充滿能力的男性」；燉牛肉被稱為「男人的教練」，而肉類是「給真正的人吃的真正的食物」（67）。這種肉食帶來的活力塑造真正男人的文化思維就是德希達口中西方文化中無可避免無可取代的「肉食陽具理體中心主義」（carno-phallogocentricism）。對德希達來說，雖然吃人是眾所皆知絕對不可為的禁忌，但西方的文化「都是在『嗜食人肉』（anthropophagy）的基礎上建構他們最崇高的社會，最宏偉的道德，以及政治和法律」（282）。禁忌成為絕對理想和終極目標，可望不可及，卻是推動文化建立文明不可或缺的來源和基礎。德希達直言，在我們西方國家當中，有哪一位敢於公開場合宣布自己是素食主義者而還有機會當選國家領袖？「領袖必須是個吃肉的人」（281），否則人民會相信他們的領袖是個果決英勇有膽識有魄力堅毅卓絕的人嗎？

　　假如「人吃人」是英雄成長的歷程和人類社會建構的基石，那麼〈小紅帽〉所呈現人類和動物的進食行為正是對於這種思維模式的批判和反思，同時還顯示了「人類中心主義」（anthropocentricism）從中作祟的蹤跡。人類是萬物之靈，只有我們可以隨意消耗動物的生命和肉體，怎能容許卑下的牲畜來吃我們的血肉？<u>要吃人子的肉，喝人子的血，首先要成為人</u>。換句話說，狼耗費那麼大的

功夫，壓抑吞噬的慾望，泯滅自身的狼性，用了藉口把小紅帽留在森林摘花，沿路直奔奶奶家，以小紅帽的身份吃了奶奶，然後穿上奶奶的衣服，並假扮奶奶和小紅帽虛與委蛇一番，才吃了小紅帽。這一切延宕進食的展演，在在說明狼不能以狼的身份吃掉人，牠必須費盡心思扮演人類，模仿小紅帽，以她的嘴巴說話，以她的手敲門，以小女孩的身份吃掉奶奶；進而穿上奶奶的衣服，模仿奶奶，以她的身體躺在床上，以她的嘴巴說話，以她的耳朵眼睛鼻子替代動物的感官，以奶奶的身份吃掉小女孩。顯然，狼變身成人的企圖最終還是失敗了。小紅帽識破了牠的裝扮，狼就算披著人皮，還是一頭動物。既然是動物，牠吃人的資格就被取消了，奶奶和小紅帽也得以安然回返。

二、肉食者鄙

在〈小紅帽〉裡，「吃」仍然是動物之所以為動物的特徵，但食肉的動物則被視為壞蛋；「吃人」則是保留給人之為人的特權。人類和動物的分界，總會以人本主義傳統的道德判斷來區分好人和壞蛋截然對立的兩種角色。先不論文化或政治等因素，就表面上來說，所謂的壞蛋，就是和好人作對的角色，而所謂的好人，就是主角。企圖吞吃小紅帽的大壞野狼、把毒蘋果給白雪公主吃的狠心繼母、想吃掉小獅王辛巴的三隻豺狼（《獅子王》）、想吃掉傑克的巨人（《傑克：巨人戰記》），或是想吃掉小男嬰和猛獁象蠻尼的劍齒虎蘇圖（《冰原歷險記》）[2]，都是眾所周知的例子。然而，

---

2 本篇論文討論《冰原歷險記》（*Ice Age*）及其三片續集《冰原歷險記：消融》（*Ice Age: The Meltdown*）、《冰原歷險記：恐龍現身》（*Ice Age: Dawn of the Dinosaurs*）、《冰原歷險記：板塊漂移》（*Ice Age: Continental Drift*）。

《冰原歷險記》四部曲中，「吃」這件對動物來說天經地義日常發生的事情，竟然變得困難重重，難以達成，甚至會帶來不幸的災難和恐怖的後果。這套法則似乎可以用來檢視《冰原歷險記》四部曲，以及其他許多以動物為主要角色的動畫片。

　　正如在〈小紅帽〉的狼一樣，《冰原歷險記》中所有的壞蛋，都顯示強烈吞噬肉類的動物慾望。劍齒虎首領蘇圖（Soto）還有牠所帶領的傀儡，牠們的外表充滿邪惡、貪婪、愚蠢、猥瑣、醜陋、凶猛、殘暴，為食肉的動物在「冰原系列」定下刻板形象的基調。試看在接下來續集出現的攻擊性食肉動物，幾乎不出這樣的模式：深海中的兩頭猛獸地蜥鱷和上龍，滿嘴利牙，形象兇殘，沿海追蹤這些遷徙的動物，欲食之而後快；身量體重幾乎比暴龍媽媽大上五倍之多的重爪龍魯迪（Rudy），張牙舞爪，四處覓食，所有動物隨時都有被獵殺吞噬的危險；還有那有如街頭痞子小混混的尖牙利齒的盜龍（又稱迅猛龍），從亂岩堆裡蜂擁而出，拼命攻擊即將臨盆的伊麗（Ellie），不也是為了能分到一杯（媽媽/嬰兒）羹？海盜船上竟然連原本是草食性的動物（白兔、袋鼠等）都對落難的主角們垂涎三尺（沒有任何性暗示）。吃肉的動物，不管是天上飛的，地上爬的，海中游的，都是大壞野狼的化身，都是「怙惡不改的罪人」。

　　吃肉是獸性的表徵，會讓我們淪為低下的畜牲。約翰生（Lisa Johnson）指出，這種傳統其來有自，早在古希臘時期，波菲利（Porphyry AD c. 234-c. 305）就師法柏拉圖精神，強烈反對殺害動物，相信吃肉會「將靈魂染黑」，他強調「埃及的祭司、猶太教的虔誠者（Essenes）、波斯的聖者和印度的波羅門[3]，都是禁絕吃

3　婆羅門（Brahman），即祭司，是印度社會四大階層中位居最高階的一份子。其他三個階層由上到下分別為戰士和貴族；農人、商人和工匠；佃農和僕人。

肉，只有這樣才能趨近神」；畢達哥拉斯（Pythagoras c. 580-500 B.C.）也相信，吃肉會阻礙大腦理性思維的力量（76-77）。人是理性的動物，理性一旦遭到混淆，那人就自然而然會變成（我們一般理解的用四腳在地上爬行的）動物了。

不過，不吃肉並不表示一定心存良善，虔誠向神。海盜船的黑心肝船長（Captain Gutt）是頭吃素的巨大狒狒，個兒跟猛獁象一般高大，其名字的意思，如他自己所說，就是以其鋼刃般的利爪，撕裂開敵人肚皮，「取其內臟」（gut），到時「你裡面的內臟（innards）就變成覆蓋在你外面的蛋塔（outtards）」。一方面影射納粹頭目希特勒的素食習性[4]，另一方面引申墮落的人類會退化成猿猴，即使不吃肉，貪婪虐殺殘暴的本質並不因此而有所改變。

德希達就吃素的議題指出，在當代社會生存模式相互盤根錯節的情況下，每個獨立的個體成為主體的前提要件，不管是直接或是間接，都會參與殺或吃動物的行為。人類和動物之間的關係架構在犧牲的基礎之上，這個位置決定了非犯罪的致死行為。我們攝取屍體的營養，吸納屍體的精髓，統合屍體的精神，「這是一種既充滿象徵也十分真實的行為，假如屍體是動物的話」，但假如屍體是人類的話，那就絕對是一種象徵性的說法（278）。屍體本身可以因人類和動物的不同，而有真實和象徵的對立差別；然而，沒有差別的是在「攝取、吸納和統合」的貪婪掠奪進食模式上。動物性研究學者卡拉克（Matthew Calarco）解釋說，對於素食者而言，不是「我要如何可以達到在道德上純淨無暇、毫不殘忍血腥的飲食習慣？」，這只是表面上沒有直接參與殺生的鴕鳥心態，而是

4　根據一般的資料顯示，希特勒不抽煙、不喝酒、不吃肉。但逐漸有研究顯示這是他宣傳自己形象的手段。不管事實如何，我們可以確定的是，希特勒相信素食的形象會為他帶來正面的群眾觀感。

應該自問，「什麼是最施捨和最尊重的方式與動物建立關係？」
（136），也唯有建立起這種關係，我們才有辦法理解某些原住民
獵殺食用動物的敬畏尊崇本質。狒狒黑心肝船長難道把所有的水果
蔬菜視為禁臠，而逼使白兔和袋鼠在沒有適合本性可吃的東西情況
下變成食肉動物嗎？

三、不吃不喝的食肉動物

　　假如吃肉代表極度負面的動物獸性，而吃素也不見得就具備
有正面的人性（遑論神性），那麼絕對的不吃不喝不進食就變成是
最好的策略。冰原系列中的動物，雖然身遭大難，環境困頓，努力
求生，但進食並非牠們首要關心的事物，似乎吃與不吃都不會影響
牠們的生存。我們先看看擔綱主要角色的（好的）食肉（壞的）動
物劍齒虎狄亞哥。他首度登場所被付與的任務，就是綁架尼安得塔
人部落內還在襁褓內的小男嬰，「要活的，帶到我這兒來」，首領
蘇圖是這麼說的。他要活活吞吃這小男嬰作為對其父親的報復。故
事的進展就是把「壞的」「食肉的」本性一分一毫不著痕跡的如冰
河般融化殆盡，唯有如此，牠才能實際擔任主要角色的銀幕任務。
狄亞哥雖然說話像隻肉食劍齒虎（對著小朋友戲謔地說：「我要先
吃誰啊？」），習性也像隻劍齒虎（奔馳山岩獵殺瞪羚），但卻早
就已經變成一隻若有若無和樹獺喜德有著某種同性戀曖昧關係不吃！
不喝不進食的小貓咪。狄亞哥沒有足夠體力獵殺動物，雄風不再，
所剩下的只是恫嚇戲謔在口頭上佔些「我要吃了你」的小便宜。但
牠不是唯一的例外。其他食肉的（或以活物為主要食物來源的）

動物，不論是主要角色與否，如巨犰狳[5]、土豚[6]、黃鼠狼獨眼巴克（Buck）、重爪龍魯迪、暴龍媽媽、劍齒虎席拉（Shira）等，牠們不是沒有任何進食的跡象，就是無論怎麼拼命努力地獵食，總之就是吃不到。

　　動物一生大部分的時間都在覓食、進食、避免被獵食以及交配。對任何生物而言，吃是無法避免的本能活動，是存活下來的必要條件，更何況這些動物是在冰河融化崩解的環境下逃難求生，不論牠們是逃往刨空如船形的巨大樹幹（舊約預示的挪亞方舟），或是與家人會面的陸橋（上帝允諾的彩虹橋），在在都影射以色列人出埃及的流浪遷徙，而在長達40年的漂移流浪遷徙中，以色列人其中最大的怨言是「沒東西吃」：「我們還不如當初在埃及就死在耶和華手中。在那裡，我們至少可以圍在肉鍋旁吃個飽。現在，你把我們帶到曠野來，是要叫全體會眾餓死在這裡嗎？」（〈出埃及記〉16:3）。兀鷹之歌〈食物，光榮的食物〉（"Food, Glorious Food"）很明顯地道出動物對於食物的渴望和熱愛。但這些冰河動物卻顯得比當時的以色列人要來的更具人道思想，為了拋棄因為吃肉而顯得野蠻粗鄙所充滿的獸性，也為了更加凸顯牠們深具人類的道德精神，牠們得先拋棄身為動物的本質，甚至身為生物可以存活的基本要件，才能存活在冰原系列中，扮演好的動物。當動物的基本特性已被剝奪殆盡，難道我們還可以稱牠們為動物嗎？或者牠們只是披著動物外衣的人性各個面向呢？表現人性非得犧牲動物嗎？

5　巨犰狳是雜食性動物，主要的食物是白蟻，但也包括螞蟻、昆蟲、蜘蛛、蛆蟲、蛇和腐肉（Nowak 162）。

6　土豚以白蟻和螞蟻為主食。

四、消失的肉食動物

　　假如不是主體性的置換，就是身份的錯亂。譬如說猛獁象伊麗，因為從小失怙，由負鼠媽媽扶養長大，在遇見蠻尼之前，本來自認為自己是隻龐大的負鼠，行為模式也和負鼠一樣，晚上會以尾巴捲在樹枝上倒掛身體睡覺[7]，甚至連這後天習得的行為也遺傳給她的女兒。冰原系列中，還有能吃能喝沒有身份錯亂的真實動物嗎？

　　唯一的例外，應該就是那三隻小暴龍了。樹獺喜德（Sid）雖然撫養了牠們一陣子，顯然沒有影響或改變牠們的天性。小暴龍將頭伸進水裡，看到魚群馬上裂開滿是利牙的嘴巴，在兒童遊樂場更是極盡暴龍之天性，將兩隻小動物含在嘴巴內，還沒來得及吞下，就被勒令吐出來。小暴龍對於喜德給他們的蔬菜食物毫不感興趣，尤其裡頭還有（美國）小孩子最痛恨的青花椰菜，而對於暴龍媽媽丟在石桌上的火雞，食指大動，正準備張口大啖，喜德橫加阻止：「不行，不行，我們不吃活的動物」，然後把渾身顫抖的火雞放生。暴龍媽媽卻轉身從樹叢裡叼出一根與喜德一般大小、切面平滑的動物大腿，丟在小暴龍前。下一景是那根大腿只剩下一節骨頭，上頭帶點已呈暗紅的血跡，而我們看到三隻小暴龍都鼓漲著肚皮，一臉歡欣滿足，或躺或臥準備休息睡覺。

　　我們看到動物吃肉前騷動難安，躍躍欲噬，我們也看到動物吃肉後慵懶適意，滿足昏睡，但我們就是看不到動物正在吃肉是

7　負鼠會倒掛身體睡覺是兒童故事虛構出來而普遍為人所接受的行為模式。實際上，負鼠是夜行性動物，白天睡覺會選取隱蔽黑暗的地方，而不會掛在樹枝上（Dietrich 64; cf. Shedd 24）。負鼠在樹上爬行時，的確會以尾巴捲住樹枝用以保持平衡，或倒吊身體以便搖晃到另一樹枝；他們也會利用尾巴爬上爬下（Nowak 181）。

何等模樣。讓我們以《侏儸紀公園》（*Jurassic Park*）中的類似場景來進行比較。在這部以恐龍為主題的電影中，觀眾有很多機會目睹恐龍吃肉的模樣。第一次是頭被綁在平台上的羔羊，不斷發出恐懼的咩咩聲。高大樹叢上頭的枝葉劇烈的擺動，似乎有龐然大物行經下頭。在一聲巨大的聲響後，羊叫聲停止了，我們只看到平台斜掛著，其中一條鋼鏈已被扯斷，羔羊當然不見蹤影。下一次我們看到血淋淋的吃肉場景，則是暴龍已越過鐵籬笆高牆，以滿是利牙的大嘴硬生生把某位園區工作人員咬成兩段，大口咀嚼。《侏儸紀公園》是屬於PG-13的電影，按照「美國電影協會」（Motion Picture Association of America）在官方網站所公布的PG-13標準如下，「強烈建議父母陪伴觀賞。有些內容也許不適合13歲以下兒童」，在細部解釋時，也與PG做了區分：「一部PG13的電影可能要比PG級的電影可能在主題、暴力、裸露、性關係、語言、成人行為等方面有更多的描繪，但是還沒達到R級的受限制標準」。PG的標準如下：「建議父母指導，有些內容也許不適合兒童」。兩者區分的標準在於色情和暴力的認定。就暴力程度而言，兩層樓高的暴龍血淋淋地撕咬活生生尖聲慘叫的人類，看起來絕對比三隻可愛的小暴龍舒適滿足地撫摸自己圓滾滾的肚皮，要來得驚悚恐怖。可是將鏡頭轉移開來，或是直接跳過這一景，如此把不該看的從觀眾視線內移除，或許能將血腥暴力從觀眾的想像中移除，但同時卻也把暴龍的暴龍性一併移除了。也就是說，小暴龍雖吃肉，卻被當成限制級的鏡頭，從故事情節中被刪除。

五、想吃卻吃不到的草食動物

絕大多數的草食動物也沒有任何進食的跡象，或是說，就算想吃，也永遠吃不到。冰原系列雖然以冰河時期崩盤瓦解板塊漂流

做為故事的全盤背景，但是卻以小松鼠橋段緊密串連各個發生的事件。這些橋段幾乎都以不同的情節、不同的場景、不同的時空、不同的手法來敘述完全相同的主題，也就是小松鼠不斷企圖掩埋橡實的失敗過程，經歷了山崩、地裂、海嘯，甚至造成地球板塊移動，分裂成現今的七大洲五大洋。就小松鼠和橡實的關係而言，牠恐怕是，除了三隻小暴龍之外唯一真實的動物，為了（不可知的未來儲備）食物，赴湯蹈火、上山下海犧牲一切在所不惜。小松鼠數度為愛情所困，幾經掙扎，也曾和心儀松鼠一起度過家居生活，但愛情最終抵不過麵包，人為強加在動物身上的虛幻浪漫行為模式最終抵不過動物的生存本能，牠幾近狂喜地放棄愛情，繼續擁抱似乎永遠無法真正擁有的橡實。在很多次的場景裡，明明橡實就是眼前，近在咫尺，卻遠在天邊，小松鼠總是被某種因素困住（如全身被包在冰塊內），冰塊從頭到腳慢慢兒融化，每融化一點兒，小松鼠就拼命伸直前肢，用爪子去探取僅僅相差毫米的橡實，就在冰快要溶解完，牠快要摟著時，潮水一來，眼睜睜又把橡實漂走了。小松鼠和食物的關係，正是冰原系列所有想要進食的動物的縮影。不管牠們是否想要吃東西，進食的本身似乎就是永遠不可能實現的事件。

六、自由出入的嘴巴

就算進食實際發生，就算這些動物有機會以「吃」表明動物的本性，卻總是帶來可怕的災難。喜德吃了蒲公英花朵，引來兩頭犀牛的殺機。牠後來吃了蓮果，導致全身暫時性癱瘓，而渡渡鳥為了幾顆西瓜，幾乎全族遭來橫禍。因為動物進食有如登天之難，也使得牠們成為食物的可能降到最低。即使牠們被吃了，也會像小紅帽和奶奶安然無恙毫髮無傷地從動物的肚囊內被救出來。這應該是現代版童話故事應該有的快樂結局，但卻也是動物不吃就不需要被吃

的必然結果。德希達說，問題不是吃什麼，或是怎麼吃，而是有沒有「好好吃」，有沒有在吃的同時也被（他者）吃，因為我們必須吃才能存活，因此我們就必須好好地吃，必須要知道何謂吃得好。什麼東西會讓我們「咀嚼」再三，那樣的東西才能被分享，才可以稱為真誠的款待（Still 231）。因此，我們在「冰原系列」中經歷不到分享、也沒有款待，只有動物進出胃腸悠然自得。喜德在某天夜裡被秘密抬到某個樹獺部落，全體部落上上下下都尊崇牠為「火神」，頂禮膜拜，受到空前的優渥待遇。喜德之成為最珍貴的禮物就是要獻給最崇高的神祇。就在喜德被丟擲入巨大的火山口，即將沒入豔紅的溶岩火漿時，因繩索的反彈，如放映機按了倒轉般，又彈回地面。相較之下，渡渡鳥就沒那麼幸運。一隻接著一隻因為要保衛原來就屬於牠們的西瓜，相繼掉下小小的地面噴火口，造就了冰原系列渡渡鳥後來滅亡的可能版本。這樣的情節安排，或許符合渡渡鳥現在已滅絕，而樹獺還存在的事實，但更顯著也頗為簡單的道理，當然是因為喜德是相當討喜的角色之一（想想當年獅子王木法沙死掉時，對於小孩心理所造成巨大的衝擊）。主角是不容許受到傷害的。同樣的道理也許也可以適用到獨眼巴克，雖然身陷重爪龍魯迪血盆大口之內，還能抓住位於他的喉嚨入口上方的懸雍垂（俗稱小舌），如泰山擺盪藤條般撞斷巨龍利牙破口而出。對動物而言，嘴巴是攻擊敵人和吞噬生命的工具，對人類而言，嘴巴是社交聯誼共享盛宴建立友誼的利器（Schwab 2），然而嘴巴在此，既非殺生工具也非聯誼利器，充其量衹是有如驚悚遊樂場自動開闔的兩扇門，供遊客自由出入。假如門卡住了，只要懂得操控機器，都可化險為夷。猛獁象和劍齒虎被熱帶雨林的巨型肉食植物吞到捕食囊內，巴克自行被吞到裡頭，以利刃挑斷紅藍兩條管線，捕食囊爆炸，牠們三個安然脫險而出。因此，當喜德奶奶和喜德進入鯨魚肚內，我們也不會再有擔心。果然，兩人都安然無恙。火山口是彈跳

床，魯迪的嘴巴是高樓大廈的對外窗戶，食肉植物竟然是顆定時炸彈，而這頭鯨魚早已不是我們所熟知的抹香鯨了。

七、動物的滅絕

　　儘管奶奶的寵物看起來像頭鯨魚，但他只是一艘披著抹香鯨外表和體型的現代潛水艇。原本喜德的家人告訴我們，奶奶的寵物「寶貝兒」（Precious）早就死了，雖然奶奶時不時的一直嚷嚷著，「時間到了，該去餵寶貝兒啦」，但家人總是回答，「寶貝兒早就死了」。雖然大家都認定奶奶腦筋糊塗，但她似乎一直悄悄地找機會餵她的寵物，尤其是到了海上之後，拿了黑心肝船長的水果，不斷丟到海裡。抹香鯨的主要食物是烏賊[8]，或許還包括章魚和其他海洋頭足動物（Clarke 217），但水果絕不是牠會選擇的食物。換句話說，奶奶只是師法童話故事〈糖果屋〉（"Hansel and Gretel"）兩兄妹的作法，把水果丟到海上，以便暴露自己的位置。寶貝兒的確追蹤而至，但並不是吃掉那些水果，只是把他們收取到自己肚腹內[9]。奶奶進到鯨魚肚內，立刻就變成船艦指揮官，而喜德豎直身體探出鯨魚噴氣孔，變成可以升降的潛望鏡（變形金剛的合體模式），奶奶於是駕駛抹香鯨號打敗了狒狒海盜船長。

8　懷黑德（Hal Whitehead）認為抹香鯨十分挑食，應該只有獵取烏賊做為食物（51-53）。

9　情況就如同電影《AI人工智慧》裡的小男孩生化人，他可以坐在餐桌上和家人共同用餐，用叉子把食物放進嘴巴內；其他人是進食用餐品嚐食物的滋味，但他只是把食物透過嘴巴喉嚨放進身體內某個儲藏空間。

八、結論

　　假如抹香鯨是潛水艇，捕食囊是定時炸彈，那麼奶奶的嘴巴裝上假牙後變成把奇異果絞碎的電動碎紙機，也就不足為奇了。當動物不再需要吃東西，當吃東西的動物需要被隱藏在視線之外，當動物早已被人類及其科技所取代，動物也就如同石頭般失去了世界。《冰原歷險記》四部曲宣告了真實動物的滅絕，不是在冰天雪地裡糧食不足，也不是氣溫急遽變化，因為吃或不吃，根本不是問題。真正的問題在於，牠們唯有不吃不喝不進食，才能在《冰原歷險記》的世界裡永續存活，直到世界盡頭。

📖 引用書目

Adams, Carol J. *The Sexual Politics of Meat: A Feminist-Vegetarian Critical Theory*. New York: Continuum, 1990. Print.

---. "Eating Animals." *Eating Culture*. Ed. Ron Scapp and Brian Seitz. Albany: SUNY, 1998. 60-75. Print.

Calarco, Matthew. *Zoographies: The Question of the Animal from Heidegger to Derrida*. New York: Columbia UP, 2008. Print.

Clarke, Malcolm. "Seamounts and Cephalopods." *Seamounts: Ecology, Fisheries & Conservation*. Ed. Tony J. Pitcher et al. New York: Blackwell, 2007. 207-29. Print.

Derrida, Jacques. "'Eating Well,' or the Calculation of the Subject." *Points...: Interviews, 1974-1994*. Ed. Elisabeth Weber. New York: Stanford UP, 1995. 255-87. Print.

Dietrich, William. *Natural Grace: The Charm, Wonder, and Lessons of Pacific Northwest Animals and Plants*. New York: U of Washington P, 2003. Print.

Fiddes, Nick. *Meat: A Natural Symbol*. New York: Taylor & Francis, 1991. Print.

Grimm, Jacob, und Wilhelm Grimm. *Die Märchen der Brüder Grimm*. München: Der Goldmann Verlag, 1993. Print.

Ice Age. Dir. Chris Wedge. New York: Twentieth Century Fox, 2002.

Ice Age: Continental Drift. Dir. Steve Matino and Mike Thurmeier. New York: Twentieth Century Fox, 2012.

Ice Age: Dawn of the Dinosaurs. Dir. Carlos Saldanha and Mike Thurmeier. New York: Twentieth Century Fox, 2009.

Ice Age: The Meltdown. Dir. Carlos Saldanha. New York: Twentieth Century Fox, 2006.

Johnson, Lisa. *Power, Knowledge, Animals*. London: Palgrave, 2012. Print.

McGrew, William C. "The Other Faunivory: Primate Insectivory and Early Human Diet." *Meat-Eating and Human Evolution*. Ed. Craig B. Stanford and Henry T. Bunn. New York: Oxford UP, 2001. 160-78. Print.

Morris, Brian. *Wildlife and Landscapes in Malawi: Selected Essays on Natural History*. Victoria: Trafford, 2008. Print.

Nowak, Ronald M. *Walker's Mammals of the World*. 6th ed. Baltimore: The Johns Hopkins UP, 1999. Print.

---. *Walker's Marsupials of the World*. Baltimore: The Johns Hopkins UP, 2005. Print.

Schwab, Gabriele. "Derrida, Deleuze, and the Psychoanalysis to Come." *Derrida, Deleuze, Psychoanalysis*. Ed. Gabriele Schwab. New York: Columbia UP, 2007. 1-34. Print.

Shedd, Warner, and Loretta Trezzo Braren. *The Kid's Wildlife Book*. Milwaukee: Gareth Stevens, 1997. Print.

Still, Judith. *Derrida and Hospitality: Theory and Practice*. New York: Edinburg UP, 2013. Print.

Whitehead, Hal. *Sperm Whales: Social Evolution in the Ocean*. Chicago: U of Chicago P, 2003. Print.

8 食物、寵物、聖／剩物：失衡的鯨靈世界

中興大學外文系　蔡淑惠

一、動物他者

　　動物與人類一直環繞在食物、寵物、虐物、聖／剩物這樣的生存關係。在柏格（John Berger）的專書《關於觀看》（*About Looking*）討論動物在人的世界被認定是具有經濟與生產的實用價值。人們將動物視為食物、衣物、勞役與運輸工作的功能。若回到十九世紀，其實人們對某些動物的想像是一種隱喻，代表著在人與神之間傳達福音的「信差」（messengers）與「信誓」（promises），譬如：牛一開始進入人類的想像並不是以食物為主，而是具有神諭功能（Berger 4）。這些概念早在古埃及時代，就將某些動物當做神，如：牛形女神（Hathor）象徵愉悅與母性之愛，因此「母牛就具有神奇的功能，有時是代表神諭力量，有時是獻祭意義」（4），另外還有貓女神（Bast, or Bastet）象徵健身、迴避邪惡之義，因為這名稱意思是「藥膏」（ointments），具有驅邪強身、抵抗流行疾病的效用，甚至後來這貓女神因受到古埃及人相當崇高的

尊敬，也象徵著母性撫育、保護的意義，所以貓逝世後，身體也曾被製造成木乃伊。在希臘神話中，更是充滿著人、神、動物混為一體的存在物（像似怪物），由此，<u>動物在人類的歷史記憶中絕不是先以食物為主的存在</u>，而是做為人神之間的「聖物」，受到景仰與尊重其實在人類文明已有相當悠久的歷史。人類祖先一開始也不是以肉食為主，而是以蔬果穀物為主食的存在物，但也曾因被置棄於殘酷大自然環境，為求生存，在找不到食物困境下，只好殘殺動物度過難關。想像我們曾看電影，目睹飛機墜毀在人煙稀少的「大自然」冰冷環境，倖存者在找不到食物之下，會殘殺彼此而啃食肉體存活。因此可想像遠古祖先也曾有此悲慘遭遇，在危機時刻，為了存活而改變飲食習慣。但經過醫學證明，肉食動物的腸尺度比較短，而素食動物的腸比其身體要長出十二倍，由此反觀人類，確實比較接近素食動物的身體內部結構。[1] 因此，動物的存在絕不是首要成為人類的食物，而任其宰殺。

　　然而，人類與動物在大自然界確實有共同相似的存在特質：我們皆懂得移動，且會發出聲音，不像植物那樣優雅地無聲存在。若再細分，人與動物最大的差異在於人會使用語言思考及懂得笑，確實「語言」與「笑」（狂笑、微笑、竊笑）是人類與動物區分差異最大的特質。然而在西方哲學家，笛卡兒認為動物就像是機器一般，毫無靈性情感存在，當然也就無法進行智性思考。康德雖然不將動物擺在具有道德意識的層次，但並未表示人類可隨意處置動

1　在網路由Sally Deneen發表的一篇文章 "Were Humans Meant to Eat Meat?" (http://rense.com/general20/meant.htm)，一開始就引用心臟病學家羅柏茲（William C. Roberts）的觀點，認為人類祖先不是肉食動物，是素食者，以穀物蔬果為生。解析人類腸的構造，更肯定人是素食動物，因為他發現肉食動物的腸尺度很短，但素食動物腸尺度較身長度多十二倍，而由此可證實人類的腸尺度接近素食動物，應是以進食蔬果穀物為主的存在物。

物，讓牠們受苦、受折磨，甚至被虐待。黑格爾認為動物缺乏自我意識，也就是意識只存在於人類精神體。海德格更進一步地解釋，語言做為區隔人與動物之間的差異，來自於語言是思維存有，語言變得如此神聖是因為上帝創造這世界的工具是「語言」，因此「語言」是思考主體，也是呈現存有（Being）的真實。由此可見，大部分西方哲學家對動物不曾認真思考研究過。在〈論人文主義〉（"Letter on Humanism"）這篇文章，海德格就界定思考活動屬於存有，也因此語言與思考是人的存在特質，這也是由形上學來界定的思維（Heidegger 202）。海德格，因此就順理成章地，將動物與 · 植物排除於存有的範疇之外，畢竟動植物無法使用語言，當然也就無法進行思考，所以也就無法進入存有的高層次，雖然他解釋著：「本質上，語言不是有機體的發音體，也不是具有生命存在物的表達，更不可被認定是一種象徵特質，但或許無法從意義特質角度來考量。語言其實就是存有閃現顯露的躍進」（Heidegger 206）。存有精神體確實是最捉摸不定的思考體活動，因為無法全盤進入主體意識，有一部分屬於隱藏而晦暗不明的狀態。然而，語言是思考活動的印記，也是唯一存有閃現表達的路徑，「存有在語言中，顯現自身……語言自身晉升至存有閃現的光溫」（Heidegger 239）。因此，語言的思考運程是呈現存有部分的樣態，這樣說，並不是在談思考即是存有，而是說思考是接近存有，思考是存有的屋宇。

　　海德格在〈何謂思考？〉（"What Calls for Thinking?"）就一直討論著到底有什麼內在驅動力逼使人類思考？這股思索力量的神秘精神體為何要思考？當然思考形成一種探索的客體，人參與思探的進程；「希臘字的 keleuthos 意思是：『道』（way）。而古字所謂的『召喚』（to call）並非純然是『下達命令』（a command）也不只是呈顯，也因此召喚有某種協助、殷勤柔順的共鳴意涵，事實上在梵文裡，此字之意接近邀請（to invite）之意」（Heidegger 363）。然而，我們順從什麼內在精神體的召喚，而不得不思索？無論是召喚、邀請之情境下，我們降服某種內在「命令」，這都是在進行某種創作，也因此思考的特質就是傾向「命名」（to name），將抽象具形化的思考活動，所以海德格說，其實下達命令之意就是去賦予、尋求安定、一種心靈庇護（safe-keeping, to shelter），也是讓某種抽象的感知現形，讓思維出席現場（come to presence）（Heidegger 364）。

　　海德格也在一篇文章〈藝術作品起源〉（"The Origin of the Work of Art"）討論內在召喚，人們會創造諸多藝術創作，這些皆是呈顯存有的真實（truth），但存有精神體不可能全盤開顯，自身總有其內部的隱匿性。因此真實也無法全盤彰顯，所以真實也部分隱藏於外，因此海德格說真實就是一種真實域外樣（un-truth），這並非說這是偽相或錯誤（falsehood），而是從辯證角度思考，真實也處於自身的對立面（the opposite）（Heidegger 176）。創造力來自內在一種欲求呈顯（bringing forth），因此藝術創作過程是一種真實的流變與發生，藝術牽引真實出場且呈現在作品中。因為創作就是形構一個世界（to set up a world），而創作過程使用的物質就是促成作品的實用（usefulness）與服務價值（serviceability），也因為人具有這種藝術創作與形構世界（world-forming）的內在能力，但是動物、植物、礦物卻缺乏這樣的能動力（Heidegger 170），所以阿岡本在《開顯》（The Open）此一專書也延用海德格的觀念來思考動物存在是屬於匱乏（a lack）、窮困（poverty）、無聊（boredom）、無世界意識（without world）、被囚禁（captivation）狀態，畢竟動物失去某種自控力（disinhibitor），所以只會用本能衝動方式來行動一切，也就是喪失理性控制，也因此動物只有生存的環境意識，而無形構世界的能力。然而，動物對周遭環境的存有狀態卻是：

屬於開顯，不是非隱匿（disconcealed）。對動物而言，存有是開顯但無法觸及，也就是說，牠們的存有處於無可觸及的開顯狀態，一種晦暗，在某種程度，這是一種非關係。這種非隱匿的開顯區分了動物存於世界的窮困，而人類是具有<u>形構世界</u>（world-forming）的能力，只要動物對囚禁無法抵制，牠們就不像是石頭屬於無世界（worldless），但卻是無世界意識（do without world）地行動一切，也因此缺乏形構世界的能力，所以被認定是窮困與匱乏。（*The Open* 55）

其實這樣談法並無大礙，我們確實可看到動物不會自組社群活動，或者發動什麼集體戰爭去攻擊、滅絕、屠殺哪類動物，像人類的戰爭或大屠殺事件。動物若殘殺另一個動物，絕大部分是因為覓食溫飽與生存問題。也因此，溫飽後，動物的日常生活就是一種無盡深沉的無聊（profound boredom），等待時間經過，等待時間溜逝，這也是阿岡本（Giorgio Agamben）延用海德格在《存有與時間》（*Being and Time*）的概念。

在無聊中，突然我們發現自身被棄置於虛空。但在此虛空，事物並非只純然從我們身邊溜逝或消隱，而是事物卻在此處，但卻無法提供我們任何趣味；事物總是完全置我們於冷漠，也更因此我們無法讓自己自由，因為我們被禁錮於此，且讓無聊之境困頓我們……也因這緣故，無聊將點燃存有與動物一種無法預測的接近感。在感到無聊之際，存有也被帶到一處拒絕自身之境，正如同動物困於囚禁狀態是曝露於某種無法開顯之域。（*The Open* 65）

確實無聊是存有現世困境，無法掙脫。畢竟存有應是一種潛藏開顯狀態（potentiality-for-being），但內部隱藏著某種失能（impotentiality）而無法完整全盤顯露。當然，動物也陷入這種無盡無聊的囚禁狀態，也因此在大自然環境生存中，隨時皆有被其他強勢動物獵殺而成食物。

柯慈（John Coetzee）這位南非2003年諾貝爾獎文學獎得主的小說家在他的小說《伊麗莎白・寇絲狄羅》（*Elizabeth Costello*）就討論宰殺動物與希特勒納粹黨時代大屠殺猶太人情境一般做比喻。[2] 小說主角寇絲狄羅女士（Elizabeth Costello）到處進行相關動物主題演講，當然也引發現場激烈討論。當然書中討論大部分動物無羞恥心，也不懂掩蓋自己排洩物，更不像人類感到需要潔淨自己身體（*Elizabeth Costello* 85）。然而恐怖的也是最具爭議的比喻，就是把困在集中營的猶太人比喻成屠宰場的待宰動物。在集中營執行殺人職務的殺手，其實無法將自己擺在受害者的位置思考那種被貶低至無意義的存在，將人視之為蛆蟲，因此可輕易被宰（*Elizabeth Costello* 79）。從這部分討論，可以知道蛆蟲的生命價值意義在人類意識中是可隨意被宰制、被殘害。在寇絲狄羅女士演講的聽眾中，有一位史登（Abraham Stern）曾寫信給她表達不同立場思維，他的辯駁也很值得關注。他主要的見解是：雖然在納粹時代的歐洲，猶太人像牛群那樣被屠殺，但這種比喻並不恰當；如果猶太人被動物那樣對待，相反地，這並不表示牛群曾像猶太人那樣被

· 對待，這種逆轉面思考會諷刺死者的記憶，同時也將集中營的恐怖用很粗糙方式在販賣（*Elizabeth Costello* 94）。柯慈這部小說其實

2　雖然小說諸多討論為何將猶太人貶降至動物這層次可被屠殺，有諸多激烈討論，後來也節錄部分討論成另一本專書《動物的生命》（*The Lives of Animals*）。

主要在討論動物與人類的差異及動物在人類文明社會是隨時可被任意掌控、囚禁、屠殺，任人類隨意處置，毫無生存的尊嚴，也就是動物做為人類的「他者」，其生命價值意義是微不足道的。

　　若從佛洛伊德精神分析理論角度來思考，其實人類在面對現實層面的生存問題，皆不會彼此友善相待，更不用說會懂得善待動物，尤其在一篇文章〈文明及其不滿〉（"Civilization and Its Discontent"）就討論人類內在本能衝動的攻擊慾（aggression）是相當自戀的，也就是判斷任何事物皆以自己的理想標準為普世標準，也因此不符合自己的「理想道德」標準，會用自己的嚴厲準則審判、處罰、虐待他者，這個「他者」可以是人，當然也可以是動物。這種攻擊力其實是帶著超我享樂（the superego enjoyment）的攻擊慾望，也就是主體毫無客觀標準，誤將自我道德觀晉升為普世原則，其實這種道德是一種私慾表徵，展演一種內在的根源邪惡（the radical evil），只是主體自身無法覺醒，無法從這種想像的「幻見架構」清醒過來，因此「愛你的鄰人如已」都很難實踐了，更何況是友善地對待動物。

　　　我的愛，對我而言，是非常珍貴的，也因此我不會隨意就付出。因為我需要為此隨時準備犧牲，來履行責任義務。如果我真的愛他者，這個人需要我覺得值得如此，那麼這個人值得如此被對待是因為他在諸多評論重要事物的觀點跟我很相像，我可以在他身上愛我自己。如果他真值得讓我如此付出是因為他比我優秀完美，所以我可以在他身上愛護自己的理想自我……人類不是想要被愛的，不是彬彬有禮的友善存在物，人若被攻擊，是會反擊；相反地，這種擁有智力的存在物被認定是具有相當的攻擊慾。結果就是鄰人對他而言，不僅是協助者也是性物，也會嘗試引誘鄰人來滿足他們，剝削他的才能且無

> 補償回報，甚至進行性侵、去奪取他的財產、去羞辱他、讓他
> 受苦、去鞭打甚至殺害他。（Freud 109, 111）

　　從這種自戀想像的私慾情結角度思考，我們可清楚理解人類做為大自然存在物，除非「客體」可以為其自戀的私慾服務，具有達成慾望的功能作用，就會善待客體，否則就容易彼此相愛／礙。佛洛伊德就不曾認為「人」是懂得善待客體的友善存在物，反而愈是對親近的客體，就容易投射慾望，索求客體來滿足自身的慾望，也因此就愈容易扯出諸多因慾望索求無限無盡／禁，無法滿足而衝突一觸即發。佛洛伊德也曾認為人類發動大規模互相攻擊慾，其實在動物身上反而是比較不會出現的（Freud 123）。也因此，人類的攻擊慾事實上除了彼此互相攻擊，毀滅整個文明秩序，同時也容易處處危害其他動物、其他存在物。動物做為人類的「他者」而言，幾乎這個「客體」是不容易進入人類相等位階的「認同」關係，畢竟若從精神分析角度來看，「認同」要建立在相似性，而非差異性。差異，無論是動物或人類，除非彼此慾望價值意義的交換進行得很順暢，否則皆難以進入「自戀想像認同」的關係，也因此比較容易啟動攻擊、征服、剝削、控制這樣的心理機制，除非這個異客體展現是愛與友善，讓彼此持續美好生命，不然這種「相遇」很少不產生衝突。

　　物種其實差異甚多，哲學家討論的動物只是主觀地投射出人類一般對動物一種「概念」式的想像討論，動物或植物是否真的「如此」，確實也很值得再深入探究。德希達也提到幾乎「所有哲學家，從亞里斯多德到拉岡，包括笛卡兒、康德、海德格、李維納斯，他們皆認同一件事：動物是被剝奪語言。或者，更準確一點，被剝奪一種回應（response），這種回應是足以更嚴格地將之與反應（reaction）區分開來；被剝奪一種擁有權力與權勢力量的回應

能力」（Derrida, *The Animal* 32）。正因如此，人類更擁有足夠的優勢來指揮、操控動物，而動物更無法適度地為自己的生存權力有所回應。當然很多爭議的關鍵質疑在於：動物是否懂得受苦（suffering）這種心靈感受？這種想法大概皆源自於動物因無能力使用語言，所以無法思考，所以缺乏存有精神靈體層次面向，因此是機器一般。然而，德希達憐惜動物，回應是：

> 　受苦已不再是一種力量；這是一種無力量的可能，一種不可能的可能性。死亡就存在那裡，如同思考有限性這一種最激進的方式，這也是我們與動物共通之處，死亡屬於生命的有限性，感受憐憫的經驗、感受共享這種非力量的可能性、一種不可能的可能、一種脆弱的哀痛以及這種哀痛的脆弱性。（Derrida, *The Animal* 28）

也就是我們人與動物一樣皆是必經死亡之路，若是一再質疑動物是否懂得受苦，已經是無意義的爭論。但我想若撇開這些哲學家理論思索，我們實際日常生活的觀察，尤其是有寵物的愛狗愛貓家庭，必定都會觀察到動物睡覺時，牠們是會做夢的，這可以由眼球快速轉動為證，況且也會由夢中驚醒，而一臉憨傻。如果動物睡眠會做夢，表示牠們是懂得思考，也就是牠們在日常生活的慾望也會遭遇潛抑的經驗，並不是一直都是以「非理性的本能衝動」與環境互動。所以羅婁（Leonard Lawlor）也認同德希達的看法，認為就因為動物無法使用語言，也因此人仗勢欺壓動物，將之視為待宰羔羊，可被任意犧牲、被宰殺（9），我們應該要改變我們對待動物的態度。

反觀植物也是如此，就因植物是如此靜態、無聲無息地存在，我們就認為植物毫無情緒，但事實上在《植物的秘密生命》（*The*

Secret Life of Plants）這本專書就討論到科學家研究植物的內在秘密生命時，發現植物是具有諸多情緒的感性生命。我們對植物細心照顧的情緒關注會影響植物生命的活潑度，譬如：常常關愛植物、接近它們，植物就會長得美而挺。馬德爾（Michael Marder）也在《植物思維》（Plant-Thinking）討論到就算海德格認定動物與植物因為缺乏語言能力，也就無形構世界的能力，但是這種「無擁有這種能力」（not-having）及「無佔有能力」（non-possessiveness）並不代表它們無存有的高度精神狀態（8）。這應是後形上學（post-metaphysics）需要注意的存有差異思維面向的探究，畢竟從亞里斯多德論靈魂的角度思維，植物並不是完全屬於無靈魂體的狀態（23），因為植物內部的生機並不是可用我們思考動物或人類的方式來進行。也因此，我們人類面對諸多在大自然環境生存的存在物一直皆用主觀利己自戀思維的角度在看待周遭環境，無意識地開展物種歧視論的思維（speciesism）。人類一直認為自身是世界大自然的軸心高等智性動物，也因懂得創造發明的能力去形構世界，自認為是物種最高優秀的理性動物，這種高位階意識對其他動物，顯然地，是缺乏同理心，也因此人類對大自然也是極力剝削、森林區濫墾，造成全球暖化危機。生態失衡失序也是當今最危急的生存難題。

　　人類對待陸地動物盡是物種歧視思維地剝削、殘害，更不用去期待要善待、尊重海洋生物，尤其是與人類靈性相近的哺乳動物：鯨豚。鯨豚，做為具有靈性的海洋哺乳動物，具有僅次於人類的大腦智性，但人類長期對水源與海洋的污染及濫殺，卻也造成鯨豚生存的危機及海洋生態的嚴重失衡。雖然近幾年來，對鯨豚關注研究探討已漸形成一股風氣，鯨豚也已是保育類動物，但也因鯨豚聰穎、且商機無限，因此捕殺、活擒鯨豚的非法活動更是暗地進行。以下章節的討論偏重紀錄片《血色海灣》報導日本太地町暗地捕

殺、殘害鯨豚的非法行動，及探究鯨豚這種高等靈性海洋生命，讓
我們更理解到鯨豚是具有「情感」的海洋高等智性與感性兼具的哺
乳動物，會將幾部影片對鯨豚生命的關懷一併納入思考，且更進一
步瞭解鯨豚與原住民的祖靈精神體連結的信仰。最後會回到臺灣，
討論海洋散文作家廖鴻基的幾本有關鯨豚鯨靈想像的作品，除了帶
給人類生命創造力的想像，更是開啟內在性一股神秘的情緒療癒力
量、精神提升、價值觀轉型的契機。

二、海洋與鯨豚紀錄片

　　《血色海灣》（*The Cove*）是2009年由國家地理雜誌攝影師路
易・賽侯尤斯（Louie Psihoyos）執導的一部紀錄片，報導日本和
歌山縣東牟婁郡太地町（Taiji）每年獵殺約二萬三千隻海豚，在屠
殺季節，海豚死亡之血經常將此海灣染成血色，因此稱為「血色海
灣」。此部紀錄片在2009年即榮獲第二十五屆美國日舞影展最佳觀
眾票選獎，並且獲得其他影展獎項無數，[3] 隔年更獲得了2010年第
八十二屆奧斯卡金像獎最佳紀錄片。導演在榮獲此殊榮後，將紀錄
影片一一寄送給太地町的人民，希望藉此喚醒日本人民對鯨豚生命
的尊重。雖然太地町這小鎮有鯨豚博物館，四處製造愛護鯨豚的假
象，有許多鯨豚雕像矗立在鎮上，但卻是一處執行鯨豚的大屠殺之
殘地，似乎那些鯨豚雕像是一種小鎮「幻見」，製造一層想像的

3　得獎資料來自網路中文維基百科對此部紀錄片《血色海灣》的描述。此部紀錄
　　片可說造成全球對鯨豚海洋生死高度密切的關注。在2009年，除了得到日舞影
　　展、雪梨影展、茂宜島影展最佳觀眾票選，也榮獲愛爾蘭影展最佳紀錄片、藍
　　色海洋影展最佳影片、美國麻州楠塔基特島影展最佳影片及最佳敘事片、美國
　　加州紐波特海灘影展最佳影片，以及同年被國家電影評論協會（National Board
　　of Review）評為最佳紀錄片。（http://zh.wikipedia.org/wiki/%E8%A1%80%E8%8
　　9%B2%E6%B5%B7%E7%81%A3）

「真實」，讓觀光旅客認為這是一個愛護鯨豚小鎮，其實真正卻是掩飾鯨豚屠殺行為，這種心態已是一種「病徵」顯現。紀錄片敘述者歐貝瑞（Richard O'Barry）曾演出1964年美國片《飛寶》（*Flipper*）成為著名海豚馴養師，電影中的海豚也是經過他特別訓練，之後這部電影創造海豚諸多商業活動，讓歐貝瑞非常後悔參與這部電影演出。他過去多年研究海洋生態，但也曾因多次強救私人監禁的野生海豚，經常吃上官司，與警方發生多次衝突，在美國佛羅里達州就有三次被警方逮捕。這部紀錄片令人最深刻震驚之處在於日本這鯨豚愛／礙鎮的漁夫會製造聲牆，混淆海豚聽覺，讓他們集體受騙，將牠們趕往海灣，隔天就有海豚馴服師來抓海豚，太地町也是世界海豚表演的鯨豚供應地。當然死海豚只能賣一隻六百美元，但每隻可表演的活海豚最高可賣到美金十五萬元，而太地町鯨類博物館就是中間商，做鯨類買賣；嘲諷的是，在鯨豚表演專區的販賣部，居然也同時賣鯨豚肉，也就是，一邊看海豚表演，一邊吃海豚肉。真是一場人類慾望最殘酷底層虐待慾的變裝秀。

　　歐貝瑞認為海豚屬於具有高等靈性智力的鯨類，不是普通魚類，不管體型大小，都應被禁止宰殺，畢竟宰殺鯨豚像是人類屠殺「同類」，也譴責國際捕鯨委員會（IWC, International Whaling Commission）無視小海豚被屠殺，但也因此觸怒該委員會，終身被禁止參與該組織。這國際捕鯨委員會在1986年下達禁令補殺鯨豚，只允許科學研究為目的捕捉鯨類，但日本卻在隔年捕殺鯨豚比以往多出三倍數量，無視國際合約。其實這部紀錄片也有訪問日本其他如大阪、東京、京都等城市的居民，是否知道太地町大規模屠殺海豚的事實，是否視海豚肉為日常食物，但顯然地，媒體掩蓋這事實，大部分的日本居民是不知道的。當然拍攝這部紀錄片的西方人也會被問到：為何西方人可屠殺牛？日本人不可屠殺海豚？這尖銳的倫理生存問題，確實無法得到準確的答案。然而，海洋長期遭

受工業廢氣廢物污染，海豚其實已經身懷汞毒物，身體裝載汞毒四處流動，因此吃海豚肉其實會影響身體健康，也會長期中毒不治而死。在世界各地販售的切片鯨類，其實都來自太地町的捕殺海豚。另一個讓日本人屠殺鯨豚視為合理，是因為自2003年起，國際海洋魚產量大大減少，他們認為是鯨豚吃太多海洋中的魚群所導致的，但其實人類應是最大罪魁禍首，只是不願承認。而在2006年《科學雜誌》（Science）曾報導過，若人類以目前方式捕捉魚群，而無改進與節制，全球水產資源將會在四十年內耗竭。但從1986年起，日本企圖影響IWC委員會禁止太地町捕鯨行動，隨後也得到一些委員會國家支持；紀錄片也報導這些皆是日本長期一段時間對弱小國諸多經濟及各方面支援，並且讓他們進入IWC委員會，參與議程會議投票的結果，藉此影響整體委員會的最後裁決。日本這些舉動其實部分也來自於日本「帝國」心態，他們厭惡被西方國家指導、掌控，不想被牽著鼻子走，認為西方人為何不先去「管教」挪威北部在二十世紀盛行的捕鯨業，卻要來「管教」日本。

　　根據艾忽亞（Neel Ahuja）的文章（"Species in a Planetary Frame"）的討論，歐貝瑞在這部紀錄片裡事實上也在哀悼一隻被捕獲的海豚選擇悶死自殺，也因此要捍衛鯨豚生命存在的自由與尊嚴（Ahuja 19）。在受訪時，導演賽侯尤斯（Psihoyos）就強調這部紀錄片事實上主要目的並不是在譴責日本文化，重點是希望日本政府及全球鯨豚肉消費者要改變他們對待動物的態度。況且鯨豚肉深懷汞毒，但並未告知消費者此一訊息，且食物商品也無標示清楚。也因此這部紀錄片細部地想要挑戰這種暴力被合理權威化，況且也與國族威信、傳統、文化緊密相繫，更擴大地威脅群眾身體健康安危及動物生存權（Ahuja 20）。況且也討論到日本太地町供應且串連世界各地鯨豚表演，販賣海豚至美國海軍、加勒比海的鯨豚表演公園、俄國、亞洲等地，年獲利可上達億萬元，完全不考慮鯨豚基

本環境生存的安危。像這種鯨豚跨國企業連鎖鍊，只是展演多國暴力合理化的體制，不是強化生態倫理意識（Ahuja 21）。當然賽侯尤斯這部紀錄片無法順利進入日本社會廣泛地討論，日本也拒絕回應這部影片的基本提問：在什麼情況下，日本太地町才會建立跨物種政治的認知（Ahuja 23）？當然一向以帝國心態自居的日本，似乎無法回應或思考宰殺鯨豚的國族倫理意識是有問題的。我想歐貝瑞在這部紀錄片扮演對鯨豚的關懷，不是將之視為一般動物，而是具有靈性精神體的智性存在物，確實在人類海洋歷史，早已有很多海豚拯救落難人們的故事四處流傳，這些情境感人的故事，皆是海豚會集體阻嚇鯊魚攻擊人類，並且護送海洋受難的人們至岸邊，海豚對人們的友善是無法言喻的。

　　確實鯨豚與人類一樣是需要呼吸的哺乳動物，也是魚群中會主動親近人類的海洋動物，不像其他會攻擊或冷漠人類的魚群，這是在大海洋人類與鯨豚奇遇的友誼。海豚其實與人類皆屬於有靈性的哺乳動物：血液體溫類似、有乳腺撫育孩兒、鼻孔呼吸。海豚屬於鯨類（cetacea），而鯨類又細分為兩種：鬚鯨（mysticetes）及齒鯨（odontocetes），海豚屬於後者，是有牙齒的，而前者（鬚鯨）是上顎有角質鬚取代牙齒的鯨類，現在世界上鯨豚種類約三十多種。科學家認為海豚與鯨類源自共同陸地祖先：Mysonyx，這動物外型看起來像是大型狼狗，後來經過多次演變過程又回到海中。雖然在海底世界，視覺好像不太管用，但海豚視力極好，一隻眼往前看的同時，另一隻眼也可往後觀望。聲音（聽覺）在海中傳遞訊息比視覺效果好很多，也因此海豚聽覺能力遠遠地超越人類，所以牠們仰賴聲納機制（sonar system）傳達訊息，所謂的回聲測距（echolocation）就是海豚用此來測試周圍環境，會傳達三度空間訊息（three-dimensional）（White 15-22）。所以這種回聲定位的聲納機制可讓海豚在海中尋找潛藏沙底下的小魚或生物，但這種

聲覺機制有時會是一種武器攻擊其他生物。譬如：瓶鼻海豚會發出約二二八高分貝聲音，攻擊其他海底生物，這高分貝已經比一架噴射機發出約一二〇分貝還要高出很多，況且人若處於一四〇高分貝環境就已經難以承受了（White 4）。因此，相對於視覺與聽覺部分，海豚皆讓我們覺得牠們身懷特異功能，若論及大腦智力，其實海豚也不是低等得很白癡。

　　我們人類稱自己是會思考的理性動物（Homo sapiens），也因此很優越地認定其他不會使用語言的生物為「物體、客體」（things or objects），而不是存有（Being）。另外海豚的大腦構造雖然與人類的有很多差異，然而瓶鼻海豚卻擁有比我們人類大出四十百分比的腦容量（White 28），因為比較大，所以也就比較重。海豚大腦一般是出奇地大且複雜，跟人類大腦一樣也有大腦皮質（cerebral cortex），所謂的灰白質（gray matter），當然也有腦幹（brain stem）、小腦（cerebellum）、邊緣系統（limbic system）、大腦（cerebrum）。[4] 也因此科學家認為海豚的智商是具備跟人一樣地有認知的智力與思考能力，包括鏡像自我意識與自我認知、解決問題、社交能力（45），科學家認為這種機制是一種感知

4　懷特（Thomas I. White）在他的專書《辯護海豚》（*In Defense of Dolphins*）將海豚與人類大腦構造做了詳細比較與討論。科學家認為海豚是目前僅次於人類智商的高等哺乳動物。海豚腦部構造並不遜於人類。海豚的小腦（cerebellum）確實遠遠地比人類大出很多，而大腦當然也是海豚腦部最重要的部分。也跟人一樣，腦分為兩區，中間則由胼胝體（the corpus callosum）連結。但是海豚的胼胝體，相對於人類的，顯然小很多，也因此大腦這兩區較可獨立自行運作。而在大腦管轄聽覺部分，當然就比人類大出很多。人類大腦形態與海豚的也不一樣：人的大腦會生長腦新皮質（neocortex），海豚的腦則會朝圓球體形態生長。科學家也將海豚的邊緣系統腦葉（lobes）再次區分為：limbic lobe, paralimbic lobe, supralimbic lobe，然而人類卻缺乏中間的腦葉paralimbic lobe；但是人類的大腦額葉（supralimbic lobe）卻可再度細分為四種（occipital, parietal, temporal and frontal），而海豚就沒有這些（36-40）。

的會合能力（convergence）。那麼海豚是否跟人一樣，可感受到所謂的受苦、情感？畢竟大部分的人們並不認為動物具有自我意識，包括感傷情緒、受苦或深度情感的存在，也因此對待動物，若不提升為寵物，就是貶低為獸物，任人宰殺。

根據懷特（Thomas I. White）專書《辯護海豚》（*In Defense of Dolphins*）的細部探究，雖然海豚不像人類會使用語言，並且彼此用名稱呼喚彼此，但是每隻海豚會發出個別獨特的聲音，稱為「識別哨音」（signature whistle），類似我們每個人皆有不同的名字來辨識彼此。人類獨特的自我意識是用鏡像階段來認知，也因具備這自我覺知與辨識，人是有情感的高等動物，然而科學家當然也對海豚做同樣鏡像測試，發現海豚也同樣具有自我辨識的認知能力，認為自己是獨立個體、具有自我意識的存有（57-58）。也因此，海豚是具有情感的海洋哺乳動物，[5] 也可以做簡單抽象智力思考，並且選擇自身行為舉止，不是像一般動物全靠一種本能衝動魯莽行動，況且海豚遇到困難，也會懂得初步解決難題，具有基本創造力，能解決環境周邊問題，處於差異環境，也懂得如何對應新環境帶來的麻煩（108）。除此之外，海豚當然也是社交健將，跟人類很像，很容易受到他者情感的波動（152）。藉由懷特這本專書的討論，我們要思考，<u>海豚是屬於鯨靈存有（Being）</u>，具有靈性的情感動物，那麼人類海洋捕殺鯨豚這種行為是否應被合理化？這確實是一個生存倫理問題。

5　懷特（Thomas I. White）討論海豚是否跟人類一樣具有自我意識能力，經過科學家測試，確實證明海豚具有初步的自我認知能力，於是他就結論：海豚具有自我意識與認知他者的能力、海豚可以感受初步基本的情感情緒、海豚可以進行簡單的抽象思考、海豚也有選擇自身行為的能力，不是全靠一種本能衝動魯莽行事（80）。懷特專書還描述科學家認定海豚基本上也懂得解決困境，讓自己存活（95）。

美國電影2011年的《溫特的故事：泳不放棄》（*Dolphin Tale*）由史密斯（Charles Martin Smith）執導，改編自一個有關守護海豚的真實故事。這隻瓶鼻海豚（名字為溫特，Winter）受難事件發生在2005年佛羅里達州一處海灘，後來被拯救到海族館治療（Clearwater Marine Aquarium）。溫特鯨豚因為尾部受傷嚴重，需要截斷，後來幾經多次折騰，終於帶上義肢尾部得以存活。電影就將這簡單故事情節增添許多曲折劇情，而深度感人。令人印象深刻的是，這隻受難海豚無形中療癒一個孤寂、處處受挫的男童心靈，也治療（間接地鼓勵）這位男童的殘障親友再度燃起熱愛生命的意志。確實在海豚給人類的友誼很容易觸動人們內心最想望的童真情懷，這種童真意識是一股源源不絕的內在性生命創造力量；與海豚接觸，令我們瞬間回到想像的童年無憂境界，內心充滿福佑暢快之感。這是海豚賜給人類心靈最大的精神力量，充滿溫馨與愉悅：畢竟我們也在瞬間卸下所有文明僵硬理性的管制力量，卸下社會認同，進入另一個異世界的符號系統，也同時開啟一個長期潛藏的純真自我。我想布列東（André Breton）在《超現實主義宣言》（*Manifesto of Surrealism*）也曾解釋人們受制於文明理性僵硬的禁制，衍生諸多情緒雜症，我們也離內在真實自我非常遙遠，「童年時光」應是我們最接近內在真實自我的存在，所以他肯定內在情動力自動書寫，創造出荒謬、獨特、非理性、怪異的圖景。而在同樣思考範疇下，藉由海豚，一個他者，我們會間接迂迴地觸動內在童真情懷，找回消隱的純真，這種接觸會療癒內在傷痛，再度喚醒熱愛生命的力量，療癒失落的自我。

2012年的《鯨奇之旅》（*Big Miracle*）根據1989年出版的小說（*Freeing the Whales*），是另一部非關寵物情誼的電影，純粹是尊重一種生命綿延地存在：拯救三隻受困的灰鯨。這是1988年一椿真實事件，故事是阿拉斯加（Alaska）最北角的巴羅角（Point

Barrow）發現一個灰鯨家庭受困，無法出海，因為結冰，僅僅透過
一個小洞口浮出換氣呼吸。這事件很快地形成國際事件，受到很
大矚目，最突出的是綠色環保人士瑞秋‧克雷姆（Drew Blyth Bar-
rymore飾）堅持到底的精神。剛開始，當然國家高層人士認為要動
員軍力拯救三隻灰鯨是很可笑的事，好像海洋哺乳動物的生命不值
得這樣大費力氣地關注，畢竟敵不過大自然的殘酷，只好罷手。但
是，這事件引起新聞媒體注意，好像也莫名地開啟一場慾望爭奪
戰，真正焦點應是：「人類是否可創造奇蹟，戰勝自然」，再來才
是：到底人們是否真的可以拯救瀕臨死亡的灰鯨？透過此一拯救行
動，看到慾望多方角力賽，媒體關注的當然是收視率，而不是生
命。在瑞秋堅執的關愛，很多事情出現很多轉折。各界人士前來幫
忙鑿冰洞，他們一大群人齊力地夜以繼日挖出長達幾哩長的逃生路
線，希望引導灰鯨游向海洋，進行他們的遷徙之旅。剛開始鑿了幾
個洞口，大家等了很久，但灰鯨沒有前進的跡象，後來動了起來，
兩隻灰鯨迅速往前游去，但是小灰鯨斑斑卻消失了。此刻，大家才
恍悟原來剛剛灰鯨不往前是因不忍孩兒即將死去，需要照顧到最
後，若發現真的沒希望，只好放棄，往前游去。這一幕令人感動，
畢竟鯨類海洋哺乳動物是有情感的，情感不是人類存在的專利或唯
一特殊性。後來俄國的破冰船也趕來救援，抱著堅定信念，撞破四
哩長的堅冰，順利地讓灰鯨迅速逃離北極圈。這場跨國灰鯨救援行
動，讓我們見證「大愛」的震撼力。

　　《與鯨魚共舞》（*Whaledreamers*）[6]也是2008年一部榮獲諸多
國際大獎有關鯨靈生命與傳說的紀錄片，紀錄英國搖滾爵士歌手，

6　多倫多國際影展得最佳紀錄片、摩納哥國際影展得最佳影片及最佳獨立精神
　　獎、紐西蘭國際影展得最佳影片、西班牙伊比薩國際影展得最佳生態紀錄片、
　　拜倫灣電影節最佳影片等大獎。

朱利安・藍儂（Julian Lennon）與肯德斯里（Kim Kindersely）一起製片合作，紀錄一段與澳洲原住民莫寧族的鯨靈信仰與鯨豚生命的奇遇。他們在1998年的南澳高山上，參與兩個不同文化背景的原住民齊聚，一種跨越文化藩籬的鯨靈信仰活動，深信萬事萬物皆深繫一起。之後的十多年，朱利安・藍儂（約翰・藍儂之子）就開始進行這部紀錄片的製作，與其好友肯德斯里來職掌導演任務。藍儂解釋著，當時他是個倫敦演員，過著無憂慮生活，好似生命裡充滿幸福，不缺乏什麼：事業成功、有房子，且愛情無誤，但他不曾感到真正快樂。1990年，他前往愛爾蘭，進行一趟尋根之旅，在西岸丁格灣漁村，他乘著漁船找尋當地人遺落的一隻海豚「方吉」。當方吉在遠方浮出海面，藍儂深感內心底層一股召喚，潛入海中，追逐鯨豚方向。當方吉在前方游來，就在與鯨豚面對面接觸瞬間，他感到一種相當震撼的精神力，而與大自然天地合而為一，相融一起。朱利安這種內在性精神體超越提升的經驗就如同德勒茲哲學思想討論的：進入情動力（affect）非人的流變過程（non-human becoming），進入情感強度的中界（in-between, inter-zone），開啟內在性情動力一股潛藏的宇宙豐沛能動力量，而感到內在性被一種福祐力量充滿著，感到無限安慰。這種鯨靈接觸瞬間改變他一切的人生價值觀，他決定退出演藝圈，在世界各地進行研究鯨豚與人類的關係，畢竟從他個人生命與鯨靈的真實體驗，他感到哺乳動物之間有某種無法言喻的精神體深厚連結。藍儂也說甚至在美國西岸的丘馬希族原住民認為他們的祖先曾是鯨豚，而澳洲原住民深信鯨豚與他們祖靈史前的「夢時代」（the Dreamtime）有緊密連繫，從此他們就常去南澳的莫寧族與一些鯨夢者進行訪談。對原住民而言，夢景，並非精神虛幻想像，而是連結過去、現在、未來的時空，也是具有生死無盡無邊的循環象徵意義。這種液態想像的另類信仰改寫了我們對「夢」的詮釋與理解。這整部紀錄片記載著他這一趟鯨靈

之旅是經歷內在性一股精神體私密的召喚，因此，這深層意義的喚醒讓自己整個生命價值意義在改觀、變化中，不再被父權意識形態僵硬的價值體系制約，讓自己處於解域過程（deterritorialization）的變化中，進而真正地追求自我理想：築／逐夢、圓夢。這部影片令我們認知到：生命價值意義在尊重自我內在性最真實的選擇，與自我內在真實愈接近就愈傾入福祐的安適感。

　　瑞絲（Diana Reiss）在《鏡中鯨豚》（*The Dolphin in the Mirror*）討論諸多「夢時代」相關故事。確實在古希臘時代，人們就已對鯨豚有高度景仰，這些皆出現在神話起源故事，而在歐洲史前的洞穴繪畫及雕刻也都出現鯨豚意象，這都讓學者訝異，人類對鯨豚的認同早已出現於一萬年前的歷史記憶中，尤其是澳洲諸多原住民對鯨豚的崇敬，令人驚羨，特別是認定鯨豚具有智慧、靈性、神聖意義，也視之為原住民夢時代[7]的起源傳說（Reiss 30-31）。而紐西蘭的原住民毛利人（Maoris）創世紀神話故事也是鯨豚為主，對他們而言，鯨豚是象徵族人靈性的指引，生命困境中的智慧啟蒙（Reiss 33）。在美國加州附近的印第安求瑪盧原住民（Chumash

---

7　有關澳洲原住民的史前夢時代（Dreamtime）神話傳說中，瑞絲在專書《鏡中鯨豚》就提到在南澳的格魯特島（Groote Eylandt），史前期就曾住著一群汪那佳姆藍娃人（Wanungamulangwa），他們認為他們的祖先是依耶貝納人（the Indjebena），是住在深海的鯨豚族類。在夢時代，地球住著精神體，具有動物、鳥類與魚類的型體。依耶貝納人在夢時代過著快樂幸福的生活。丁吉耶巴納（Dinginjabana）是依耶貝納鯨豚族人的領導者，他非常英勇，但其老婆甘納達雅（Ganadja）卻非常溫順。一天，丁吉耶巴納鼓勵鯨豚族人與亞古納鯨族人（Yakuna）舉辦賽事，以為可以取勝，結果失算，因為亞古納鯨族人有個像老虎般兇猛的好友，當然他會來助陣，之後，當然依耶貝納鯨族人一一被這敵方吃掉了，只剩甘納達雅。她後來被敵方娶為妻，生下孩兒，也用父姓氏名叫丁吉耶巴納。這位強健後裔就是鯨豚族傳承第一人，活躍於格魯特島。後來夢時代傳說又持續敘述這故事。後來鯨靈演進傾向乾燥，甘納達雅的男人已變成兩隻腳的人類在陸地生活，她後來觀看丈夫英姿感到著迷無限，為了親臨丈夫，也讓自己游進陸地變成人類，並且在這島生下無數孩兒（Reiss 33）。

Indians）也相傳祖先鯨靈的故事。[8] 在西非馬利國家，也盛傳朵共族人（Dogon）起源的神話傳說與汪那佳姆藍娃（Wanungamulangwa）族人相似，唯一差異的是，朵共族的鯨靈不是來自海洋，而是來自天際星球希利鄂斯（Sirius），天狼星。[9] 這種史前的神話故事，雖然無法用科技印證，但是至少在諸多原住民文化中，我們可以看到鯨靈故事，不再只是傳說，而是一種族裔精神信仰，代表著鯨靈液態意識的智慧、靈性與慈悲（Reiss 33-34）。

三、廖鴻基的鯨靈世界

在臺灣的文學中，也出現一位熱愛、關愛鯨豚且獲獎無數的海洋書寫散文作家，廖鴻基，[10] 他目前也是黑潮文化基金會創會的董

8 在美國加州求瑪虛印第安原住民的史前神話傳說中也是充滿鯨靈故事。哈榻虛（Hutash）地母神住在利慕島（就是目前的聖克魯茲島Santa Cruz Island），她一直與動物、植物為伴，也常與這些存在物對話。後來她太寂寞，希望有更多人與她做伴，所以一天去摘罌粟種子，往地上一灑，結果誕生男人與女人，老少皆有。幾年過後，這利慕島充滿眾多子孫後代，因此有些人就必須離去這座島嶼，朝往大陸前進。所以哈榻虛需要建築一座大橋讓他們走過海洋，前往陸地。但她警告他們，經過這剛建好的橋樑，不可往下觀看。但是這些後代子孫，卻感到橋不太穩固，不小心地往下看去，結果就正好要摔下去的同時，哈榻虛聽到他們的呼救聲，結果將他們變成鯨豚（Reiss 33）。

9 根據瑞絲專書記載，朵共族人祖先儂繆（Nommo）像鯨豚，但有三條腿，而且是乘著太空船從天狼星來到地球。儂繆讓海洋充滿生物，且變成海豚，也讓後代子孫活在陸地，變成是朵共族裔（Dogon），而原先朵共人是稱為歐狗（Ogo），這神話故事一直在朵共族人之間成為口述文學（Reiss 34）。

10 在廖鴻基的散文專書簡介皆敘述他在三十五歲選擇當漁夫，目前是黑潮海洋文教基金會的創會董事長，規劃及推動花蓮海域鯨豚生態調查研究，並規劃賞鯨活動，多年致力於臺灣海洋環境、生態及文化工作。他的海洋書寫散文獲獎無數，譬如：時報文學散文評審獎、聯合報讀書人文學類最佳書獎、吳濁流文學小說正獎、臺北文學獎文學年金、賴和文學獎、巫永福文學獎、九歌年度散文獎。

事長。廖鴻基的散文著作量相當豐富，皆有關海洋生態、漁民宗教信仰、個人海洋生命記憶與書寫、鯨豚調查與鯨靈意識的探索。但本章節的討論只關注鯨靈想像。廖鴻基鯨靈想像的海洋書寫，閱讀起來文字的韻律會有一種清新的感官觸覺，好像讀者真的靠著文字的牽引被帶入到一種冥想的海洋世界，一種液態意識單純地在想像中波動。這章節討論就著重於廖鴻基1997年出版的《鯨生鯨世》與2008年的《後山鯨書》這兩本皆是他尋鯨歷程的海洋詩歌巡禮，不僅是臺灣東部花蓮海域的生態調查，更是精湛的鯨靈想像的生命書寫。

在《鯨生鯨世》是一項重要海洋計畫「花蓮沿岸海域鯨類生態研究計畫」，用鯨靈想像的精湛散文書寫報告書。廖鴻基在序言寫著，這趟航程是從1996年6月25日在花蓮港首航，到9月5日於花蓮石梯港返回，為期兩個月又十一天。「本計畫共調查並記錄到八種鯨豚——瓶鼻海豚、花紋海豚、熱帶斑海豚、虎鯨、偽虎鯨、飛旋海豚、弗氏海豚與喙鯨。共拍攝照片近千張、動像影帶十個多小時，以及諸多觀察文字紀錄」（18）。廖鴻基是在三十多歲在一次生命大轉彎的抉擇中投入海洋職業，先擔任海腳小職務。若從法國哲學家德勒茲（Gilles Deleuze）的觀點來思考，我想海洋這個所謂較地平面式（horizontal）的液態想像確實療癒了原先他在陸地的位階意識（hierarchical consciousness）所經歷的種種不適。相對於陸地，大海洋確實開啟我們內在一股神秘的液態想像，是一種根莖（rhizome）的逃逸路線，遠離樹狀意識形態的位階意識。德勒茲所謂的根莖思想，在《千重台》（*A Thousand Plateaus*），根莖做為隱喻想像是指向一種地平面式的差異思維，根莖毫無定點，不像結構、樹狀、根那樣（8），這是一種平面式多面向（flat multiplicities of n dimensions）的非意符（asignifying）、非主體意識（asubjective）的逃逸想像（9）。大海洋的遼闊與無邊界的想像

開啟內在一股豐沛的想像力，就如同廖鴻基所言：

> 魚是海洋的天使。當初藉著捕魚的動機，海洋天使引誘我
> 深入海洋的內裡。當我漸漸感覺到，和海洋無法分離的真情，
> 我動手寫下海洋，寫下海水裡的魚和討海人之間的互動因緣。
> 我也常說，我已經成為海洋天使，藉著我的描寫，我當一座
> 橋，讓岸上的朋友走過這座橋，看見海洋。（《鯨生鯨世》
> 25）

　　每當鯨豚躍現，好似大自然出現一種神啟現象。鯨豚與一般
魚類不同，一般魚類在廖鴻基其他散文作品有提到是冷冷地經過船
隻，但海豚不同，牠們喜歡靠近船隻與人類打招呼。在一次偶遇花
紋海豚，他說：「牠們似是看到了船隻跟來，速度緩下來，頭顱露
出水面，像是對我們說：『嗨！我的朋友。』牠們竟然是一群花紋
海豚」（《鯨生鯨世》39），而且他觀看海豚的神秘雙眸，「牠的
眼神裡沒有挑釁、沒有侵略、沒有狡狹粗暴，我看到的是笑容，是
頑皮真摯的笑容」（65）。

　　一般而言，魚群臉容是不可能出現「笑容」，這也是人類與
其他動物明顯的差異，但魚群中，唯獨海豚微微張嘴是令人驚奇的
「微笑的魚」。所以每當廖鴻基的「人臉」與海豚之「鯨臉」相
遇，會牽引出什麼樣的情感火花？一次他接觸弗氏海豚，他說：
「那是壯觀的一次接觸，牠們整群躍起，個體間幾乎是到了彼此
肌膚磨擦的地步，像是為了成就海上的一湍激流，或是一注瀑
布水花，牠們游速快捷，那是含藏著無限動力的一團爆炸水花」
（68）；還有飛旋海豚，也是一樁奇遇：「我曾經碰到過一群飛旋
海豚圍在船邊，牠們簡直是一群特技演員，頑皮、活潑，是那樣積
極地意圖展現海洋的無窮活力。海面是牠們的競技場，海面有多寬

牠們就有多少跳水的花采本事」（76）。這些鯨靈想像的海洋相遇，啟動他內在性豐沛的想像力量，讓他好似在面晤精神之愛，心神狂喜至最高點。他說：「引擎敲打著鏗鏘沉穩的節奏；陽光反射在水面上點點閃閃；牠們身上的斑斑點點；我們心情波波漾漾，這所有律動相彌相合而緊緊貼黏在一起。那像是生生世世尋尋覓覓終於找到了知音、找到了知己的感觸；那因緣和合的情境是如此甜甜膩膩」（92）。似乎廖鴻基已融入感官鯨靈意識，藉由觀看海洋中瀟灑的鯨靈動物，開啟內在性一股生命創造情動力轉型自身的精神體，卸下所有過去文明制約、束縛。「鯨靈」他者，開啟一種內在性情動力，進行一種精神體的流變過程（becoming）。情動力（affects）在德勒茲與瓜達里合著哲學專書《何謂哲學？》（*What Is Philosophy*？）裡就提到這是一種內在性藝術創造動力「非人的流變過程」（nonhuman becomings）（169）。在此，人的精神流變成鯨靈意識，這是一股潛藏的內在性宇宙動能，也因此「我不存於世界，我們流變成世界；我們用觀看方式流變成此。事事皆是一種願景，一種流變過程。我們流變成宇宙。流變成動物、植物、分子、零度」（169）。藉由大自然的動物想像與認同，這種精神體彼此的融合啟動了內在豐沛創作力量，廖鴻基與鯨靈已經融成一體，卸下文明宰制的各種束縛。這種海洋感官精神想像的情動力與感知力（percepts）釀成感官轟烈作用（sensation），所以「每位藝術家皆是洞悉者、流變者」（171）。在德勒茲概念的情動力並非是情感（emotion），而是竄流在身體的非意識感官幽微經驗，無法清楚地探視這種情動力，是一種幽微身體觸動，一股無名的藝術創作能量在內部流竄。這是「非限定的內在區域，一種無分別性，好像事物、動物、人皆不斷地碰觸內在性邊異點，而這邊異點即刻地先存於自然差異的特質，這就是情動力」（173）。簡言之，內在性創造能動力在主動地轉譯成情感之前，尚未區分差異之前，是

一種藝術動能的情動力，情感是轉譯後，在意識層次可以感知的情緒。鯨靈想像，可以讓我們接近內在性邊界一股藝術情動力，接近這非人超越性的宇宙能動力。

另一本《後山鯨書》海洋液態的散文書寫也是呈現廖鴻基藝術感官經驗的鯨靈意識流變過程。當他接近大海洋，他說了：「這讓我恍然到，天、地、海，除了給萬物直接的感官感受外，某種內裡繁複但外表隱約；類似神的「語言」、類似某種情感；以極其細膩的表達，向外縷縷『說』著什麼」（27）。一種內在神啟現象隨著大海洋流動的液態鯨靈想像洗滌昔日文明社會制約停留在意識的汙垢，讓他感受到這最珍貴的內在純真大自然宇宙的情動力一一浮現，處於一種意識流變過程。在第二章〈遠方〉，他寫著：「有時，天神一起也閉著眼，祂們臉觸著臉，輕輕梭摩；那模樣幾分似嬰孩，又幾分像是情人」（33）。每當鯨豚群體團聚在競游海面，聲勢浩大壯觀；在〈靈躍〉這章，他觀看飛旋海豚精湛的海上演出：

　　這飛旋啊，有可能是遊戲、逞能、鬧場、愛現、作秀、宗教儀式、甩掉身上的附生物、皮膚癢、一代代相傳的技藝、傳統文化、舒筋活血、養生動作、情緒表達、求偶需要、打賭、拼了、傳統舞蹈、為天神表演、想看看旋轉的地球、取悅海神、想試試暈眩滋味、挑戰圈數紀錄、想在空氣裡鑽個洞、競賽、在水面稿紙畫圖寫字……。（《後山鯨書》76）

這樣海洋鯨靈體的水上日常慶典，隨時在我們看不見的遠方海洋出現。這整本海洋鯨靈生命書寫，開闊我們對海洋平日未知之境（the unknown）生態的基本認知：在遠方海洋，跳躍著如此絕美的鯨靈生命舞動。這高亢的鯨豚想像，廖鴻基在〈合流〉此章紀

錄的是鯨豚展演一種童真意識：「你們是一群頑皮的孩子，彈跳在
被裘張揚的床舖上；你們是光盤子裡不住抖顫的粒粒光點；是湍
流裡喧逸不息的水花；你們是滾動雲層的風；是草莽裡奔騰的一
群野羚；你們是旗海裡翻觔斗的猴子」（100）。確實接近動物想
像的童真情懷是我們內在曾失去的純真情感，藉由鯨靈意識的流
變過程，德勒茲也說「動物、植物及分子流變是和宇宙或宇宙演化
力量和諧一致……這種感官轟烈作用的存有並不是肉體，而是與宇
宙非人力量的融合，也是人的非人流變過程……或許藝術起源於
動物」（183）。確實德勒茲也討論人的內在性平面（the plane of
immanence）不是一種概念，因為「概念是具體裝配，像機器的形
構，但平面卻是抽象機器，而其裝配是動力。概念是事件，但內在
平面是事件的地平面，是純粹概念事件的保存貯藏」（36）。簡單
地說，內在平面是概念的基層，就像情動力是情感的前階非符號的
身體層次，也就是如果「哲學始於概念的創造，那麼內在平面必定
被認為是前哲學（prephilosophical）……前哲學並不是某種先存的
物質，而是某種無法外於哲學而存在……這些是哲學的境況。這種
非哲學應比哲學本身更接近哲學核心……內在平面形構著哲學的絕
對基層，是它的土地也是解域過程，藉由這基層創造概念」（40-
41）。因此內在平面是內在性充滿潛藏創造力的基層，由此情動力
輾轉形變其間，也是啟動宇宙能量的藝術超越力量。因此面對大海
洋海豚的追逐遊戲，這遼闊空間的鯨靈意識讓作者迂迴地接近自身
內在平面的情動力文字藝術想像，而與內在宇宙超越力量連結，這
大海洋似乎是一種神賜的精神啟蒙。在〈鯨書〉這章，他提到遇見
花紋海豚，像是海神的信差。

　　無論是要傳達深海的消息、轉述遠方小島的諭言、轉遞大
洋對人世的醒語，或者，透過巡迴，定期將海神對邊疆戍守者

的慰勉送達每個天涯海角。你們願意奉獻擅游、善潛的體能，以及胖壯的身軀和繃飽的肌膚，聽海神的差遣，作祂的使者。（《後山鯨書》124）

廖鴻基此處的鯨靈想像帶著神話色彩，披上一層情動力悠遊想像與宇宙神靈精神體連結：

於是，海神召集你們，告訴還未長大成年的小花紋海豚們說：「留著你們的純潔。」而後，轉身對成熟的花紋海豚們說：「請你們承擔」……海神揮毫刻在你們身上的筆劃，帶著血痕，傷痛貫穿你們的肉體和心底。你們終於明白，海神的用情。宛如銘上了梵文的聖器，你們感受到紋身加持的榮耀瀰漫周身；榮光歸屬，那心底所成就的遠勝過表面的美、醜。你們知道，這一刻起，將潛得更深，游得更沉、更穩；承載了使命，生命的分量自將有所不同。（124-25）

鯨靈意識開啟了一段段與神靈連結的宇宙神話傳說，在這章節淋漓盡致地揮灑出文字的想像。這本散文不僅是鯨豚研究也是記錄鯨靈神啟的文字想像，再搭配精湛的鯨豚圖片，可說是臺灣散文傑作中的精美呈現。

鯨豚的海洋生命當然也會記錄死亡，人類為了生存利益不會放棄殘殺動物，捕鯨捕魚行動一直在上演，就算鯨豚已列為海洋保育動物，但是日本與荷蘭依舊屠殺這些鯨靈動物。廖鴻基散文末章也記錄了這些悲慘事件。

因為難以相信，人世間有哪一雙手能持鏢射向你們始終微笑的臉；又哪位凡夫，甘冒屠殺神的寵信、神的使者如此深重

的罪孽。花紋海豚們願意紋身為祢傳訊，大洋廣闊，海豚們有
心但所及畢竟有限。唯有你們，就是將要結冰的寒帶水域，或
曬成氤氳蒸發的熱帶海域，幾乎海水舔得到的任何天涯海角，
寒暑不論，都有你們的微笑……昨天深夜；你們四個出現在報
紙上的那天深夜；一艘下網捕抓曼波魚的流刺網船，半夜收
網時，發現你們其中兩個掛網，而且，已經死在糾結的刺網
裡……沒帶上岸，卸罪似的，你們漏夜被卸解在黑暗海裡。
（179）

　　這些鯨豚死亡的悲慘遭遇令人動容。閱讀廖鴻基的鯨靈散文，
大海洋之美披上一席神靈與鯨靈想像，然而，死亡也包括於此之
際，更令人驚恐。在末章歸航行程中，似乎整趟尋鯨記是一種心靈
療癒的進程。雖然大海洋也是處處隱藏殺機，但相對於陸地，卻是
一處淨化心靈污濁，重新讓內在性整頓自己，讓情動力藝術創造力
再度轉譯生命的進程軌道。廖鴻基時時秘語無限地與鯨靈對話，進
入內在性非人的流變過程，而每一次觀想與對話似乎皆是神啟的精
神召喚。他面視鯨豚，似乎與牠們心神領悟地感知：「你們完全理
解；當理想與熱情被世俗的標準所誤解、扭曲，被如此粗暴對待的
無言苦處，你們完全理解；你們願意承受、分擔、配合。你們浮出
海面，把塗著傷痕簡訊的背，裎露給浮在空氣裡的天神看。一方面
是感謝慰問；一方面，海神表達了一些沉潛的想法與心情……無論
如何，海神已經閉關沉潛，這是祂的處境、祂的選擇」（196）。
此處，廖鴻基洞悉了鯨豚堅強的生存意志，是否有海神庇佑，也只
能感恩此生的存在而無所求，這是一種精神超越的提升。德勒茲在
《尼采與哲學》（*Nietzsche and Philosophy*）討論到存在的價值意
義是看到自我與他者之間的差異（difference），進而肯定自我差
異，而不是與他者之間進行黑格爾式的辯證競存關係，這種辯證競

存關係易陷於一種否定面角力賽，產生憎恨之心（resentment），
而憎恨之惡慾易誤導生命傾入一種虛無、空無狀態。而鯨豚是否真
有海神護佑？牠們皆須奮力前往游去，讓自己活下去，毫無怨懟地
堅強活下去。因此，鯨靈想像確實讓人們在文明位階意識的社會文
化空間升起了一股生命軌道轉型的契機，讓一股情動力源源不絕地
由內在性躍現，進而改變自身對事物狀態觀看的角度。

📖 引用書目

廖鴻基。《漏網新魚：一波波航向海的寧靜》。臺北：有鹿文化，
　　2011。

---。《海洋遊俠：臺灣尾的鯨豚》。臺北：印刻，2001。

---。《後山鯨書》。臺北：聯合文學，2008。

---。《鯨生鯨世》。臺北：晨星出版，1997。

---。《回到沿海》。臺北：聯合文學，2012。

Agamben, Giorgio. *Homo Sacer: Sovereign Power and Bare Life.* Trans.
　　Daniel Heller-Roazen. Stanford: Stanford UP, 1995. Print.

---. *The Open: Man and Animal.* Trans. Kevin Attell. Stanford: Stanford
　　UP, 2002. Print.

Ahuja, Neel. "Species in a Planetary Frame: Eco-cosmopolitanism,
　　Nationalism, and *The Cove.*" *Tamkang Review.* 42.2 (2012): 13-32.
　　Print.

Berger, John. *About Looking.* New York: Vintage, 1991. Print.

Blattner, William. *Heidegger's* Being and Time. New York: Continuum,
　　2006. Print.

Cove. Dir. Louie Psihoyos. Prod. Fisher Stevens and Paula DuPré Pesman. Oceanic Preservation Society. DVD. 2009.

DeKoven, Marianne, and Michael Lundblad. *Species Matters: Humane Advocacy and Cultural Theory.* New York: Columbia UP, 2012. Print.

Deleuze, Gilles, and Félix Guattari. *A Thousand Plateaus.* Minneapolis: U of Minnesota P, 1987. Print.

---. *What Is Philosophy?* London: Verso, 1994. Print.

Deleuze, Gilles. *Nietzsche and Philosophy.* Trans. Hugh Tomlinson. New York: Columbia UP, 1983. Print.

Derrida, Jacques. *The Animal That Therefore I Am.* Ed. Marie-Louise Mallet. Trans. David Wills. New York: Fordham UP, 2008. Print.

---. *Of Spirit: Heidegger and the Question.* Trans. Geoffrey Bennington and Rachel Bowlby. Chicago: The U of Chicago P, 1989. Print.

Dudzinski, Kathleen M., and Toni Frohoff. *Dolphin Mysteries: Unlocking the Secrets of Communication.* New Haven: Yale UP, 2008. Print.

Freud, Sigmund. "Civilization and its Discontent." *The Standard Edition of the Complete Psychological Works of Sigmund Freud.* Vol.XXI (1927-1931). London: The Hogarth P, 1961. 64-145. Print.

Halsey, Mark. *Deleuze and Environmental Damage.* Burlington: Ashgate, 2006. Print.

Haraway, Donna J. *When Species Meet.* Minneapolis: U of Minnesota P, 2008. Print.

Heidegger, Martin. *Basic Writings.* Ed. David Farrell Krell. New York: Harper & Row, 1977. Print.

Lawlor, Leonard. *This Is Not Sufficient: An Essay on Animality and*

Human Nature in Derrida. New York: Columbia UP, 2007. Print.

Marder, Michael. *Plant-Thinking: A Philosophy of Vegetal Life.* New York: Columbia UP, 2013. Print.

Reiss, Diana. *The Dolphin in the Mirror: Exploring Dolphin Minds and Saving Dolphin Lives.* New York: Houghton Mifflin, 2011. Print.

Taylor, Scott. *Souls in the Sea: Dolphins, Whales, and Human Destiny.* Berkeley: Frog Books, 2003. Print.

Tompkins, Peter, and Christopher Bird. *The Secret Life of Plants.* New York: HarperCollins, 1973. Print.

Uexküll, Jakob von. *A Foray into the Worlds of Animals and Humans.* Trans. Joseph D. O'Neil. Minneapolis: U of Minnesota P, 2010. Print.

The Ultimate Guide: Dolphins. Dir. Nigel Ashcroft. Ed. Dareen Flaxstone. Prod. Green Umbrella for Discovery Channel. DVD. 2000.

Whales: An Unforgettable Journey. Winner Audio & Video Corporation. DVD. 2001.

White, Thomas I. *In Defense of Dolphins: The New Moral Frontier.* Oxford: Blackwell, 2007. Print.

9

有無相生：美國有機農業論述與農業倫理

中山大學外文系　周序樺

　　談到有機農業（organic agriculture），許多美國人首先聯想到的不外乎是天然、無毒的食品，抑或傳統、在地的耕作與生活方式。的確，有別於現代農業，有機農業拒絕使用化學農藥、合成肥料、基因改造（genetic modification）、品種篩選與大型機械等工業科技，並主張回歸十八、九世紀末、西方農業革命以前，較為「自然」的耕作與生活型態。從美國有機零售商的名字「全食市集」（Whole Foods Market）、「安全之路」（Safeway）與「野燕麥市場」（Wild Oats Market）當中，我們不難看出有機農業清新、潔淨的形象，深植於美國庶民生活之中。[1]有趣的是，在大眾文化之外，有機農夫與農業學者等專家，似乎也同樣仰賴有機「潔淨」與「整體」的特質，以期建構其學術理論與倫理價值基礎。在美國，日本農業大師福岡正信（Fukuoka Masanobu, 1913-2008）於《一根

1　從臺灣「無毒的家」、「里仁」到英國的「有機星球」（Planet Organic）與「自然有機食品」（Natural Grocery Store），以及法國的「自然之心」（Cœur de Nature）等有機零售商的名字也有異曲同工之妙。

稻草的革命》（*One Straw Revolution*, 1940）中所提到的「自然農法」（natural farming），不僅家喻戶曉，更儼然使得「自然」成為「有機」農業的最佳代名詞；即便是被譽為美國六〇年代之後最具影響力的農業作家溫德爾‧貝瑞（Wendell Berry, 1934- ），也不免俗大力宣導福岡正信的「無為」（do-nothing）農法。荷蘭籍哲學教授漢克‧維爾福克（Henk Verhoog）曾表示：「一般民眾大多相信，有機農夫若能遵循大自然和諧與平衡的原則，農作物就可以自然而然地的永續生長」（37）。在二十一世紀的今天，有機農業似乎已與「無」（「無毒」、「無為」）劃上等號，象徵著大自然最原始的生命力。

然而，成也蕭何，敗也蕭何。2012年，美國有機食品市場首度突破31.5億美元大關，達到9.5%的年成長率（Organic Trade Association xvii）。有機農業「無」的形象，吸引了無數在生活與飲食上飽受污染所苦的現代人，但對於沈湎於科技文明的人而言，「無毒」與「無為」的理想過於浪漫與空泛，不僅不切實際，似乎也意味著一種行為與道德上的潔癖，因此招致了不少反對的聲浪。在這其中，有些人質疑有機食品是否真的較為健康與營養；也有不少批評有機農業未能符合環保與土地倫理的聲浪；甚至有人主張，地球已被過度開發，「無毒」耕種的可能性微乎其微；但也有些人堅信農、牧業本身就是一種屬於人類的行為，很難達到「無為」（"do-nothing"）的境界。在這些人的心中，有機農業對於「無」的堅持，似乎都只是一種懷舊的情緒、一種消費過往農耕生活步調的表現。

這些反對有機農業的言論，或許聽起來憤世嫉俗或偏激，但實則反映美國早期環境保護運動（environmentalism）與生態論述（ecocriticism）脈絡底下，（有機）農業議題被邊緣化的現狀。早在1995年，環境史學家理查‧懷特（Richard White）即在〈你是環

保鬥士？或是你有一個正職？：勞動與自然〉一文中提醒我們，主流美國環保人士多將「勞動／工作」（work）等民生相關的環境問題，排除在抗爭運動之外；他們深信農業活動屬於人類的行為，如同工業文明一般，它蘊含人與自然之間的功利關係，「農地」（farmscape; agricultural land）因而不如森林與荒漠等無污染的「處女地」一般高貴，且具有保存的價值（175）。懷特的文章深具影響力：它不僅點明十九世紀末以降的一百年間，農業議題在美國環境保護運動中被忽略的主要關鍵，更將問題導向長期以來美國環境保護運動中「保育主義」（conservationism）與「保存主義」（preservationism）兩大流派之間的論爭——亦即環境保護運動究竟應向資本家靠攏、從功利主義（utilitarianism）的角度出發，「保育」自然的經濟資源與「工具價值」（instrumental value）？或是從平等主義（egalitarianism）與史懷哲（Albert Schweitzer）所宣稱的「尊重生命」（reverence for life）角度出發，「保存」自然原始的面貌與「內在本質」（inherent value）？[2]

　　在美國環境論述中，「有」與「無」一直是爭議的關鍵，換句話說，美國環保運動一直處於「主張開發並利用自然的經濟價值」以及「反對開發以保存自然原始面貌」兩派拉鋸的局面。興起於十九世紀下半葉的美國環保運動，可謂美國知識份子與中產階級對於急速消逝的公共土地（public land），特別是針對人跡杳然的荒野（wilderness）的一種反動。[3]在《美國史》中，張四德教授指出

2　保存主義與深層生態學（deep ecology）視為圭臬的「尊重生命」理念，首先由史懷哲提出。史懷哲認為，所有的生命都是神聖的，因此人類應尊重所有生物的生存權（79）。

3　二十世紀以前的美國白人一廂情願的認為北美洲是一個美好處女地，殊不知「處女地」或「荒野」實際上是一個從白人中心論出發的觀點，是白人選擇對北美原住民視而不見以及驅離（dispossess）原住民的結果。請參閱Mark David Spence的*Dispossessing the Wilderness* (2000)等專書評論。

美洲遼闊的領土，為美國提供了競技場所，使得美國於立國兩百年後，一躍成為世界最富庶的國家之一（81）。在傑佛遜（Thomas Jefferson）等總統的帶領下，美國打著「昭昭天命」（manifest destiny）的旗幟，不斷透過戰爭與外交手段向西挺進到太平洋沿岸，加上聯邦政府所推動的西部擴張（westward expansion）、公地放領（Homestead Acts）及大興鐵、公路等政策，農、工、商業均迅速發展導致公共土地銳減。根據美國人口普查局（Census Bureau）1890年發布的公告：「直至1880年，國家曾經擁有「邊疆」（frontier）提供殖民，但現在尚未被開墾過的地區已屬少數，並且因為零散、破碎的分佈，文明與荒野之界不復存」（Turner 31）。二十世紀前後，美國史家弗德列克・傑克遜・特納（Frederick Jackson Turner，1861-1932）、作家馬克・吐溫（Mark Twain，1835-1910）、薇拉・凱瑟（Willa Cather，1873-1947）、弗朗西斯・費茲傑羅（F. Scott Fitzgerald，1896-1940）等方才驚覺「邊疆」（法定每平方英里、人口密度少於二人的地域）逐漸消失的事實，並在作品中弔唁這個塑造美國人性格的「荒野」如何在工、商業社會遭到踐踏。

　　然而，面對工、商業急速發展以及消逝的自然環境兩種困境，環保人士對於公共土地或荒野保護的對象、目的及方法，卻出現嚴重的分歧。美國環境運動長期以來由「保育」與「保存」兩陣營把持，而如農業、農村這類既非「保育主義」，也不是「保存主義」所關心的管護對象，則處於三不管地帶，一直為環境論述所漠視。十九世紀末以喬治・馬許（George Perkins Marsh）、季福德・品修（Gifford Pinchot）與老羅斯福總統（Theodore Roosevelt）等為首的保育派人士主張，國家應順應市場需求，從聯邦政府的經濟利益角度出發，以科學的管理方式、永續經營模式及有效利用自然資源為前提，成立「國家野生物庇護所」（National Wildlife Refuge），

避免大自然淪為私有產權（private property rights）的一部分，任意被揮霍浪費。品修表示：「保育的意義在於鞏固人類永遠的幸福，『妥善利用』（wise use）地球及其資源，應以能給予最多數人最大、最長久的利益為原則」（505）。「妥善利用」這個概念雖然於1980年代之後為朗‧阿諾（Ron Arnold）、艾倫‧戈特立布（Alan Gottlieb）等極右派人士所借用和詮釋，用來重申個人在私有財產範圍內使用自然（資源）的權力，後者與品修崇尚國族利益的見解相左，但對於經濟發展有助於增進環境資源有效利用的信任不變。[4] 十九世紀中葉後著名的保存派人士包括亨利‧大衛‧梭羅（Henry David Thoreau）、約翰‧謬爾（John Muir）與羅伯‧馬歇（Robert Marshall）等，他們深信自然內在之善，並從美學角度讚揚荒野超自然的力量，呼籲建立國家公園（National Park）以永久保存自然原始的面貌。謬爾指出：「這個世界的希望就在上帝所創造的荒野之中」（315）。近代著名的保存主義著作包括生物／生態中心論（biocentrism/ecocentrism）學者保羅‧泰勒（Paul Taylor）的《尊敬自然：環境倫理理論》（*Respect for Nature: A Theory of Environmental Ethics*, 1986），以及比爾‧狄佛（Bill Devall）與喬治‧賽欣斯（George Sessions）的《深層生態學》（*Deep Ecology*, 1985）等。保存派站在「生物中心論」的立場，斷言生物（living being）擁有感知（sentience）與生存的意志，也擁有與生俱來的價值與生存權，特別主張人類利用其他同屬「生態圈」（ecosystem）的生物是損人不利己的行為。「生態中心論」（ecocentricism）則延伸生物中心論的看法，從本體論出發提出「生物平等主

4　請參閱阿諾的《生態戰爭》（*Ecology Wars: Environmentalism As If People Mattered*, 1987）與戈特立布的《妥善利用的議題》（*The Wise Use Agenda*, 1989）等。

義」（biocentric egalitarianism），認為任何生命個體皆為平等，人類也不例外。在美國歷史中，保育與保存兩派勢力彼此拉鋸搏鬥，如二十世紀初期的哈契哈契谷地水庫（Hetch Hetchy Valley dam）的論爭與1950年代的北極國家野生物庇護所（Arctic National Wildlife Refuge，ANWR）的辯論，即是兩個最好的例子。[5]即便在1960年代重視人權的環保運動以及環境正義（environmental justice）思想興起之後，功利主義與美學／倫理觀點兩派爭論仍屢見不鮮。在保育與保存主義思想的脈絡之下，講究「勞動」與「使用」的農業生產機制似乎更貼近保育主義的功利主義邏輯，因而受到環保人士的排斥。有機農業「無毒」的號召則與保存主義主張「荒野」的保護主義哲學一致，兩者皆供奉潔淨的自然，追求複製、維持並延續心中對於過去純淨不受汙染的自然面貌的想像，並因此招致「唯菁英主義（elitism）是圖」的罵名。

　　美國環境運動錯綜複雜的歷史背景道出美國農業論述卑微地位的關鍵，在此同時，有機農業浪漫不切實際的形象，也凸顯美國農業理念與政策內在的矛盾問題。自殖民時期起，農業即蘊含著相互牴觸的知識論基礎：農耕既是一種講求利益的生產機制，也是一種崇尚倫理與奉行公平正義的社會企業（social enterprise）；農人身為國家經濟命脈的骨幹，也是國族耿直、善良與純真特質的表率。殖民時期，維吉尼亞（Virginia）與南卡羅來納（South Carolina）的居民深信農業是個人與國家致富的功臣，新英格蘭（New Eng-

---

5　1903年至1913年的哈契哈契谷地水庫爭議，始於舊金山市的要求。市府為了因應1906年舊金山大地震之後急速成長之人口，認為在聯邦政府所擁有的哈契哈契谷地設立水庫，是一個解決需求的方法。在國會中，謬爾等支持聯邦政府「保存」該地荒野之美的保存派以25比43票之差輸給提倡建設的「保育」派。成立於1960年的北極國家野生物庇護所致力於保護美國最後一塊大規模的淨土，然而卻因為北極圈蘊藏著大量的石油與天然氣，同樣引起保育與保存之爭。

land）人則主張農耕是個人成家立業與國富民安的基礎，而賓州的貴格教徒（Quakers）則採信上述兩者說法。革命時期，事必躬親的小農（small family farmer）既是國家經濟的根基，美國獨立之後他們也變成美國區分自我與腐敗歐洲君主帝制的工具，更成為美利堅合眾國用來凝聚人民力量的媒介。建國之初，美國第三任總統傑佛遜主張，小農所遵從的自然法則（natural law）是道德規範之準則，小農（而非製造業〔manufacturing〕）因為自給自足、經濟獨立，不需仰賴財團或政府而成為國家經濟與民主社會的基礎。然而，傑佛遜的小農經濟意味擁有更多的土地，以及一個更富裕且強大的國家機制。在傑佛遜表示「那些在大地裡耕作的人是上帝的選民」的同時，他也一手促成「路易斯安那採購」（Louisiana Purchase）與「基礎土地政令」（Basic Land Ordinance）政策，以國家的力量侵略、擴張，並鼓勵開墾（172）。

在十九世紀合成化學肥料（synthetic fertilizer）與殺蟲劑問世、二十世紀綠色革命（Green Revolution）興起之後，農業「生產／開發者」的身份更顯變本加厲，也掀起批判農業工業化、企業化的聲浪。二十世紀初，使用堆肥耕作、順應節氣的有機農業首先興起於英、美、德等國，農業科學家如富蘭克林・金恩（Franklin Hiram King）呼籲人們重視土壤持水度、農田水文、地下水走向等各種農業物理現象與土地生產力之間的關連，並強烈指責自十九世紀農業革命以來，農民逐漸將合成氮肥、鉀肥與磷肥等視為提高農業產量之萬靈丹的趨勢。法蘭克・諾里斯（Frank Norris）於1901年所撰寫的長篇小說《章魚》（*Octopus: A Story of California*）與諾貝爾文學獎得主約翰・史坦貝克（John Steinbeck）1939年的創作《憤怒的葡萄》（*The Grapes of Wrath*）則藉由描繪流離失所的農人，批判農業企業與鐵路工業如何藉由雄厚的財力「圈地」（enclosure），剝削土地與勞力。一九二〇、三〇年代美國西部與

南部也成立了許多支持小農權力的社團，其中最著名的是「十二位南方人」（Twelve Southerners）。[6] 在〈原則聲明〉（"Statement of Principles"）中，他們除了說明「農本精神」（agrarianism）是一種南方人的生活方式（mode of life）以外，也抨擊工業社會如何將科學與技術資本化並取代傳統農業勞動力，指出此現象造成人類跟土地之間的疏離、失業率增加、生產過剩、財富分配不均等問題。對於十二位南方人而言，「科學與工業應該能使人更加享受勞動的過程」（185），並且「藝術如同宗教一樣，是出自於人類對於自然正確的態度」（186）。「十二位南方人」所欲建立的是一個以小農為社會經濟基礎，並以大自然的法則為道德規範的烏托邦。在此同時，「分配主義」（distributionism）興起，農業「守護者」（steward）形象復甦；在經濟大蕭條（Great Depression）與沙塵暴（Dust Bowl）事件之後，歸園田居運動鼓勵人民事必躬親，自給自足，並企圖在資本主義與社會主義之間尋求一條中庸之道。[7] 兩次大戰期間，美國更孕育出普立茲文學獎得主路易・布朗費爾德（Louis Bromfield），他同時也是美國農業史上最有名的農夫。布朗費爾德著作等身，他在美國俄亥俄州建立馬樂巴農場（Malabar Farm），身體力行有機農耕理念，他一邊推動有機農耕，一邊批判有機狂熱者全盤否定化學肥料功效的偏執。1960、70年代「歸園田居運動」再度興盛之際，加州嬉皮（hippie）組成社會主義社群，鼓勵都市人在面對猖狂的消費主義及日益嚴重的能源危機與環境污

6　The Twelve Southerners又稱the Southern Agrarians、the Vanderbilt Agrarians、the Nashville Agrarians、the Tennessee Agrarians或the Fugitive Agrarians。這十二人多為文人，包含詩人、史家、小說家、教授等。他們是Donald Davidson、John Gould Fletcher、Henry Blue Kline、Lyle H. Lanier、Andrew Nelson Lytle、Herman Clarence Nixon、Frank Lawrence Owsley、John Crowe Ransom、Allen Tate、John Donald Wade、Robert Penn Warren與Start Young。

7　「分配主義」又稱「歸園田居運動」（back-to-the-land movement）。

染時，能重拾大自然守護者的角色，拒絕仰賴科技文明並回歸有機農業／農村生活。隨著美國日漸工業化，農本守舊的思潮逐漸成為反動力量的象徵，（有機）農業衝突的思想脈絡，由此可見。

　　然而，即便（有機）農業日漸為大家所重視，美國學界以及所謂的環境論述學者在面對農業／農村議題時，卻仍望之卻步。在一個「文化」至上、後結構主義、後現代主義等當道的時代，「指涉性」（referentiality）——對於書寫的行為、文化的生產，以及論述（discursive）的實踐也成為環境論述研究的主流。「農村」與「傳統」似乎不如「荒野」一般帶有反主流、反國家機器、反進步等的個人主義色彩，「根質性」（rootedness）使它成為保守主義（conservatism）的代名詞。也因此，在處理農業／農村議題之時，象牙塔裡的學者如同大多數人一般，仍單純的面對農業問題，並仰賴「開發／不開發」、「保護／不保護」、「有／無」二元論邏輯，對於「土地『開發』與『保存』之用」、「『人』與『土地』的健康」，以及「『個人』與『社區』的興盛」等之間錯綜複雜的關係束手無策。至今，農業相關議題的討論多來自主流學界之外，觀點亦非常多元，如前文所提到的溫德爾・貝瑞，以及金・勞格斯敦（Gene Logsdon, 1932-）、維斯・傑克遜（Wes Jackson, 1936-）、大衛・增本（David Masumoto, 1955-）等四位自美國民權運動活躍至今的重要社會運動人士與作家；麥可・波倫（Michael Pollan, 1955-）、芭芭拉・金索夫（Barbara Kingsolver, 1955-）、蓋瑞・保羅・那伯漢（Gary Paul Nabhan, 1952-）等則是當代討論食物與農業企業霸權的小說家與記者。[8]

　　（有機）農業既為一種農業生產機制，不免擔負農業剝削大自然、將大自然視為生產工具與原料的罵名。在這個工商業主宰生

8　波倫、金索夫，以及增本等人的作品享譽國際，被翻譯成多國語言。

產方式的時代裡，有機農業儼然成為農業倫理的最佳代名詞，而人
們全盤接受（或推翻）有機農業與有機生活「無毒」與「原始」的
訴求，在在反映人們對於所謂的「農本傳統」（agrarianism）的看
法。《新農本主義：土地、文化與社區生活》（*New Agrarianism:
Land, Culture, and the Community of Life*, 2001）中，艾瑞克・佛瑞
歌（Eric T. Freygole）指出，農本傳統

> 　　是人類思想、忠誠、情感和希望等的集合。它是一種堅信
> 人與大地為一生命共同體的一種生命態度、一種道德倫理，
> 以及一種經濟生產方式。它相信人跟其他生物一樣仰賴土壤
> 的肥沃，也跟其他生物一樣，受大地的奧秘與大地所賜予的
> 機會影響。*agrarian*一詞來自拉丁文中的*agrarius*，亦即「附
> 屬於土地」的意思。農本傳統的重點在於將土地視為生活的
> 地方（place）與家之所在，以及人類與自然的生命共同體。
> （xiii）

　　農本傳統除了是一種經濟生產方式之外，也是一種生活方式
與倫理道德，它所強調的是工作的美德、「在地感」（sense of
place）、文化傳統，以及「傳統生態知識」（traditional ecological
knowledge, TEK）的傳承。當代美國（有機）農業倫理與農本傳
統，可以從「食物生產與主權」以及「農業生產與農本傳統」二個
層面來理解：

（一）食物生產與主權

　　「食物」一直是連結現代工商業社會中的都市人與農業／農村
之間一個最重要的橋樑。面對充斥於市場的速食以及農業工業化與
企業化的問題，許多都市人開始藉由「吃」以及「消費」兩種行為
選擇健康又環保的飲食。無論是1980年代興起於義大利的「慢食運

動」（slow food movement）或者1990年代風行於各地的「食物文藝復興」（food renaissance），越來越多人開始重視食物的生產方式、銷售過程，以及選擇食品安全（food safety）的權力與義務。[9]換言之，雖然市場、金錢、宗教、方便性等因素影響每個人所攝取的食物，但每個人不應該只是被動的消費者，而是積極參與食物成長過程的創造者：他應當擁有「食物主權」（food sovereignty），並體認到他的飲食習慣深深影響糧食生產的方式、（非）人類的健康，以及社會與環境正義（social and environmental justice）。在〈吃的喜悅〉（"Pleasure of Eating"）一文中，貝瑞表示：「吃是一種農業行為。每年由耕種與生長揭開序幕的食物經濟故事，在吃的過程中終結」（145）。

　　興起於1990年代的「食物主權」概念，實則是世界各地的農民、農村婦女、原住民社區對於西方新自由主義提出的「糧食安全」（food security）政策的反動。[10]面對日益沈重的人口負擔、全球糧食短缺、農地沙漠化等問題，「食物主權」主張國家或個人都應有掌控食物生產系統（市場、生產方式、飲食文化、食物生長環境）的權力。如同「糧食安全」，「食物主權」深信「糧食短缺」與「市場制度不完善」是兩個造成全球飢餓問題的最主要因素。有別於以「溫飽」為最高指導原則的「糧食安全」政策，

9　英文中food safety（食品安全）與food security（糧食安全）是兩個不同的概念。food safety指的是食品原料等的營養與衛生，food security指的則是擁有充足的基本食物供應的權力。就糧食供應的層面而言，food security應該翻譯為「糧食保障」更為貼切，但本文所採用的「糧食安全」，係聯合國以及目前世界流通之譯法。

10　根據聯合國「糧食與農業組織」（Food and Agriculture Organization），糧食安全係指「所有人在任何時候都擁有獲得充足、安全和富有營養的糧食來滿足其積極和健康生活的膳食需要及食物喜好所需的物質和經濟條件」（FAO）。中文翻譯請參閱聯合國「糧食與農業組織」中文網站。

「食物主權」運動堅信「溫飽」之外，永續環境、地方利益，以及農人的公民義務的重要性。「食物主權」的概念最重要的是挑戰世界銀行（World Bank）、世界貿易組織（World Trade Organization, WTO）、聯合國等新自由主義信奉者，反對依賴自由市場經濟（如，避免國家政府干預市場）以及科學（如，基因改造工程、農業機械化）。「食物主權」支持者發現，生物科技與新的市場概念不僅未能靠增加糧食產量與食品流通有效抑制飢荒的發生，當今農業所引發的經濟與環境問題與新自由主義者以「工業」、「資本」與「大企業」為導向的農業政策息息相關。聯合國的報告顯示，2010年全世界有一億人口處於飢餓當中，較十年前成長了百分之二十五，而諷刺的是這十年卻是糧食安全政策如火如荼進行的時期。率先提出「食物主權」的「農民之路」（Via Campesina）運動認為，生產食物的農人掌控土地、水、種子以及食物生產等資源的權力，以在地、民主為其生產方式。

　　近代幾位關心美國食物主權的代表性作家包括波倫、金索夫、那伯漢等。在農業的脈絡之下，這些作家的食物相關討論主要圍繞著以下幾個議題：營養的食物與飲食習慣、食物生產者勞動的價值、在地的食物系統、食物生產知識的共享、永續的糧食生產環境等。波倫是一位學富五車的作家，也是一位身體力行的農人。他的作品從環境文化史的角度出發，探討食物及飲食習慣背後的政治與社會意涵。在《慾望植物園》（*Botany of Desire: A Plant's-Eye View of the World*, 2002）、《第二個自然》（*Second Nature: A Gardener's Education*, 2003）與《雜食者的兩難》（*Omnivore's Dilemma: A Natural History of Four Meals*, 2006）等散文集中，波倫娓娓道出如大麻、蘋果、基因改造玉米，以及人類肉食的「自然誌」（natural history），並凸顯膳食者的主權以及食物的建構性（constructedness）與歷史權宜性（contingency）。波倫的《食物無罪》（*In*

Defense of Food: An Eater's Manifesto, 2009）與《飲食規則》（*Food Rules: An Eater's Manual*, 2009）條列出健康與環保的（有機）食物的特性，並將問題指向農業工業化、企業化、全球化、單一化（standardization），批判基因改造食品與生物科技所帶來的環境與營養問題。金索夫的《自耕其食》（*Animal, Vegetable, Miracle: A Year of Food Life*, 2007）則藉由作者親身耕種的經驗，重申「在地」與「當季」有機食物的優勢。對於金索夫而言，全球經濟系統所生產的食物，不僅沒有營養、食物里程（food mileage）過高，最重要的是這些大量生產的便宜垃圾食物席捲全球各地，造成作物品種與飲食文化的單一化。她強調飲食習慣與地方（當地的天氣、土壤、水質）以及人類（家族食譜、家族移民背景）之間緊密的關係，特別是女性與母親在傳承家族或社區植物品種與飲食習慣所扮演的重要角色。那伯漢的作品《永恆的種子》（*Enduring Seeds: Native American Agriculture and Wild Plant Conservation*, 2002）與《味覺記憶》（*Taste Memory: Forgotten Foods, Lost Flavors, and Why They Matter*, 2012）等除了呼應波倫與金索夫對於在地、當季的看法之外，更進一步的思索物種多樣性（biodiversity），亦是品種多樣性以及味道多樣性在文化傳承與環境保護中的意涵。[11]

　　面對「糧食安全」科技導向的手段以及跨國性企業全球性的策略，「食物主權」將目光指向地方、傳統、以家庭為單位的小農耕作型態。近年來，美國以食物主權為基礎的農本傳統積極探討的問題包括：何謂「健康」的食物？「永續」的食物生產過程？全球糧食經濟體系「單一」與「高科技」的生產模式，為地方食物生產

11　加拿大日裔小說家露絲・尾關（Ruth Ozeki, 1956-）的《食肉之年》（*My Year of Meats*, 1998）與《天下蒼生》（*All Over Creation*, 2003）同樣探討食物生產、生物科技、風險，以及食用者的性別與種族之間的關係。

系統與在地飲食習慣帶來什麼樣的威脅與挑戰？地方飲食傳統與小農耕作方式在抵制全球食品工業之時，扮演何種角色？性別、族裔、社會階級與宗教信仰等不同的背景，如何決定了一個人所能享有的糧食安全與食品安全？我們所攝取的食物又如何反映了我們的性別、族裔、階級、宗教等認同（identity），以及滿足我們對於「家」的想像？在美國與西方農業論述中，歌頌「天人合一」（harmony with nature）、物種多樣性，以及社區合作的「食物主權運動」蔚為風尚。針對這波食物主權運動，我們除了要認真思考「小農」與「地方」策略當如何解決人口膨脹、糧食不足，以及糧食分配不均的亂象之外，筆者認為幾個探索的關鍵是：歸園田居運動是否為現代人的一種懷舊情懷？「有機」食品與「永續」耕種的標準反應了誰的價值觀？為什麼許多人持續選擇盲目的攝取有毒食品？最重要的是，在解決糧食安全與飲食安全的難題時，我們應如何跳出「有機」與「加工」食品、「全球」與「地方」二元論的思考框架？

（二）農業生產與農本傳統

　　近年來，美國有少數學者針對以量產為目標的農業企業，以及忽視農業議題的美國環境運動提出建言。在食物主權的基礎上，美國學者不約而同的表示，美國農業論述受歧視的一個最大癥結點在於它所歌頌的「勞動」，暗示了破壞與利用自然。在《土地的精神：農業與環境倫理》（*Spirit of the Soil: Agriculture and Environmental Ethics*, 1994）一書中，倫理學家保羅・湯姆森（Paul B. Thompson）表示，美國早期主流思想受到清教徒主義（Puritanism）的影響，一直視「勞動」（work）為一種美德，為勤奮的具體表現，而勞動者不僅終將得到上帝的恩典，也以自己能在上帝所創造的花園中擔任園丁與守護者的角色為榮。「守護」（stewardship）對於信奉新教的美國人而言，意味透過勞動力，守護上帝花

園的美與完整，以達成其宗教使命。[12] 然而，隨著清教徒教派的式微，「勞動」在十九世紀末、二十世紀初的美國，不再持有神聖的光環，「美國環境運動的邏輯對於生產是批判的，它並未能提出一個生產的倫理（ethic of production）」（Thompson 11）。同樣地，環境論述學者威廉・梅傑（William H. Major）在《根植的願景：新農本傳統與學術界》（*Ground Vision: New Agrarianism and the Academy*, 2011）也指出，美國環境論述至今尚缺乏一個「『用』的理論」（35）。

　　近代幾位關心美國農本思想或農業倫理的代表性作家主要有貝瑞、勞格斯敦、大衛增本等。在農本思想的脈絡之下，這些作家企圖重新建構一個「生產」與「用」的農本傳統。他們的討論圍繞在以下幾個議題：在後清教徒時期的美國，耕作或勞動的意義為何？當代美國（有機）農人所歌頌的自然法則（natural law；natural order）為何？而他又該如何師法自然？以家庭為生產單位的（有機）小農，如何在「生產」與「尊重」大自然兩者之間找到平衡？而（有機）小農又在捍衛「全球」與「地方」利益衝突之間扮演什麼樣的角色？傳統與社區的重要性為何？從「生產」出發的農本傳統有何可供主流環境運動與現在社會學習？在現代工商業社會，農本主義為我們刻畫什麼樣的未來？農本傳統究竟是保守主義的化身還是自由主義（liberalism）的象徵？農本傳統在環境論述、甚至是人文學科裡將扮演什麼樣的角色？

　　貝瑞著作甚多，是當代美國農業論述最重要的一位農夫與作家。貝瑞七十餘本的小說、詩歌、散文作品中，記載了他自1960年

12　清教徒思想主張「勞動」不能保證這一個信徒能受到上帝的青睞、成為上帝的選民，也不應該只是人們贏得上帝恩典的工具，然而一旦被選中，上帝將賦予富庶的生活，特別是在子孫綿延與六畜興盛的前提下，用以鼓勵農業生產。請參閱Thompson 72。

代末期起致力於復興傳統、地方、有機小農耕作的經過。貝瑞較著名的作品包括《長腳屋》（*The Long-Legged House*, 1969）、《地球上的一個地方》（*A Place on Earth*, 1967）、《崩壞的美國》（*The Unsettling of America: Culture and Agriculture*, 1986）等。這些作品企圖藉由探索勞動、勤奮、社區、生態系、地方等的意涵，重新賦予農耕倫理道德層面的意義，並鼓勵大家挑戰農業企業所帶來的貪婪與暴力，喚起人類對於那片神聖的土壤的記憶。貝瑞認為，美國環境論述長期以來被「有」與「無」之間的問題所困擾，但從功利的角度來看，其實「環境保存」與「（農業）生產」之間的爭議並不存在，因為農人為了自己長久的利益，總是以生態環境為前提，思考經濟問題。對於貝瑞，舉凡「種族、宗教、性別、科學、政治、荒野、經濟、世界貿易、食物、外交等」議題，都可視為土地與農業行為的延伸（Orr 184）。當代另外三位（有機）農業作家勞格斯敦、傑克遜與增本在思想脈絡上，紛紛傳承貝瑞對於勞動以及由土地出發的農本傳統的推崇，但他們都卻比貝瑞更重視實踐的過程與勞動的經驗。例如，傑克遜的《自然的準則》（*Nature as Measures*, 2011）、勞格斯敦的《與自然同調》（*Living at Nature's Pace: Farming and the American Dream*, 2000）與增本的《桃樹輓歌》（*Epitaph for a Peach: Four Seasons on My Family Farm*, 1996）不約而同的琢磨「天人合一」以及遵從自然法則的意義。傑克遜與勞格斯敦善用生態學，藉由比照不同生態圈（bioregion）的特性，他們企圖尋找一個自然法則、一個跳脫資本主義且耕作時可遵循的生產邏輯，對於他們而言，自然是一個完整的有機生命體。增本則在師法自然的同時，從永遠剪不斷、理還亂的農田發現自然的韌性（resilience），並從不斷反撲的自然中領會到挑戰社會規範與舊有

認知的力量。[13] 勞格斯敦、傑克遜與增本等的作品呼籲我們重視生產者與大自然之間的「相互依存關係」（interdependence），同時他們三人對於自然法則不同的領悟，也鬆動了過往對於「勞動」的理解。

在〈持久的規模〉（"Introduction: A Durable Scale"）一文中，艾瑞克・佛瑞歌寫道，好的勞動力（labor）「意味著在大地耕作的同時，遵循自然之法耕作，關注所有的可能，尊重它神祕的地方，對於它不斷給予的驚喜保持警覺」（xxiii），它「是一門科學，正如同它是一門藝術一般」（xxii）。對講求開發自然資源的工業主義與保育主義人士而言，大自然「神祕」、「驚喜」、「藝術」的特性給予了他們更多控制與征服的慾望，但在農本思想中，「神祕」、「驚喜」、「藝術」喚醒的是人對於大自然自主性（autonomy）與生生不息韻律的尊重，因此勞動代表的是責任。以「勞動」為基礎的農本主義，跳脫了傳統美國環境論述中「有」與「無」、「開發」與「不開發」的思考窠臼，對抗經濟拓展與資本主義霸權的農本主義，結合社會與環境議題，為長期以來陷入「人」與「自然」糾葛的美國環境論述開啟了一個新的思考方向。

---

13 有關增本對於混沌的想法，請參見Shiuhhuah Serena Chou, "Pruning the Past, Shaping the Future: David Mas Masumoto and Organic Nothingness," *MELUS: Multi-Ethnic Literature of the U.S.* 34.2 (Summer 2009): 157-74.

📖 引用書目

張四德。《美國史》。臺北：大安出版社，1994。

Berry, Wendell. "Pleasure of Eating." *Essays by Wendell Berry: What are People For*. San Francisco: North Point P, 1990. Print.

Freygole, Eric. "Introduction: A Durable Scale." *The New Agrarianism: Land, Culture, and the Community of Life*. Ed. Eric T. Freygole. Washington: Island P, 2001. Print.

Jefferson, Thomas. *Notes on the State of Virginia*. 1787. New York: Forgotten Books, 2012. Print.

Major, William H. *Grounded Vision: New Agrarianism and the Academy*. Tuscaloosa: U of Alabama P, 2011. Print.

Marx, Leo. *The Machine in the Garden: Technology and the Pastoral Ideal in America*. New York: Oxford UP, 1964. Print.

Muir, John. *The Wilderness World of John Muir*. New York: Mariner Books, 2001. Print.

Organic Trade Association. "The Taiwanese Market for Organic Food and Drink." *Organic Monitor* (2006): 31-33. Print.

Orr, David W. "The Uses of Prophecy." *The Essential Agrarian Reader*. Ed. Norman Wirzba. Washington, D.C.: Shoemaker & Hoard, 2003. Print.

Pinchot, Gifford. *Breaking New Ground*. 1947. Washington, DC: Island P, 2009. Print.

Schweitzer, Albert. *The Philosophy of Civilization*. New York: Prometheus Books, 1987. Print.

Thompson, Paul B. *The Spirit of the Soil: Agriculture and Environmental Ethics*. New York: Routledge, 1994. Print.

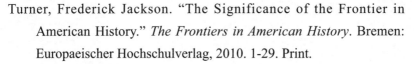

Turner, Frederick Jackson. "The Significance of the Frontier in American History." *The Frontiers in American History*. Bremen: Europaeischer Hochschulverlag, 2010. 1-29. Print.

---. *Reading Frederick Jackson Turner*. 1893. New Haven: Yale UP, 1998. Print.

Verhoog, Henk, MirjamMatze, Edith Lammerts Van Bueren, and Ton Baars. "The Role of the Concept of the Natural (Naturalness) in Organic Farming." *Journal of Agricultural and Environmental Ethics* 16.1 (2003): 29-49. Print.

White, Richard. "'Are You an Environmentalist or Do You Work for a Living?': Work and Nature." *Uncommon Ground: Rethinking the Human Place in Nature*. Ed. William Cronon. New York: Norton, 1995. Print.

氣候變遷、自然與生態溝通[*]

淡江大學英文系　蔡振興

一、從「溫室效應」到「全球暖化」

對大多數的科學家而言，氣候變遷所導致的災難乃肇因於人類的行為（Pittock 6）。這些可能的災難包括「市場失靈」（Stern 11）、「更暖、更濕、更多病」（Christianson 2）、「社會不義」（Slovic 118）、食物短缺和物種改變等。道德上，這些衝擊效應會將其反作用力加諸在人類身上，因為人類排放溫室氣體所導致的氣候改變，可能讓地球無法再吸收更多的溫室氣體，造成大氣中溫室氣體的濃度年復一年地累積，形成「碳循環」（Stern 16）和「氣候敏感」；也就是說，人類的不當行為將是害人害己。

科學家指出，近三百年來，人類大量燃燒石油和煤炭，將它們轉換成能源。在這個過程中，大量的二氧化碳被釋放至大氣中。除了二氧化碳外，還有其他溫室氣體，如甲烷（CH_4，沼氣）、一氧化二氮（N_2O）、氟氯碳化物。[1] 這些氣體均可讓陽光穿透，但也

---

[*]　本文原刊載於 *Sun Yat-sen Journal of Humanities* 32 (Jan. 2012): 69-87。

[1]　由於氟氯碳化物（CFCs）會破壞臭氧層，聯合國環境規劃署（UNEP）於1987年9月16日在加拿大蒙特婁市（Montreal）舉行國際會議，召集各國共商因應對

同時會被保存在大氣中，刺激「暖化」。根據賈丁納（Stephen M. Gardiner），工業化氣體帶來暖化效果（4），造成全球平均溫度逐漸上升（Giddens 9；Crichton 92；Gore 73）。

傳統上，全球暖化與溫室效應有關。但經仔細推敲，溫室效應其實有兩種：一是自然的（natural），一是人為引起的（anthropogenic）。前者指自然界本來就具備有調節地球氣候的功能，也多虧這些氣體，地球才適合居住；後者則暗示暖化是由人類所引起的。鑑於溫室效應的這種雙重性，科學家對全球暖化的詮釋迥異，造成諸多的「歧意」（disagreement）。[2]

在暖化論述中，一般學者均沿用「溫室效應」一詞來說明天氣暖化的現象。然而，氣象學者阿瓜多（Edward Aguado）和布特（James E. Burt）認為「溫室效應」乃是不精確的詞彙，應改為「大氣效應」（the atmospheric effect）（*Understanding Weather and Climate* 69），因為溫室效應除了有狹隘的「單向性」因果律思考限制外，這個詞彙尚有另一問題：它無法教導我們如何計算溫室中能量的「值」。[3]

就溫室效應的古典歷史而言，有四位科學家提供相關的理論基礎。最早談論溫室效應者是法國學者傅立葉（Jean Baptiste Joseph Fourier, 1798-1830）（Giddens 17）。傅立葉曾在埃及從事考古探勘，他主張「大氣層的功能就像是溫室玻璃，因為它允許太陽的光射線通過，卻留住來自地面的暗射線」，也就是說，「大氣就像斗篷，它留住一部分熱量在裡面，因此使得這個星球更適合人、

策，簽署「蒙特婁議定書」（Montreal Protocol）。

2　參見Elizabeth L. Malone, *Debating Climate Change* 第二章和第四章（17-33, 65-82）。

3　這個詞彙無法說明熱輻射中長波和短波在溫室中的對流現象。見Aguado and Burt 69-70 和 Archer, *The Long Thaw* 16-17.

動物和植物居住」（Giddens 17, Christianson 33）。學理上，傅立葉猜想燃燒煤炭可能會產生溫室效應，而且「如果大氣二氧化碳含量上升到前工業革命時期的兩倍，全球的平均氣溫將上升9度」（McKibben 19）。值得一提的是，傅立葉已經用「溫室」作為暗喻來探討大氣層功能與地球熱量的關係。第二位溫室效應科學家是英國的科學家丁鐸（John Tyndall, 1820-1893）。他認為大氣可能會影響地球的溫度（Weart 3），而且他也打破當時一般科學家的共識：所有的溫室氣體在熱輻射反應時，都是透明的。根據丁鐸的實驗，二氧化碳不但不透明，而且地球表面的熱輻射會被大氣中的二氧化碳所吸收。令人訝異的是，這些熱能是被「運送」，而不是「逃至」天空（Weart 4）。丁鐸實驗的結果也顯示：溫室氣體的分子，如水蒸氣、二氧化碳、甲烷等，都比氧和氮更能吸收熱量。因此，他的研究提供溫室效應是「人為」的基礎概念（Hulme 121）。第三位是蒲業（Claude Servais Mathias Pouillet, 1791-1868）。身為法蘭西科學院及巴黎大學索爾邦分校的物理學教授，他是太陽熱力計（pyroheliometer）的發明者，因為它可用來計算水蒸氣的熱能。第四位是瑞典的化學家阿漢尼爾斯（1859-1927），他於1884年榮獲阿布沙拉大學（University of Uppsala）的博士學位。[4] 透過對工業革命時期的觀察，阿漢尼爾斯發現人類超量使用煤炭——「我們把煤礦蒸發至大氣中」（*The End of Nature* 9）。他曾預言，如果前工業革命時期的二氧化碳水平提高一倍，「氣溫將升高9℃」（9）。此外，阿漢尼爾斯也首先計算出大氣中二氧化碳濃度會導致氣溫的增加：從十九世紀中大約285ppm（parts per million，百萬分之一）的基準倍增的結果，他預言溫室氣體與全球氣

4　雖然分數不高——「通過，無嘉獎」（Christianson 106）——但多年之後，此一論文卻讓他榮獲諾貝爾獎。

候間的關聯性（Weart 5）。比較可惜的是，當時的阿爾尼斯還沒能考慮到溫室氣體之間的互動和「回饋」（feedback）現象，包括其他因素，例如水蒸氣，也會對天氣造成影響。

1938年，英國工程師卡倫達（Guy Callendar）發現，人類不斷燃燒石化原料，強把二氧化碳釋放在大氣中，肯定會造成天氣的改變。因此，卡倫達說：十九世紀上半葉，人類不斷地釋放出二氧化碳，使得氣溫每年0.005℃增加（233）。根據上述說明，這些古典時期的科學家似乎已經找到全球暖化的元兇：二氧化碳。知名的生態學者麥克基本（Bill McKibben）很早就注意到「全球暖化」這個議題。在1989年出版的《自然之終結》（*The End of Nature*）一書中，他援用卡倫達的看法，大膽指出「1980年以來，北美和北歐的天氣暖化與二氧化碳的增加有關」（9），甚至在上個世紀，「我們已將大氣中二氧化碳的含量提升約25%，而且在下個世紀中，我們也很確定地會將它再增加約一倍。我們已經使大氣中的甲烷增加了一倍以上，我們又向大氣加進了一勺由其他氣體做成的湯汁。我們在根本上改變了大氣」（孫曉春、馬樹林 17, McKibben 18）。[5]

在生態論述中，生態學者並不倡導「人本中心論」的看法。對他們而言，人應涵蓋非人，非人使人更像人。在描述二氧化碳時，他們常訴諸「擬人法」的修辭來感動讀者，將二氧化碳視為道德寓言的載體。[6] 麥克基本就是一個例子，他借用此一敘述策略來說明：在全球暖化的情境下，「自然」會「終結」，即自然（劃線，under erasure）。在論及二氧化碳對人類所造成的衝擊時，他強調：

5　譯文見麥克基本，《自然的終結》，孫曉春、馬樹林譯（長春：吉林人民出版社，1989）。

6　有關「擬人法」在生態文學之運用，請參考Bryan L. Moore, *Ecology and Literature: Ecocentric Personification from Antiquity to the Twenty-first Century* (New York: Palgrave, 2008) 1-40.

　　所謂自然的終結，並不意味著世界末日。雨仍然在下，太陽仍然在閃耀著，儘管現在與過去大不同。我所說的「自然」是一套人類對於世界的看法和我們在這裡面所扮演的角色。但是，伴隨在我們周圍的那些現實一旦發生改變時，我們對原有的自然觀念將一併消失，而且直到我們對永恆和獨立的自然被洗去之時，這些改變才會大大地衝擊我們的感覺，屆時我們也將清楚地看到我們究竟做了些什麼。（孫曉春、馬樹林8，McKibben 18）[7]

　　麥克基本是一位杞人憂天者。他對暖化的文明一直懷有同樣的看法：「一般科學所共同接受的智慧就是：二氧化碳和其他微量的溫室氣體不斷增加時，會導致世界變熱，儘管此時暖化的機制尚未啟動」（29）。齊林渥斯（M. J. Killingsworth）和帕瑪（J. S. Palmer）則鑄造「千禧年生態學」（millennial ecology）的世紀末修辭學來描述麥克基本這種假設性的全球毀滅幻想（25）。事實上，齊林渥斯和帕瑪的世紀末修辭學分析旨在批判此類「反進步論」的深層生態學者，利用（千禧年／末世論的）「驚訝戰略」贏得讀者芳心，他們也反對這些千禧年論者／末世論者用修辭學的策略去吸引一般大眾對生態的支持。對他們而言，這些千禧年論者與「現在」打對台；他們是「危險的問號」，代表這個時代的「壞良心」（24）。

　　所謂「深層生態學」（Deep Ecology）一詞係由挪威哲學家那斯（Arne Naess）於1973年所創，主張以物種平等的生態中心主義（biocentrism），而不是採用人類中心論及工具理性主義的態度對

7　參見麥克基本，《自然的終結》，孫曉春、馬樹林譯（長春：吉林人民出版社，1989）8。譯文略有修正。

待自然（Drengson and Inoue xvii）。深層生態學是1970年代新興的生態論述，旨在「建立人、社群和所有自然間的平衡及和諧關係」之深層渴望（Devall and Sessions 7）：這是「我們基本情感中的信仰和信任；〔我們〕鼓勵採取直接行動；人的身體律動、流水的自然律動、天氣和季節改變與地球上所有生物的流動，這些將能夠讓我們有信心、快樂的共舞著」（7）。

在《深層生態學》（*Deep Ecology*）一書中，德瓦爾（Bill Devall）和謝森（George Sessions）將貝德生（Gregory Bateson）、謝波（Paul Shepard）、梭羅（Henry D. Thoreau）、謬爾（John Muir）、傑佛遜（Thomas Jefferson）、惠特曼（Walt Whitman）、勒瑰恩（Ursula Le Guin）等作家，列為深層生態學作家（18）。深層生態學者認為「淺層生態學」主張人與自然分隔或剝削自然是錯誤的；相反的；人不應將自然視為資源，人應尊重和保護自然以及服從自然的承載能力（carrying capacity）。雖則深層生態學者提供有關人口、工業主義、生產、資源保護和環境汙染等重要批判，而且與當代生態論述緊密的結合在一起，洛德曼（John Rodman）卻在〈重審四種生態意識〉（"Four Forms of Ecological Consciousness Reconsidered"）一文指出，深層生態學應避免「道德延伸主義」（moral extensionism）或「自然道德主義」（nature moralism）（124）。

同樣地，齊林渥斯和帕瑪用修辭學的策略來檢視並批評當代道德至上論者的生態學者。對兩者而言，有些批評家總是想充當道德先知，把正義擺在自己這一邊，完全不知自己將科學政治化，即科學已變成某種科學的信仰。因此，他們所做的推論並非預言性的，而是修辭學的或意識形態的。當然，這兩位批評家也指出，麥克基

本得了雙倍的「山東大饅頭症」（doubly sentimental）（25）。[8]

　　由「溫室效應」所引發的「全球暖化」本來就不是一個新議題，而且這兩個詞彙也不討喜。1988年，著名的氣象學家韓森（James Hensen）在科羅拉多參議員渥斯主持的參議院／眾議院聯席委員會的聽證會中提出這個觀念如何影響人類未來的發展，「全球暖化」才再度引人注目（Christianson 231）。觀念上，有關全球暖化的資訊主要是來自「政府間氣候變遷小組」（Intergovernmental Panel on Climate Change，簡稱IPCC）。由於這個小組的推動，再加上高爾（Al Gore）和其他持有相同立場的科學家、文學家和社會學家努力大放送，形成所謂的「全球暖化現象」。

　　事實上，「政府間氣候變遷小組」的成立與「世界氣象組織」（WMO）有關。「世界氣象組織」於1979年2月12至23日舉辦「第一次世界氣候會議」（First World Climate Conference），承認氣候變遷的問題是人類活動所造成的，特別是大量排放二氧化碳所造成的暖化問題。之後，「世界氣象組織」和「聯合國環境規劃署」（UNEP）於1988年共同設立一個專責機構，以定期討論全球氣候變遷的課題。這就是「政府間氣候變遷小組」的由來（Archer 22）。「政府間氣候變遷小組」包括三個工作小組：工作小組一（WG 1）掌握氣候系統及氣候變遷的科學資訊。工作小組二（WG 2）試圖了解社會經濟發展與自然系統對氣候變遷所造成的影響，並評估其正、負面效果，進而致力於調節影響，使其得以適應環境。工作小組三（WG 3）則專注於溫室氣體和排放減量事項，尋

8　齊林渥斯和帕瑪對深層生態學的批評，見*Ecospeak: Rhetoric and Environmental Politics in America*（210-28）。另外，有關批判全球暖化的影片包括：*The Great Global Warming Swindle* (A Documentary by Martin Durkin)、*Global Warming? Or, Global Governance?* (Produced by Michael S. Coffman, Ph.D.) 和 *Evangelicals & Global Warming: A Formal Debate*（NiceneCouncil.com）等。

求能減緩氣候變遷的可能性（Archer, *Global Warming* 173）。「政府間氣候變遷小組」不但試圖研究氣候變遷對社會、政治、經濟、科技和未來的發展所造成的風險，它也提供氣候變遷的科學資訊，成為「氣候變化綱要公約」（UNFCCC）的主要依據。1992年，「政府間氣候變遷小組」發表有關全球暖化的理論，宣稱他們所獲得的資料「大部分是一致的」，而且這些資料也已經達到「共識」。截至目前為止，政府間氣候變遷小組也已出版4期評估報告（1990, 1995, 2001, 2007）。

儘管「政府間氣候變遷小組」在1990年的報告尚未將全球暖化的解釋歸納是「人為的」，但從氣候變遷的強度、來源和證據來看，這些現象均指向全球暖化。最後，這個小組於1998年正式宣布：「人類對全球氣候有看得出來的影響」（Archer, *Global Warming* 173）。由於對研究全球暖化的貢獻，「政府間氣候變遷小組」和高爾（Al Gore）於2007年共同獲得諾貝爾和平獎。正如高爾在《不願面對的真相》所言，一般大眾不願承認真的有暖化（284）；因此，他力挽狂瀾，試圖與社會溝通，強調全球暖化對人類和自然所造成的影響。高爾的論點與九〇年代論及全球暖化的學者曼尼斯（Christopher Manes）所提出的「文化瀕臨危機」（culture of extinction）是相近的，而生態學者麥克基本的《自然之終結》對此一說法，也持相同意見。除了在《每日郵報》（*Daily Telegraph*）的專文〈最危險的不外是人類文明的存續〉（"At Stake Is Nothing Less Than the Survival of Human Civilization"）外，高爾也在《不願面對的真相》中頻頻表達類似的看法：

> 氣候危機也讓我們有機會能夠體驗到史上難得一見的世代使命感：讓我們經歷到艱巨之道德任務後的心曠神怡……最後還賜給了我們一個浴火重生的機會……那些無法呼吸的憤世嫉

俗者和絕望者將得以自由自在地呼吸新鮮的空氣……重生時
刻，我們將頓悟到這個危機一點也與政治無關，而是一項道德
與精神上的挑戰。[9]

在此，高爾把全球暖化的議題化約成一種「精神和道德」的危
機（*Cool It* 49-50）。在生態文學與文化批評中，這種對道德信仰
的堅持常被視為一種激進的生物中心論（radical biocentrism），即
強調改變人類中心論的習性就能帶來反抗資本主義入侵的力量。在
此，高爾這種近於宗教和精神的道德情操「似乎是」對人心有鼓勵
作用。

高爾的暖化危機意識源自於其恩師芮維爾（Roger Revelle）對
大氣層中二氧化碳所做的檢測結果。透過老師的研究，高爾得知，
「人類如果真可以改變如此重要的大氣成分，而且不放過地球的任
何角落，那麼人類與地球的關係可謂是進入了一個新紀元」（張瓊
懿、欒欣 40）。芮維爾認為這種暖化的事實難以啟齒，但對高爾
而言，「除非我們徹底扭轉這樣的趨勢，否則這樣的文明進程勢必
將人類引向毀滅」（40）。因此，他決定把這種大家「不願面對的
真相」（"inconvenient truth"）（40）公諸於世，以示公聽。

高爾的「人類引向毀滅」之災難敘述深具文學魅力，這種具
穿透性的感染力乃是透過「輓歌」的形式來哀慟其姐姐南西因肺癌
而死，將抽煙、資本主義和科學研究做一種道德情感的連結，指責
科學是為資本家服務的：「她（南茜）是一位堅強的女性。我明白
當時並沒有人強迫她抽煙；但我也相信，要不是這些不肖業者刻意
掩蓋抽煙所帶來的禍害，並且不斷地為抽煙行為塑造光環，我所摯

<hr />

9　高爾，《不願面對的真相》，張瓊懿、欒欣（譯）（臺北市：商周出版，
　　2007）。

愛的南西或許還能活在這世界上，而我也不需在生命的每一天思念
她」（258）。高爾的災難敘述與卡森（Rachel Carson）的《寂靜
的春天》（*Silent Spring*）所運用的修辭學類似：兩者均透過災難，
將生態教育和道德做連結。在此，高爾的家庭故事和全球暖化敘述
之間的關係不強，只能被視為用道德的薄膠，將兩者暫時固定而
已。

高爾這種深層生態學式的全球暖化版本被批判為道德勸說，可
能說服力不夠。[10] 對社會學家魯曼（Niklas Luhmann）而言，作為
一種「溝通」模式，道德的立場顯然是不穩固的，尤其是它並無能
力面對未來的風險：

> 風險不只是從一個角度，而是從各種不同的角度來對道德
> 哲學提出問題。除此之外，不管本身有無原則，道德哲學本身
> 須面對此一挑戰。再者，有道德色彩的溝通亦藏有風險，會導
> 致立場的僵化、無法容忍別人和衝突。任何溝通若道德性太
> 強，不管它是暗示或明示著「自尊」，或對別人的尊重，完全
> 依賴某些條件的實現。凡用此一方式來溝通道德，而不遵守溝
> 通條件的話，此舉乃暗示不尊重他人。同時，他會傷到自己的
> 自尊。他把自己綁在道德的溝通上，致使自己於事後無法修正
> 自己的意見。（92）

---

10 在《道德與立法原則導論》，功利主義哲學家邊沁（Jeremy Bentham）指出
「快樂」和「痛苦」有四種來源：（一）自然的；（二）政治的；（三）道德
的和（四）宗教的。這四種來源都能對「快樂」和「痛苦」兩者產生規範作
用和約束力。然而，對邊沁而言，道德僅具「個人」約束力而已，不能作為共
同商議出來的規則。在《道德原則研究》，休謨（David Hume）更進一步指
出，道德不是理性的對象，而是激情和情感的對象。在他看來道德是善／惡的
判斷，而不是真／偽的區別。因此，道德不是來自理性，而是情感和義務。因
此，用道德的觀點分析全球暖化的倫理涵義應是不足的。

在《生態溝通》（*Ecological Communication*）一書中，魯曼用溝通（communication）、共振（resonance）和資訊（information）三個層次來談生態溝通的可能性。溝通是社會的基本架構，它本身完全是一種社會行為的操作模式。溝通的「觀念」有其「形式」，其技巧重「命名」（call）和「跨越」（cross）。在氣候變遷的溝通邏輯中，魯曼要說明的不是引起「恐懼與顫慄」所帶來的末世論或危險，而是風險中的風險或風險的形式。因此，他們的重點不是一階觀察（first-order observation）中的現象，而是生態溝通中的「觀念」或「形式」，即二階觀察（second-order observation）：二階觀察是系統意義自我產生的過程。為了進入生態溝通的領域，魯曼反對道德就是溝通的內容，因為干擾社會的這些常見共振現象，例如全球暖化、海水上升、聖嬰現象、溫鹽環流等，不應只是道德的議題。更精確地說，這些現象應有適當的語意分析。

二、誰怕全球暖化？：暖化的真相

對魯曼而言，共振屬於二階觀察的內容，是一種對系統異常現象所提出的症候分析。今日，全球暖化儼然已經成為社會、文化、經濟和政治的重要議題。所謂「全球暖化」，它暗指地球的「大氣和海洋因溫室效應而造成溫度上升的氣候現象」（Masahiro 7）。對科學家而言，地球的冷熱並沒有絕對的好或壞差別，因為在四十五億年的歷史中，它本身有自己的週期。然而，我們所謂「全球暖化」則意味著地表溫度以出乎人類想像「不自然的」速率快速增加，而且有時候以悲劇性的形式發生（Schneider and Lane 27）；也就是說，「全球暖化」這個詞彙除了帶給人們一種「恐懼感」和「末世論」的錯覺（Newell 25）外，它已無法說明複雜的天氣現象（Slovic 119），而「氣候變遷」（climate change）應是較佳的替

代詞彙（Gardiner 5）。

　　誠如上述所言，由於科學家所引用科學資料來源有異，其研究結果則出現兩極化的反應：一種是贊成全球暖化說辭的科學家，另一種是反對全球暖化的科學家。後者指責前者是為了爭取研究經費，進而誇張溫室氣體效應對人類和社會產生嚴重的影響；相反的，前者則懷疑後者與資本家掛鉤，可謂是資本家的御用文人。在這些科學家中，反對全球暖化的批評家不在少數，如美國參議員尹霍夫（James Inhofe）、小說家克萊頓（Michael Crichton）、何奈（Christopher C. Horner）等，其主要論點包括：（一）氣溫變化是自然的，不是人為的；（二）全球暖化與太陽輻射量有關；（三）CO_2也可能來自海水溫度上升等。令人訝異的是，全球暖化共振現象竟然產生上述兩種截然不同的解讀結果。

　　毫無疑問，在暖化的議題上，「政府間氣候變遷小組」對二氧化碳的說明有其道德教育的考量。他們對二氧化碳所引發的「世紀末」想法挑動了那些「反道德」科學家的神經。這些反道德科學家指出，堅持「二氧化碳是人為的」那些人係「恨世者」（misanthrope）。為了反駁「一切都是人類的錯」，他們甚至義正詞嚴地反駁：「飢餓的人民是不會管污染的」（Crichton 618）。

　　在《全球暖化辯論》（*Disputing Global Warming*）一書中，美國參議員尹霍夫（James Inhofe）也特別列舉高爾《不願面對的真相》中的十二條錯誤（Horvath and Molnar 13）。為了與其他科學家相抗衡，他反對聯合國「政府間氣候變遷小組」所持的論點。對他而言，暖化的優點才是這些科學家「不願面對的真相」，因為：（一）1°C氣溫的增加代表人類生活水準的提升；（二）把二氧化碳當成是暖化的元兇是一種製造「恐懼」的行為；（三）暖化是正常的；（四）CO_2不是全球暖化的主因；（五）反對暖化是人為的和人為的暖化（Horvath and Molnar 3；Horner 5）。

　　麥克‧克萊頓（Michael Crichton）的《恐懼之邦》（*State of Fear*）也加入論辯的行列。本書於2004年出版，尹霍夫也幫克萊頓寫書評，主要目的在駁斥那些堅持「狼來了」的科學家和批評家。在〈聖塔茉妮卡〉一章中，克萊頓讓已退休的思想生態學家霍夫曼教授（Professor Hoffman）區別兩種不同的國家，一是以軍隊和工業治國，另一是以「恐懼」治國。對克萊頓而言，現代國家仰賴的並不是軍隊，而是一種讓民眾活在集體恐懼之氛圍。正如霍夫曼所言，「每一個主權獨立的國家如果要控制人民的行為，使他們安份守己、溫馴聽話，使他們開車靠右，使他們繳稅，最好的方法就是恐懼」（洪蘭 500）。[11] 換言之，一個國家必須找出讓民眾恐懼的對象，如冷戰、共產主義、邪惡帝國等，它才能有效地統治國家。因此，克萊頓暗批「環境危機」論述的出現乃是一種見縫插針的產物，企圖填補戰後的恐懼真空，尤其是柏林圍牆的倒蹋。對他而言，全球暖化乃恐懼之邦所運用的恐懼統治策略，因為：（一）全球暖化的威脅根本不存在（448）；（二）目前所觀察到的地表暖化現象……主要的人類效應是來自土地的運用，而大氣層的組成分子則只是小部份原因（627）；（三）冰島和馬爾地夫沒有海水上升的危險（107）；（四）目前這種幾乎歇斯底里的安全擔憂──食物安全、居住安全──所有的心思都被安全佔據，這是資源浪費，人類精神的壓迫，更糟的是它會導致極權主義……（627）；（五）我們不可能期待用立法的方式來經營一個複雜的系統，例如環境（628）；（六）別人在跳出來大聲疾呼時都有他內在不為人知隱藏的目的與企圖，只有我沒有（630）。

　　在克萊頓筆下的德瑞克（Nick Drake）明言：「每個人都知

11　克萊頓，《恐懼之邦》，洪蘭譯（臺北：遠流，2007）。以下引文均為洪蘭譯。

道海平面沒有上升」（347）。在小說中，德瑞克被塑造為學者的
形象：他本來是律師，退休後當國家環境資源基金會的總裁。雖
然他「恨全球暖化」，但他還是靠「環境污染」的口號募款，因
為污染的主題「到現在仍然有效」（346）。很諷刺地，克萊頓透
過他的小說人物律師艾文斯（Peter Evans）和慈善家莫頓（George
Morton）兩人來撻伐任何形式的環保組織：「你（莫頓）跟莎拉也
已經管理這個基金會二十年了。你最後的工作就是解散它，在它變
成另一個老的令人厭倦的組織，只會說過時的話，浪費資源，做的
壞事比得到的好處多之前，把它解散了」（669）。對小說人物而
言，這些科學家企圖透過全球暖化製造「大洪水」的氣氛，讓這種
全球迷思和妄想提供恐懼之邦治國的基礎。

　　和克萊頓一樣，吉登斯（Anthony Giddens）在《氣候變遷的政
治》（*The Politics of Climate Change*）一書中，試圖拆解綠色（暖
化）政治背後所隱藏的真理：（一）謹慎原則；（二）永續發展；
（三）過度發展；（四）污染者付費（59-68）。儘管謹慎原則來
自聯合國氣候變化綱要公約（UNFCCC）的第三條法規，吉登斯直
指「謹慎原則」的核心問題：（一）它只能保持現狀，無法對新時
代做出適當的應變措施；（二）一般而言，所謂「謹慎原則」都是
一些不證自明的道理，有說等於沒說，而且這些智慧也不一定可以
處理瞬息萬變的社會問題。因此，謹慎原則是自我矛盾的。從「羅
馬俱樂部」到「布蘭特報告」，深層生態學者如是抱怨：現代工業
「正以一種讓人害怕的速度耗盡其原料」。因此，這種「謹慎原
則」還是潛藏一種「恐懼之邦」的意識形態。

　　根據「布蘭特報告」，永續發展是指「能夠滿足當前的需要又
不危害下一代滿足其需要之發展」；然而這種定義給人一種「反成
長」的印象。再者，這個詞彙有其矛盾性：一方面鼓勵發展，另一
方面又限制發展（Crichton 627）。如果說，永續發展的「永續」

是指「持續」和「均衡」，而發展就是「動力」與「變化」，那麼永續發展理所當然地包括保護環境、阻止臭氧層破洞、護生、防止環境污染和解決貧富不均的問題等。然而，此類思考形同口號，無任何清晰的分析架構與論述基礎，而且這種包山包海的「列舉法」最後也只能淪為空談。

　　至於過度發展，它很容易發出道德警訊，提供道德情感的基礎，讓大眾可以彼此相互取暖。在綠色政治的論辯中，克萊頓和吉登斯兩人不約而同地反對謹慎原則、永續發展和過度發展。在這些綠色真理中，吉登斯僅同意最後「使用者付費」一項，因為那些碳排放者應負比較多的責任是對的。雖然此一原則有其「實踐上的限制」，但它卻可以將氣候變遷的問題，透過法律途徑來尋求解決之道。

三、羅賓遜的全球暖化三部曲

　　相較於克萊頓不相信任何環境原則的《恐懼之邦》，羅賓遜（Kim Stanley Robinson）的《全球暖化三部曲》，包括《下雨跡象四十種》（*Forty Signs of Rain*）、《零下五十度》（*Fifty Degrees Below*）、《計時六十天》（*Sixty Days and Counting*），主要的故事乃圍繞在國家科學基金會（National Science Foundation）的運作，以及這個單位如何採用（不傷害環境的）「法蘭克原則」來對抗氣候變遷所帶來的不幸。這個研究機構隸屬於「政府間氣候變遷小組」的國際組織一員（*Forty Signs* 43），其主任為亞裔美籍的戴安（Diane Chang）。她的職位是由總統直接任命，主要組員包括環境科學顧問查理（Charlie Quibler）、安娜（Anna Quibler）、法蘭克（Frank Vanderwal）、賢三（Kenzo Hayakawa）和艾家多（Alfonso Edgardo）等科學家。

　　戴安是法蘭克的上司。她試圖提升國家科學基金會，使其成為全球氣候變遷的科學組織中的網絡節點，同時她也成立董事會，想讓這個基金會的結構更完備。為了能獲得國際組織的奧援，她也希望國家科學基金會能與「政府間氣候變遷小組」共同主持與氣候相關的計劃。在小說中，她是亞裔女性，更是一位女強人。和法蘭克一樣，她也離過婚。[12] 她的同事賢三則是法蘭克的山友和研究所的室友，曾待過「國家海洋與大氣管理局」（NOAA），後來才來國家科學基金會上班。他們三人均關心波斯灣環流，而評估溫鹽環流的阻塞所帶來的衝擊乃是戴安和賢三共同的責任（*Fifty Degrees Below* 67）。

　　和《明天過後》一樣，羅賓遜的全球暖化三部曲也是與溫鹽環流（thermohaline circulation）有關。事實上，溫鹽環流的流動與海水的鹽度和溫度有關。當赤道受到較多日曬的結果，海水則較為溫暖，鹽度較低。相反的，緯度較高的地區，日曬較少，海水的溫度因此較低，鹽度較高。由於風力和地球自轉的科氏力（Coriolis force）[13]，再加上海水的溫差和鹽度的高低，形成海水流動的基本原理，也就是說，溫度較高的海水會往溫度低的地區移動，形成所謂的環流。整體而言，這樣的運動是由不平衡到平衡的流動過程，即一種能量的均衡狀態。為了解決溫鹽環流的問題，黛安發動為期兩周的海上灑鹽活動，希冀能活絡因過多淡水注入海水所造成的溫鹽環流減緩問題。同時，她也邀請聯合國的秘書長、德國環境部長兼綠黨黨魁及英國首相等人，共襄此一盛舉。正因如此，後者還對戴安說：「這就是發動千艘戰船的那張臉」（"So this *is* the face

---

12　法蘭克第一次婚姻失敗是由於不當的投資，因此他在婚後四年與太太瑪塔（Marta）離婚。

13　1835年，法國科學家G. C. Coriolis指出地球自轉時所造成的一種偏向力。

that launched a thousand ships"）（*Fifty Degrees Below* 483）。當好友問及此事，法蘭克說，「我們總共傾倒五億噸的鹽」（518）。

法蘭克是《全球暖化三部曲》的男主角。他很有女人緣，也曾與其上司戴安約會過，主要工作就是開會討論並審查國家科學基金會的申請案。他最大的貢獻在於創造「法蘭克原則」，意即「儘量減少物種滅亡的程度」（*Sixty Days and Counting* 5）。儘管在國家科學基金會工作，他對這個基金會的保守作為還是有所批評。他曾偷偷遞交戴安的秘書一封辭職信，但後來有點後悔，想要再把信拿回去。在一場電梯停電意外，他遇到卡洛琳（Caroline），慢慢地，本書的情節與史帝文生（Neal Stephenson）的《黃道號快艇》（*Zodiac*）相似，成為「生態驚悚小說」（eco-thrillers），因為兩位主角都經歷過遭遇殺手暗殺的危險。儘管法蘭克曾經一度與戴安約會（*Sixty Days and Counting* 245），法蘭克對卡洛琳還是無法忘情。有趣的是，卡洛琳背後有一個黑暗集團正在操控總統大選的結果，因此她向法蘭克通風報信，指出其前夫企圖操縱選舉的結果。這也說明法蘭克的車子及電話皆被竊聽，讓本書變成陰謀論、暖化政治和生態理念的合體。

在審查有關全球暖化研究案件中，法蘭克特別看中數學家顏（Yann）的申請案，因為顏的研究成果最被看好。很可惜的是，他所提的報告並未通過國家科學基金會的補助。為了彌補遺憾，他私下向托利松基因公司（Torrey Pines Generique）的老闆戴瑞克（Derek Gaspar）稱讚顏的研究潛力。多虧國家科學基金會審查委員之一的塔歐李妮（Dr. F. Taolini）也強力推薦顏，顏終能在托利松基因公司上班，成為該公司首席研究員穆豪思（Leo Mulhouse）團隊的團員。[14] 在戴瑞克一樁錯誤的併購案中，托利松基因公司

14　其他研究人員包括法蘭克的前妻瑪塔（Marta）和布萊恩（Brian）。

出現財務危機，他把公司轉賣給小型傳送系統（Small Delivery Systems），而這些研究員後來與俄國科學家合作，利用地衣（lichen），成功開發出快速吸收二氧化碳的技術。[15]

　　小說的重要決策人物是伽思（Phil Chase）。他是美國越戰退伍英雄（*Sixty Days and Counting* 55），也是民主黨的參議員；更重要的是，他非常關心全球暖化的議題。在羅賓遜的筆下，伽思體現當代美國詩人史耐德（Gary Snyder）在《大地家庭》（*Earth House Hold*）所揭櫫的「荒野參議員」（a senator of wilderness）的精神。在《計時六十天》中，由於全球暖化變成一隻「脫韁野馬」（a geegee），必須被馴服。因此，美國人希望他們未來的總統能改變政局，並處理天氣驟變問題。很幸運地，伽思打敗現任總統，成為下任總統當選人。儘管有外力企圖操縱總統大選，他還是化險為夷。就在當選總統後的二個月蜜月期裡（38），伽思想要有所作為，有效地處理暖化議題，便決定延攬法蘭克和戴安為科學顧問（61）。

　　伽思架設部落格，名為「著手處理」（"Cut to the Chase"），指出美國前任總統對當前世界問題置之不理，尤其是美國人民雖然僅佔世界總人口的百分之五，但美國的碳排放卻佔全球碳排放量的四分之一。因此，他願意親上火線，對此做出適當的回應。在道德上，他也對過去歷任總統的環保政策深表歉意，希冀彌補過去的種種「否認」，避免「眾神——美國——的沒落」（173-75）。在小說中，伽思最大的貢獻在於他的「全球新政」（492）。他仿傚美國總統羅斯福百日新政，企圖在二個月新政期間，將他的未來生態政治想像和理想逐一實現。雖然在選舉期間受到全球暖化和其他政

15　參見 William Louis Culberson, "Lichens in a Greenhouse," *Science* 139 (1963): 40-41.

經問題困擾，他還是聲稱要親自帶領美國走出環境危機，這樣才能贏得民眾的支援和真正選舉的勝利。這是他應走的路，也是美國人要走的路，因為他們這一代的人「與命運有約」（512）。[16] 為了解決經濟和環境問題，伽思必須思考「另類的」文化的可能性（513）。另外，他也必須重新思考未來新政的發展。因此，他試圖提出新的文化觀，將最新和最舊的思想融合成為「永久文化」（permaculture）：

> 我們在歷史上所做的就是要創造「永久文化」。所謂的「永久文化」是指一種可大可久的文化。如果說它是永恆不變，那絕對是不可能，但它肯定是動力十足。由於未來情境會改變，因此我們須適應新環境，持續讓事情越變越好。我心目中的「永久文化」也是變動不居的。我們須調適；改變是無可避免的。（*Sixty Daysand Counting* 516; *Fifty Degrees Below* 224）

　　伽思的主要想法就是把一般人對全球氣候變遷的「恐懼」化為可以防治的「風險管理」，讓危機的解決方式得以被揭露出來，再輔以跨政府間的政策決定來解決天氣問題：

> 我記得恐懼。它讓人想到世界上有好多人每天過著恐懼的生活。不是危急的，而是大的，而且也是慢性的。當然我們每個人都生活在恐懼之中。但你無法避開它。像煩惱自己的小孩，因為小孩子沒有健保，害怕小孩生病。那種恐懼讓你不舒

16　史耐德也採用相同的政治理念："Mankind has *a rendezvous with destiny* in Outer Space"（*The Old Ways* 66; emphasis mine）.

服。我們國家有五億人口，我們可以不要理它。對我而言，一個民有、民治和民享的政府應盡可能幫忙除去恐懼。但是人生總有一些無法避免的恐懼，如怕死或丟失東西。然而，我們是可以去除匱乏性恐懼和加諸我們的小孩日後所要承擔的世界之恐懼。（*Sixty Day sand Counting* 462）

　　伽思反對恐懼的存有論。和克萊頓一樣，他也要試圖趕走恐懼，即「去除匱乏性恐懼和加諸我們的小孩日後所要承擔的世界之恐懼」。他所採用的方法就是：（一）做科學研究；（二）評估效應：（三）制定政策，減輕傷害。伽思的做法事實上與「政府間氣候變遷小組」因應全球暖化的模式雷同：（一）氣候變遷影響（Climate Change Impacts）；（二）適應（Adaptations）；（三）災害防治（Mitigations）。小說也從全球暖化的情境中比較前、後兩任總統的差異：前任總統較在乎經濟的發展（*Forty Signs of Rain* 162），如第四章的引言所說，「今年二十億噸的二氧化碳被排放至大氣中。在記錄上是五個最熱的年份之一。聯準局希望美國經濟在第四季會增加4%」（*Forty Signs of Rain* 115）。其次，前任總統對暖化採取懷疑的態度：「嗯，查理，你說的一切可能是真的，但我們也不能確定是否是人類行為所導致的後果」（*Forty Signs of Rain* 159）。相反的，新任總統伽思不但體現史耐德式的生態觀，也將聯合國政府間氣候變遷小組的理念付諸實現。同樣的，小說也比較前、後兩任總統的顧問：查理是伽思的環境政策顧問，對全球暖化比較關心，而且他相信全球暖化可以透過人為的努力去防治；相反的，查凱利斯（Zacharius Strengloft）是總統的科學顧問，對全球暖化則採保留態度，因為總統的科學顧問必須是一位懷疑論者，否則他很快就會被炒魷魚（*Forty Signs of Rain* 155）。對查理來說，全球「每年傾倒25億噸二氧化碳到大氣中肯定會對天氣產生

影響的」（*Forty Signs of Rain* 159）。雖然查理在三部曲中所扮演的角色不重，但做為環境政策顧問，他相當稱職，已經盡全力向總統先生報告有關全球暖化、生態足跡、永續發展，以及二氧化碳做為溫室氣體是如何造成溫室效應和全球暖化的可能性等主題，讓他制定政策時有所依據。

　　對全球暖化的擁護者而言，海平面上升是可能的，金巴倫（Khembalum）就是第一個因海平面上升而被迫移居至美國的例子。在小說中，金巴倫是一個佛教國家，位於恆河在印度洋出海口的一個小島，土地面積約52平方公里（*Forty Signs of Rain* 119）。由於全球暖化之故，在漲潮時，金巴倫會被海水淹沒，是全球「被淹沒國家聯盟」的一員。《下雨跡象四十種》一開始描述一群西藏僧侶向美國政府求助，他們就是金巴倫人。後來，他們在國家科學基金會大樓設立臨時大使館（*Forty Signs of Rain* 17）。從金巴倫的例子來看，國家科學基金會與政府間氣候變遷小組的工作方向類似：「全球氣候變遷是真的」（*Forty Signs of Rain* 58）；「全球暖化也是真的」（*Forty Signs of Rain* 159）。在「二氧化碳的濃度已經達到440 ppm，而且再過十年，二氧化碳的濃度會衝到600ppm」，全球氣候變遷的情境隨時可能會發生（*Forty Signs of Rain* 159）。根據藍斯託（Stephen Rahmstorf），1880年以來全球海平面已經上升近20厘米。然而，這個數據並未涵蓋南北極的溶冰進入海洋所導致的海平面上升速度。政府間氣候變遷小組也未將此列入計算（"A New View" 44, *Cool It* 60）。

　　在羅賓遜的筆下，全球暖化變成氣候變遷的問題。戴安也說：「氣候變遷是真的，無人能否認它」。透過金巴倫海水上升的描述，以及《下雨跡象四十種》中的水災和《零下五十度》中的酷寒景象，全球氣候變遷導致的自然現象已不再是規律性的季節推移。換言之，天氣的規律全部變成亂數。法蘭克在三年不到的時間，發

現全球天氣變化異常，包括聖嬰現象、印度和秘魯發生嚴重的旱災、颱風和溫鹽環流的阻塞等。對法蘭克而言，暖化是人為的。儘管國家科學基金會積極防治天氣變遷的問題，他們在海上灑鹽的活動說不定也是不智之舉，其可能的害處有三：（一）海水的溫度可能過低，不易溶解；（二）灑鹽的活動並非自然，可能會導致海洋生態破壞；（三）海水的鹽度無法恆久，有被稀釋之疑，如此一來，效果就成為笑果或笑柄。

四、結論

本文同意克萊頓對全球暖化的批判，例如恐懼、歇斯底里和「狼來了」等虛妄的意識形態。本文也同意吉登斯對綠色真理的翻修，例如謹慎原則、永續發展和過度發展的保守主義立場。然而，本文不贊同克萊頓的「全球暖化的威脅根本不存在」。暖化的問題不只是「溫度」，也是「態度」的展現，即在於氣候變遷的新「姿態」所帶來的改變及其可能性。當代的生態學家與其他思想家一樣，對於古典的政治學、文化優先性和人類中心論的看法等，均抱持著懷疑的態度，一如法國哲學家巴迪烏（Alain Badiou）所言，「未經證明的東西是可疑的」。因此，克萊頓和吉登斯對全球暖化的批判有其正面效用，尤其是他們對「研究對象」採取一種批判性的距離；也就是說，他們試圖透過「邏輯反叛」去分析全球暖化的氣候政治。如同吉登斯所言，要解決全球氣候變遷的問題還是要依賴「政策性質」的決定和科學，才會有實質上的效果。

羅賓遜的全球暖化三部曲是以政府間氣候變遷小組所提的理念為依據，試圖用風險理論來進行論述。他認為全球變遷是一種全球風險，不管是政治上的、經濟上的、文化上的或生態上的。透過了解此風險，人與環境和社會系統之間的斷裂才能被檢視，而權力

的運作才能被解釋、分析和批判；因此，全球變遷的思想具潛能性或可能性，而非單一的因果律。潛能表示一種可以不斷被開發的可能性，但它不具目的論：它是永遠現在、永遠在追求、永遠無法事先預設、永遠未完成。在論及全球暖化時，批評家就犯了這樣的錯誤：他們把氣候變遷等同於全球暖化，把風險等同於危險或危機，認為「碳是全球暖化的元兇」。對大部分的人而言，當全球暖化的問題解決了，批評家或科學家從此以後就可以過著比較安心的日子。其實不然，全球暖化的原因是多重因素決定的，並不是由單一因素決定一切。全球暖化的發生，並未能讓這些暖化批評家或科學家在觀念上或本質上可以彼此完全連結在一起。相反的，我們只是看到他們的存在散佈在各個不同存在的面向，他們的立場散佈在各個不同立場之中。暖化的議題雖然可以讓批評家產生「共感」或「同胞情誼」，進而讓語言的論述形成「團體」。即便有這樣的團體，那或許是因為道德情感讓他們緊密結合在一起罷了。

　　羅賓遜賦予這些相關氣候變遷事件內在的、純粹的意義，並以科幻小說的形式再現出來。羅賓遜認為，科幻小說是一種擬仿歷史，一種具有烏托邦的操作原則（*Future Primitive* 9）。在另類可能性的思考架構下，他用邏輯推理，將事件導向可能性的未來。更重要的是，這些事件已經是社會溝通的主題，而且是由政府制定政策來防範氣候變遷所帶來的災害。在這種虛擬情境中，美國總統和他的氣候變遷小組和聯合國政府間氣候變遷小組已經著手進行災害防治的工作。換言之，羅賓遜的全球暖化三部曲在氣候變遷的脈絡裡，體現了魯曼式的生態溝通。

📖 引用書目

克萊頓，麥克。《恐懼之邦》。洪蘭譯。臺北：遠流，2007。

高爾，艾爾。《不願面對的真相》。張瓊懿、欒欣譯。臺北：商周出版，2007。

麥克基本，比爾。《自然的終結》。孫曉春、馬樹林譯。長春：吉林人民出版社，1989。

Aguado, Edward, and James E. Burt. *Understanding Weather and Climate*. Upper Saddle River, New Jersey: Pearson Prentice Hall, 2007. Print.

Archer, David. *The Long Thaw: How Humans Are Changing the Next 100,000 Years of Earth's Climate*. Princeton: Princeton UP, 2009. Print.

---. *Global Warming*. Malden, MA: Blackwell, 2007. Print.

Callendar, G. S. "The Artificial Production of Carbon Dioxide and Its Influence on Temperature." *Quarterly Journal of Royal Meteorological Society* 64 (1938): 223-240. Print.

Christianson, Gale E. *Greenhouse: The 200-Year Story of Global Warming*. New York: Walker and Company, 1999. Print.

Crichton, Michael. *State of Fear*. New York: Avon, 2004. Print.

Culberson, William Louis. "Lichens in a Greenhouse." *Science* 139 (1963): 40-41. Print.

Devall, Bill, and George Sessions. *Deep Ecology*. Salt Lake City: Gibbs Smith, 1985. Print.

Drengson, Alan, and Yuichi Inoue, eds. *The Deep Ecological Movement*. Berkeley: North Atlantic Books, 1995. Print.

Gardiner, Stephen M. "Ethics and Global Climate Change." *Climate*

Ethics. Ed. Stephen M. Gardiner, Simon Caney, Dale Jamieson, and Henry Shue. Oxford: Oxford UP, 2010. 3-35. Print.

Giddens, Anthony. *The Politics of Climate Change.* Cambridge: Polity, 2009. Print.

Glover, Leigh. *Postmodern Climate Change.* London: Routledge, 2006. Print.

Gore, Al. *An Inconvenient Truth.* New York: Melcher Media, 2006. Print.

Horner, Christopher C. *Red Hot Lies: How Global Warming Alarmists Use Threats, Fraud, and Deception to Keep You Misinformed.* New York: Regnery, 2008. Print.

Horvath, Anton, and Boris Molnar, eds. *Disputing Global Warming.* New York: Nova Science Publishers, 2009. Print.

Hulme, Mike. "On the Origin of 'Greenhouse Effect': John Tyndall's 1859 Interrogation of Nature." *Weather* 64.5 (2010): 121-23. Print.

IPCC. *Climate Change: WG III: Mitigation.* Cambridge: Cambridge UP, 2007. Print.

IPCC. *Climate Change: WG I: The Physical Science Basis.* Cambridge: Cambridge UP, 2007. Print.

IPCC. *Climate Change: WG II: Impacts, Adaptation and Vulnerability.* Cambridge: Cambridge UP, 2007. Print.

Killingsworth, M. J., and Jacqueline S. Palmer. "Millennial Ecology: The Apocalyptic Narrative from *Silent Spring* to Global Warning." Eds. Carl G. Herndl and Stuart C. Brown. *Green Culture: Environmental Rhetoric in Contemporary America.* Madison: The U of Wisconsin P, 1996. 21-45. Print.

---. *Ecospeak: Rhetoric and Environmental Politics in America.*

Carbondale: Southern Illinois UP, 1992. Print.

Lomborg, Bjorn. *Cool It: The Skeptical Environmentalist's Guide to Global Warming*. New York: Alfred A. Knopf, 2007. Print.

Luhmann, Niklas. *Ecological Communication*. Trans. John Bednarz, Jr. Cambridge, UK: Polity, 1989. Print.

Malone, Elizabeth L. *Debating Climate Change*. London: Earthscan, 2009. Print.

Masahiro, Ishii. *Global Warming: History, Science and Politics*. Tokyo: IBC, 2007. Print.

McKibben, Bill. *The End of Nature*. New York: Random House, 1989. Print.

Newell, Peter. *Climate for Change*. Cambridge: Cambridge UP, 2000. Print.

Pittock, A. B. *Global Warming*. Collingwood: CSIRO, 2009. Print.

Rahmstorf, Stephen. "A New View on Sea Level Rise." *Nature* 4 (April 2010): 44-45. Print.

Robinson, Kim Stanley, ed. *Future Primitive: The New Ecotopias*. New York: A Tom Doherty Association, 1994. Print.

---. *Forty Signs of Rain*. New York: Bantam, 2004. Print.

---. *Fifty Degrees Below*. New York: Bantam, 2005. Print.

---. *Sixty Days and Counting*. New York: Bantam, 2007. Print.

Rodman, John. "Four Forms of Ecological Consciousness Reconsidered." *Deep Ecology for the 21st Century*. Ed. George Sessions. Boston: Shambhala, 1995. Print.

Schneider, Stephen H., and Janica Lane. "Fire on the Ice." *Earth Under Fire: How Global Warming Is Changing the World*. Ed. Gary Braasch. Berkeley: U of California P, 2007. 10-34. Print.

Slovic, Scott. "The Story of Climate Change." *Going Away to Think: Engagement, Retreat, and Ecocritical Responsibility*. Reno: U of Nevada P, 2008. 117-33. Print.

Snyder, Gary. *The Old Ways*. San Francisco: City Lights Books, 1977. Print.

Stern, Nicholas. *A Blueprint for a Safer Planet: How to Manage Climate Change and Create a New Era of Progress and Prosperity*. London: The Bodley Head, 2009. Print.

The Great Global Warming Swindle: A Documentary. Dir. Martin Durkin. 2007. DVD.

Weart, Spencer R. *The Discovery of Global Warming*. Cambridge: Harvard UP, 2003. Print.

11 伊恩・麥克尤恩《追日》與暖化景觀

淡江大學英文系　林國滸

一、暖化還是論述？

　　暖化論述（narratives of global warming）是關於全球暖化（global warming）[1] 這一氣候現象的書寫，理論上應包括科學、社會學、生態學和文學等領域內該現象的記錄、描繪和闡述。全球暖化已經不是單純的科學議題，造成暖化的原因以及由此引發的效應，牽涉到廣泛而複雜的社會層面。暖化的文學論述的重要性和必要性不亞於其在政治、社會、文化、倫理等領域的研究。加州大學（University of California）的勒加魯（Raul P. Lejano）等人認為氣候變遷的敘述不僅對傳統社區而言，對現代都市社會也有至關重要

1　「全球暖化」並不單指地球表面溫度因為溫室效應而上升，亦指由於人類過度消耗資源，造成環境破壞而導致全球氣候失衡以及極端天氣的出現，也有部分學者使用「氣候變遷」（climate change）或者「溫室效應」（greenhouse effect）來指代該現象。一般來說，全球暖化有道德恐嚇的嫌疑，本文因為小說《追日》確實討論人類道德與暖化的關係，以及如何透過應用太陽能而減少溫室氣體排放的議題，所以傾向於使用「全球暖化」這種說法。

的意義，暖化敘述至少應該同時顧及科學的（scientific）、規範化的（normative）和文化的（cultural）面向；當前社會之所以還沒有感受到暖化問題的迫切性與沿用的敘述方式有很大的關係，因此，暖化敘述應該貼近日常生活，採用平民喜聞樂見的敘述方式（Lejano, Tavares and Berkes 1）。英國諾丁漢大學（The University of Nottingham）地理系的丹尼爾斯（Stephen Daniels）在2009年發表的名為〈氣候變遷論述的簡介〉（"Narratives of Climate Change: Introduction"）也認為傳統的暖化論述主要集中在科學領域，比較注重科學的論證，雖然部分論著也研究氣候對地景和人們生活的影響，但從文化的角度探討氣候變遷現象是近年來才出現的新趨勢，例如，高爾（Al Gore）的記錄片《不願面對的真相》（*An Inconvenient Truth*）和位於倫敦的國家歷史博物館的主題為「船：氣候變遷的藝術」（The Ship: The Art of Climate Change）的展覽，這些都是暖化論述向文化領域轉向的標誌（Daniels and Endfield, 218-21）。英國廣播公司（BBC）2006年播出的紀錄片《暖化的真相》（*Meltdown: A Global Warning Journey*），也從文化的角度引領觀眾一同探討「全球暖化」的世紀難題。

　　儘管在文學領域內密集地討論暖化現象是近十幾年來才興起的，但是隨著越來越多暖化作家和作品的湧現，在文學和文學批評領域內討論暖化議題已經蔚然成風，有一大批優秀的作品和論著把暖化論述推上文學的前臺（Yusoff and Gabtys 517）。即便如此，在文學研究的領域，暖化論述尚有眾多問題有待解決。其中，敘述策略和手段比較單一就首當其衝，眾多文學作品樂於把暖化作為談論其他主題的背景，這一類作品有巴拉德（J. G. Ballard）的小說《沉沒的世界》（*The Drowned World*）、荷卓（Arthur Herzog）的《熱》（*Heat*），亦或災難片《明天過後》（*The Day After Tomorrow*），該類作品儘管也談論暖化的科學事實卻更注重藝術渲染，

人為誇大或忽視暖化的真相來烘托英雄、親情或友情的人文主題。與此相反，高爾的紀錄片《不願面對的真相》由一連串的演講影音、人物故事和各式圖表證據彙集而成，雖然發揮極大影響力，同卡森（Rachel Carson）的《寂靜的春天》（*Silent Spring*）一樣，總有文學性不足的缺憾。由於暖化論述涉及了科學、社會和文學等多個語境，如果未能準確的把握語境之間的關係，暖化作品就難免會有顧此失彼之虞。另外，文化和社會之間關係密切，離開文化談社會或者離開社會談文化都不可想像，又由於暖化現象逐漸演變成嚴重的社會問題，這些因素都增加了釐清暖化論述理論語境的難度。因此，是強調暖化論述的科學事實和社會事實，還是重視敘述的文化策略和文學效果是暖化論述不可避免的尷尬問題，解決暖化論述的語境問題有助於尋找解讀暖化論述的方法論。

　　暖化的語境問題也是麥克尤恩的小說《追日》（*Solar*）關注的重點。在這部2011年以暖化為題材的作品中，暖化現象與社會、經濟、政治、科學、倫理等因素交織在一起，形成錯綜複雜且光怪陸離的景觀。《追日》描繪的是西元2000年至2009年的世界，地球正面臨著嚴重的暖化危機，與暖化相關的一系列議題開始引起廣泛的關注，礙於民意，布萊爾政府被迫籌建了一個「可再生能源研究中心」（National Center for Renewable Energy）來向世人顯示政府與暖化作戰的決心。主人公別爾德（Michael Beard）是這個中心的掛名主任，作為能源研究中心主任他表面備受尊重，背後卻處處受人排擠和質疑。別爾德曾是諾貝爾物理學獎得主，然而光環已經逐漸褪去，可謂江郎才盡。步入中年的他還面臨著尷尬的家庭問題，第五任太太紅杏出牆，明目張膽與其他男人幽會，可他卻無能為力。在經歷一系列挫折之後，他立志東山再起。憑藉意外獲得的一份能源方案，他希望透過實施能源計畫來解決和緩解暖化危機，同時也試圖拯救自己業已逝去的事業、愛情和尊嚴。不過事與願違，

靠欺騙和虛假噱頭得來的太陽能源利用方案早已註定他的拯救行動只是另一個挫敗的開始。小說中，自私無情且愛裝腔作勢的別爾德終究沒能完成他的能源再生事業，隨著他個人剽竊醜聞爆發，謀殺的真相漸漸浮出水面，轟轟烈烈的拯救計畫也徹底泡湯了。

2011年《追日》的出版引起了關注，儘管全球暖化早已不是小說創作的新題材，但在英國文壇這還是首度由主流文學作家以此題材進行創作，無論是題材話題性或是作家的知名度都使得這本小說尚未問世就引起極大的注目，並被公認為英國文壇大家中第一本以地球暖化為題材的小說創作（Trexler and Johns-Putra 188）。儘管麥克尤恩並沒有採用過多說教的語言，而是以一種荒誕的諷刺的文學手法炮製一齣兼顧科學、政治、經濟、生態的鬧劇。小說以全球暖化為關鍵詞，無情的揭露了光怪陸離、形態各異、錯綜複雜的政治、經濟、文化的景觀。小說一再強調暖化已經不是個科學領域的問題，不可避免的演變成與政治、經濟、倫理等相關的社會文化問題。正如小說中的「科學研究學」（science studies）教授所主張的，科學的研究哪怕是基因也是建立在社會生活方式的基礎之上，科學家必須擁有認識科學的工具，乃至學會使用它們，這些都要支付昂貴的費用，所以其中充滿了社會意義；此外，科學的內容只有透過文化的仲介才有可能被我們所理解（《追日》161-62）。因此，這種涉及多層次、多學科的暖化景觀也只能透過社會學的解讀才有可能找到問題的核心和本質。

本文傾向用文學社會學（sociology of literature）的方法論來解讀暖化作品，因為此方法論重視文化和社會的關係，堅持採用科學的理論方法和科學精神，而且它又十分重視環境對文學的影響作用。基於以上的發現，本文試圖採用文學社會學的「意涵結構」（structure of significance）和環境社會學的「新生態典範」（New Ecological Paradigm）概念來剖析小說中的暖化景觀，透過對小說

的解讀來探討暖化論述的本質和暖化論述的多語境問題。暖化論述
如何在科學、社會學、生態和文學等多個語境中選擇立足點和突破
口，暖化論述如何能同時得到各個語境的接受等問題，如何能達到
合理的效果是本文的重點。本文認為當前正在興起的全球暖化的文
學論述雖然是介於文學社會學與生態批評之間的一個新文類，但是
它與社會學、文學社會學和環境社會學等學科有著眾多的關聯之
處，社會學的理論方法在暖化論述的批判實踐中是行之有效的。

二、社會學與《追日》的暖化景觀

　　社會學起源於十九世紀末期。它以社會現象、社會結構和人
類活動等為研究對象。社會學使用各種研究方法進行實證調查和批
判分析，以發展及完善一套有關人類社會結構及活動的知識體系，
並運用這些知識去尋求或改善社會福利為目標。自十九世紀以來，
人類社會歷經了數度由理性、科學、工業引起的激烈的制度和環境
變遷，促使更多人將目光投向與一切學科都息息相關的社會性。
在《社會學基礎》（*The Sociology: The Basics*）一書中，普拉美
（Ken Plummer）教授認為，社會學研究主要涵蓋（1）如何理解社
會性，（2）認識人類世界的狀態，（3）災難和社會不公的研究，
（4）研究社會性的主要方法，（5）以及新科技的影響（I）。他
認為社會學就是去批判性地思考這個飛速變化的世界的結構、意
義、歷史和文化。

　　小說《追日》同樣關注上述的社會學議題。小說借用別爾德的
視角向讀者展示當今世界社會結構和歷史文化背景。讀者不僅領教
了不同階層和背景之人物的異樣的人生觀和世界觀，諸如，別爾德
的自私自利，布拉迪（Jock Brady）的工於心計，奧爾德斯（Tom
Aldous）的野心勃勃，於此同時文學世界的社會事實更能夠促使讀

者去思考身邊的世界的真實狀況。社會學關注的災難與社會不公在小說的全球暖化和危機對應主題上得到完整體現。小說將各種人物置放在即將崩塌的舞臺上，讓各種人物在危機面前暴露本性。以別爾德為例，身為對付暖化危機的首席科學家，他「對藝術和氣候變化都興味索然，對於反映氣候變化的藝術就更沒什麼興趣了」，而他之所以不厭其煩的出席各種講座、報告會、研討會無非是想謀取名利和錢財（91）。與此相反，滿懷熱情、關心地球現狀與未來的卻是一群沒有太多科學背景的藝術家。在由基金會贊助的北極考察之旅中，除了別爾德外，居然清一色是熱忱的藝術家，他們一路上不是談藝術，就是說氣候變化，「人人都在擔憂全球變暖，卻又個個幸福美滿」（84）。小說指出了當今暖化危機在社會層面上的弔詭之處，儘管人人都關注暖化問題並且社會也不缺少解決暖化危機的科學手段和物質條件，可是暖化問題的對付上卻沒有絲毫進展。小說中別爾德的能源計劃的徹底失敗也證明在當前社會文化結構中，暖化危機的解決不可能有根本性的突破。

之所以出現這樣的局面還是因為對暖化和人類自身認識不足。從歷史來看，傅立葉（Jean Fourier）早在十九世紀初就提出全球暖化的概念，但真正論述它是到最後確認的二十世紀八〇年代的IPPC的報告。整整歷經了一個半世紀，在經過不同學科，多種方式，不同階層，不同背景的艱難論證後，有關暖化的論述才得出一個暫且能叫人信服的結論：地球溫度確實在上升，後果可能會非常嚴重。儘管如此，共同一致的行動協議尚難達成。從學科的角度，正如別爾德在演講中提到的：「科學往往是單純的，一邊倒的，無可置疑的。對於這個問題的討論和研究已經延續了一百五十年，早在達爾文的《物種起源》付梓時就已開始，因而與自然選擇的基本原理一樣不容置辨。地球正在變暖，科學界在這個問題上沒有爭議……」（187）。全球暖化本身是個科學問題，可是認識和解決它帶來的

問題卻更多的是社會問題。全球暖化不是單純的環境問題而是涉及到經濟、政治和文化等領域的全球範圍內的問題，不是一個國家、一個組織或一個學科能解決得了的。

即便如此，小說還是不遺餘力地批判人類對環境的大肆破壞和對自然資源的掠奪，這一目的從小說扉頁的引言即可得知：「說這番話讓兔子很快活，讓他覺得自己很富有，讓他思索這世界在消耗，知道這地球也會消亡」。這裏很明確指出人類正在無節制的消耗不可再生資源，地球是有壽命的，人類的行為會破壞人類生存的環境。這段引言出自厄普代克（John Updike）《兔子富了》（Rabbit Is Rich），書中人物哈利在感歎無煙煤時代的一去不復返。這種感概奠定了本文的基調，小說中，主人公別爾德對於第五任妻子的強烈的愛正是發生在已經失去妻子之後，正如別爾德承認，「他相信，恰恰就在即將失去她的時候，他找到了完美的妻子」（7）。妻子明目張膽的偷情正是對他出軌在先的報復，於情於理他都無法阻止。麥克尤恩想要批判的是對環境認識的不足，地球的資源是有限的，人類的活動毫無疑問會影響自然環境。

但是，麥克尤恩對於全球暖化問題卻不是簡單的一刀切，雖然他相信溫室效應以及人類的活動會破壞環境，但他反對暖化會導致世界末日的說法。「某些離譜的評論家暗示整個世界已經陷入『危機』，人類正在奔向災難，沿海城市將被海浪淹沒，農作物將會歉收，因為乾旱、洪澇、饑荒、風暴和資源日益減少而引起的無休無止的戰爭，億萬難民將從一個國家湧現另一個國家，從一片大陸湧向另一片大陸，而他對這些無動於衷」（18）。同別爾德一致，麥克尤恩也認為這種論斷常常帶有宗教的口吻，與蘇共的「富農必亡」「人人難逃一死」等論調一樣，是「末日情結」炮製出的洪水猛獸（19）。這種缺乏科學的常識誇大暖化，猶如「狼來了」的恐慌，儘管用心未必不良，但絕對無助於問題的解決。

小說中各種不同的暖化觀點在不同領域內發酵，加上媒體的推波助瀾最後就演變成一場暖化景觀。例如，荒唐的北極之旅，這個團隊將包括二十名關注氣候變化問題的藝術家和科學家……有一位著名的義大利廚師將會隨團服務，一切費用由基金會承擔。可笑的是，組委會提出將透過到委內瑞拉栽種三千棵樹的方式抵消北極之旅所造成的令人內疚的碳排放，而抵消方式只需簡單的選定種樹地點並向當地官員交上買路錢即可實施（57-68）。這個計畫經媒體曝光，熱鬧非凡，別爾德所在的中心為其舉行送別宴，中心主任和副主任分別致辭。可是這場備受關注的見證全球暖化之旅由於只有一個科學家參與，最後卻成了藝術家的狂歡節。這種盛大的景觀雖然荒唐至極，但在日常生活中卻又屢見不鮮。

別爾德想要實施的「洛茲伯格計劃」（Lordsburg Artificial Photosynthesis Plan）又是個宏大景觀，他計劃在新墨西哥州拿到四百英畝地：

> 那塊地上散佈著古老的、掛在搖搖晃晃的木杆上的高壓電線，……玻璃板將以某個角度斜對著太陽，板上纏滿彎曲的透明管，這些玻璃板將覆蓋大片草場，把那裏變成波光粼粼的海洋，直接以水和光製造氫和氧，無需任何代價……這座工廠將夜以繼日地為洛茲伯格供電，點亮這塊狹長地帶的霓虹燈。然後，隨著容量提升，周邊地區都將被逐步納入供電範圍……整個世界都會看見，繼而趨之若鶩。（233）

這個計劃還包括「碳交易計劃」（carbon-trading schemes）和「鐵屑計劃」（iron-filing scheme）等一系列子計劃。在開幕式上，他與合夥人哈默將請來軍樂隊、少女鄉村樂團，甚至還會從空軍基地請人來表演低空編隊飛行，「目睹這一切的，將會是洛茲伯

格的朋友們，全國的媒體代表，電力公司人員，來自戈爾登、麻省理工學院、加州理工學院和勞倫斯‧伯克利實驗室的同事，以及幾位來自斯坦福地區的企業家……在一項他發誓是從美國國家航空航天局免費弄來的大帳篷底下，他們將共飲香檳，接受採訪，洽談合同。一旦接到信號，諾貝爾獎得主就會按動開關，開啟新時代」（261）。這個聚集各種因素的景觀縱然誘人，給人無限的希望，但景觀畢竟只是虛幻而已。這種美好景觀最終還是沒能上演，猶如一場曇花一現的春夢，與「我的爸爸在洛茲伯格拯救世界呢」的童言一樣具有諷刺意味（324）。

　　所謂景觀，原意指一種被展現出來具可視性的客觀景色、景象，也意指一種主體性的、有意識的表演和作秀（張一兵 10）。在德波看來，在當代資本主義社會中，景觀已經成為「人們自始至終相互聯繫的主導模式」（3-4）。他認為當代社會存在的本質已經體現為一種被展現的圖景性。人們因為對景觀的迷入而喪失自己對本真生活的渴望和要求，而資本家則依靠控制景觀的生成和變換來操縱整個社會生活（張一兵 10）。小說中由於虛妄、無知、貪婪與政治、經濟、媒體、道德等因素盤根錯節交織在一起，就形成了五光十色的真相沉迷的景觀。研討會、發佈會、媒體、離婚、謀殺、各種聳人聽聞的醜聞都是虛幻的景觀的一分子。

　　這種暖化景觀體現的是一種社會關係，而認識這種關係的本質是解決暖化危機的基礎。經歷北極之旅後的別爾德似乎醒悟過來，他要忘掉過去重新翻開新的一頁。他要拯救地球，雖然他是出於個人的目的，但他確實開始考慮如何解決暖化危機的問題。首先他認為，氣候變遷問題不僅僅是個科學問題，更是個關於人性和倫理的問題，「科學當然不錯，誰知道呢，藝術也一樣，但也許說自知之明有點離題。更衣室需要有良好的體制，這樣一來，有瑕疵的物種才能正確地使用它們。別爾德決定，不把任何希望寄託在科學、藝

術，或者理想主義上，只有良好的法律才能拯救更衣室，還有尊重法律的公民們」（100）。儘管法律很快就因為奧爾德斯的意外死亡和塔平（Rodney Tarpin）的蒙冤入獄，被證明不足以維護社會的結構，更不用說承擔拯救世界的重任。但是別爾德試圖從科學之外汲取靈感來解決暖化問題，這種跨學科和整體性的方法是值得肯定的。

三、暖化論述的「意涵結構」

在上節中，景觀被視為一種「表演和作秀」。更精確地說，它是「少數人演出，多數人默默觀賞的某種表演」（張一兵11）。所謂的少數人，當然是指作為幕後操縱者的資本家製造且充斥於當今生活的景觀性演出；而多數人，則暗指那些被支配的觀眾，即我們身邊的芸芸眾生。他們在「一種癡迷和驚詫的全神貫注狀態」中沉醉地觀賞著「少數人」製造和操縱的景觀性演出。這種觀看「意味著控制和默從，分離和孤獨」；所以，波德里亞（Jean Baudrillard）用「沉默的大多數」來形容癡迷的觀眾們（凱邁納 210）。在《追日》中，這種暖化景觀也是始終與社會關係，少數人對多數人的愚弄和控制結合在一起的。因此，暖化還與社會結構聯繫在一起。

在文學社會學中，高德曼（Lucien Goldmann）最重視結構研究，他繼承了皮亞傑（Jean Piaget）結構主義和盧卡奇（Georg Lukács）的馬克思辯證唯物主義思想，衍生出他的「發生論結構主義」[2] 文學社會學理論。高德曼的理論與其他文學社會學方法最根

2　高德曼起初把他的文學理論命名為「文學的辯證社會學」，這一表述受到蘇聯的文學研究辯證唯物主義的影響。後來又稱自己的文學觀為「馬克思主義的」文學社會學，後來換名為「發生結構主義文學社會學」。

本的差別在於他強調社會學與歷史密不可分。高德曼的理論重視社會生活對文學創作的影響。他認為文學是作家「世界觀的表達」，是「對現實整體的一個既嚴密連貫又統一的觀點」；人類行為是一種嘗試，企圖為某一特定狀況找出「具意義的解答」，並傾向於在行動的主體與這狀況的客觀（環境）之間，創造出一種平衡來（何金蘭 152）。高德曼認為世界觀雖由作品所呈顯，但卻非作家個人獨有。相反的，這個世界而是由作家所屬的社會群體共同建構出來的。其次，高德曼的「發生論結構主義」認為文學作品的現實就是解構舊有的結構，重新創造出新的平衡來滿足社會環境加諸個人的新要求。在這過程中，作者不斷在新、舊對立的結構中尋求平衡。這也就是文學如何發揮其影響社會的作用與方式，因為作品雖源自社會現實，也會影響社會現實。

　　高德曼認為作品的世界觀只能從文學作品的角度去研究。他提出，「一部文學作品的美學價值完全是在於作品構成的想像世界，它代表了一種非概念性之超越……」（何金蘭 100）。小說《追日》的想像世界中把暖化問題同時置放在科學、社會、環境等語境中進行追問；就故事的背景、人物、情節和衝突而言，這是一部處理全球暖化的根源、表現和解決之道的文學作品。小說的意涵結構就是人類應該正確看待暖化問題，而暖化亂象的根源在於它已經與社會的各個層面密切相連，因此解決暖化問題須透過科學和社會學等學科多管齊下。這個意涵結構貫穿始終，橫貫各個層面，串起多個人物事件。首先，體現在小說的背景上，故事發生的背景是2000年至2009年的三個重要時段。故事的第一部分始於2000年，那時的最大景觀是全球暖化開始受到關注：「布萊爾政府希望，或者說看上去的的確確而非僅僅在口頭上熱衷於氣候變化問題，他們宣告了一堆動議（19）」，這是政府介入暖化問題的伊始；另外一個引人關注的焦點是美國的大選。當年對陣的雙方是小布希和高爾，而且

高爾本身是著名的環境保護者，更是全球暖化討論的重要發起人。

按照高德曼的說法，世界觀就是「對現實整體的一個既連貫又統一的觀點」。它是作家想像世界的架構，也是整部作品的核心價值所在（何金蘭 91）。世界觀不是個人，而是個社會事實，即整個社會關於現實的看法。更重要的是，整體的世界觀來自不同群體的世界觀的總和。在《追日》中，不同的階層有不同的世界觀。這些階層主要分為三種：下層、中產階級和上層階級。無論是哪個階層，他們都受到突如其來的環境變化的影響；對於下層階級的人來說，包括塔平、奧爾德斯、女服務生達林恩（Darlene）等人，他們雖然害怕環境危機，卻無力也無心改變現狀。其實，底層的人最易成為環境的受害者。比較可惜的是：他們對於暖化卻沒有科學的認知，因為階級的侷限使他們只關心個人的家庭、固定的收入、穩定的工作等等。對中產階級而言，例如別爾德、布拉迪、哈默，及北極之旅的藝術家們，他們對暖化是有足夠認知的，而且也應承擔傳播知識和揭示真理的社會責任。可是在小說裡，中產階級只是把暖化知識和解決暖化危機當成追逐個人名利的手段，將社會責任和義務拋之腦後。身處上層階級的政客、企業家、能源巨頭真正擁有解決問題的實力，可是他們對暖化議題並不關心，他們感興趣的是最大化的經濟和政治利益。麥克尤恩是這樣描繪這些大人物，「他之所以不喜歡那些政客，原因就在於這裡——天災人禍總是能讓他們神采奕奕，那是他們的牛奶，他們的救生艇，讓他們樂此不疲」（44-45）。事實上，由於上層人是受環境危機風險係數最低的，所以他們並不真正關心環境問題，而只是想炒作以獲得最大利益。

正如德波指出的景觀是指「多數人被迫觀賞少數人的表演。」在暖化的景觀中，底層的民眾只是被動的觀眾，作為社會的多數他們卻沒有發言權。真正佔據舞臺的是中產階級，他們賣力地在舞臺上演你爭我奪的大戲，如別爾德費盡心機要實施他的能源計畫，布

拉迪不顧一切要加官晉爵，然而他們的實力終究有限。真正擁有生殺大權能左右一切的是在幕後的集團投資客、基金管理經理、大企業主、政府或國家首腦。小說結局英國女王意外的出現在紛爭的幕後，很難不讓人聯想到權貴人物對社會事件的操縱。由此可見，社會的基本結構是幕後的極少數政客或資本家在操縱著臺上的少數知識份子去愚弄台下沉默的大多數群眾。而台下的大多數群眾並不因此就能置身事外，他們同樣被牢牢地定格在體制之內，哪怕就是布希與高爾之爭這樣的美國政治紛爭，普羅大眾「卻還是有義務通過他被迫納稅供養的新聞社，參與此事的每一步乏味的進程」（48）。儘管不同階層的世界觀有著明顯的區別，但是作為人類整體而言，三個階層又有著共同點：那僅僅從個人的利益出發，以人為本的人類中心主義思想。不管是裝修工人塔平、科學家別爾德，還是政府首腦都不會輕易為他人而犧牲自己的利益，更不用說為了人人共有的、人人得以佔用的自然而捨棄唾手可得的利益。在《追日》中，這種只關注人類自身的世界觀的危害一清二楚。統一的秩序和價值觀已消失，人人都把個人的私利擺在社會責任和義務之上。

　　以暖化為核心的世界觀擁有高德曼「發生論結構主義」中世界觀的兩個特點：即世界性和統一性。就世界性而言，暖化不管是作為背景還是社會事實，它與所有人和所有階層都是息息相關的，地球上的人類，無論認識到與否，每個人都受到這種趨勢的影響。從統一性來看，暖化已經不是純粹科學或者氣候現象，它成為與科學、經濟、政治等相結合的一個無可迴避的認知系統，也是一種社會結構。在《追日》中，傳統的以人為本的世界觀和秩序正在慢慢消失，道德、倫理和法律已經不再起作用，而暖化議題和能源計畫成為新的世界觀，如何看待暖化，與暖化為標準，重新確定自己的人生觀。作品的世界觀就在於，人類有一天終將進入以暖化來決定道德的時代，這個世界最終會與暖化和暖化論述緊密結合在一起，

所有人都將在暖化面前重新定義自己。這或許僅僅是一種預言，或許過於悲觀。但暖化應該成為我們認識問題的中心，成為我們世界觀的一部分，我們在認識生活和世界的時候，始終受到暖化的制約，這也不是難以想像的事。

從文學社會學對《追日》的解讀來看，我們得出的暖化世界觀與作家本人所要表達的思想意識相差並不遠，甚至更能夠表達出政治文化等社會因素對文學的影響；有些解讀也超出了作家本人的真實意圖，按照高德曼的說法，作品的意涵結構並不必然等同於作家個人的意圖或者世界觀，而是社會中整體的世界觀，因此，文學社會學的解讀達到了超出作家本來意圖的社會效果。這一點正是文學社會學方法論的優勢。通過世界觀和緊密性意涵結構的提出，讀者在《追日》的文學意涵中發現了暖化的科學意義、經濟和政治的拘絆，以及環境重要性。同時也找到了文學世界的現實意義，麥克尤恩的文學世界就是群體的世界觀的表達，他與現實世界形成一種對應的關係，這就是文學世界推動現實生活的方式。從這種意義上來說，麥克尤恩的創作思路符合「深層生態學」（Deep Ecology）的精神，生態不是簡單在談論環境，而應該把它和社會、文化結合起來。這種趨勢在瓜塔里的「三大生態學」（the three ecologies）的理論框架內也可以得到佐證。因此，暖化的文學社會學解讀並沒有偏離主流。

四、「新生態典範」與暖化敘述的倫理

暖化作為一個社會事實已經成為社會生活中不可或缺的一部分。這個新的以暖化危機為中心的世界觀與個人主義是完全不同的，而是把環境和人擺在一個平等的位置，甚至是從環境出發的世界觀；暖化為關鍵詞的新的世界觀的核心就是這種多元的思考模式

和規範。近年來，面對環境危機與困境，學者們提出唯有從人類做深層反思，藉由建立人類與自然環境相互的倫理關係才可解決環境問題（Desjardins，2006）。卡頓（W. R. Catton）和鄧拉普（R. E. Dumlap）在批判「人類豁免主義範式」的同時，基於「人類社會對環境依存」這一前提，提出新的環境社會學研究範式——「新生態範式」。這種範式的假設是：（1）儘管人類具有例外的特徵（文化、技術等等），但是他們仍然是地球生態系統中眾多互相依賴的物種之一；（2）人類事件不僅受社會和文化因素影響，而且還受自然之網的複雜因果聯繫和回饋的影響；（3）人類生活在且依賴於有限的生物物理環境之中，這種生物物理環境將潛在的物理與生物約束強加於人類；（4）儘管來源於生物物理環境的人類獨創能力和力量在一段時間似乎可以超越承載限制，但是卻不能否定生態法則（Dunlap 3-18）。環境問題是社會的及社會學的重要現象，新生態範式鼓勵人們重新認識這一事實，即卡頓和鄧拉普堅持的要透過現代工業社會日益擴大的生態影響及藉由這些影響所產生的社會問題，來理解現代工業社會。

　　環境社會學「新生態範式」就是促使人類從文化的角度重新認識人與自然，社會與環境的關係；在小說《追日》中，顯然麥克尤恩已經注意到目前關於人與世界關係的錯位，人在剝削自然，無節制的消費自然的後果可能非常嚴重：

　　　　墨西哥灣流變冷時，歐洲人會凍死在自家的床上，亞馬遜河會變成一片沙漠，某些陸地會燃起大火，而某些會給淹沒，到2085年夏天，北極的冰就會融化，也是北極熊跟著完蛋。布希已經撕毀了克林頓那些謙遜得體的議案，聯合國將會對京都置之不理，布萊爾看起來對這個問題根本沒有操控力，⋯⋯（94）

　　儘管如此，無論是政府、媒體或科學家對於暖化現象都無動於衷，面對大眾的關切，他們只是被動地採取一些無意義的行動，而心裡都各懷鬼胎，無非是想獲取最大化的利益。麥克尤恩在小說中真正要抨擊的是以人類發展為中心的思維模式，即「主流社會典範」。按照鄧拉普的說法，傳統的主流社會典範有著個人主義、人類中心主義、盲目崇拜科學和自然可以被征服等特點。而小說透過別爾德的例子分別迴擊了這些信念。首先，別爾德的失敗是對個人主義和人類中心主義的批評，別爾德想透過個人的努力獲得成功，然後拯救世界、個人的事業，在傳統的觀念中這是無可挑剔的，悲劇的英雄總能透過奮鬥達到自我救贖。然而，在暖化背景下這是絕無可能的，環境和生態問題是所有人共同的責任，個人根本無力單獨改變現狀。小說中，縱使主人公使盡渾身解數卻無法擺脫原罪，隨著剽竊和謀殺的醜聞被揭發，個人的宏偉計劃終於功虧一簣。再次，小說對科學界怠惰和腐敗的揭露也是對盲目相信科學的當頭棒喝。科學家自己都不相信暖化的事實，他們根本不關心暖化的真實性，正如主人公對暖化冷淡的態度，對氣候變化和氣候變化的藝術他都無動於衷，他關心的是如何能夠製造出足夠轟動的景觀來吸引世人的眼球。別爾德個人對暖化的科學是一竅不通。而諾貝爾獎項的公平性也在小說中受到質疑。「評審委員會對前三名候選人各有所好、相持不下，最後做出第四個選擇。不管怎麼說，別爾德的名字算是蒙混過關了，人們也普遍認為這一回是該輪到英國的物理學家了，不過，在某些高級的公共休息室裡，有人在嘀咕，說評獎委員會這麼做只是折中之舉」（63）。小說中的大多篇幅也在告訴讀者，那些油頭粉面、頻頻成為焦點人物的科學家，在私下也是個凡人，照樣經不住七情六慾的誘惑。因此，他們所宣導的科學的可信度其實是值得懷疑的。

　　小說在批判原有社會結構的同時也在討論建構新世界觀的可能性，這種與暖化相關的世界觀與「新生態典範」有類似之處：這種「新生態典範」乃是一種自然和人類和諧共處的倫理觀。在《追日》中，暖化作為一種世界觀的存在始終與拯救地球的願景聯繫在一起。在小說中，傳統道德並沒有成為麥克尤恩終極關注的焦點，因為他對人本主義的道德觀根本不感興趣：

　　　靠道德教化不行，僅僅去玻璃瓶回收站、調低溫控開關、購買小排量汽車也無濟於事。那樣只會讓大難臨頭的時間晚上一兩年而已。誠然，任何延緩舉措都是有用的，但那解決不了問題。除了道德之外，這個問題還需要有別的行動。道德太被動了，太狹隘了。道德能驅動個體，但對於團體、社群，對於整個人類文明而言，道德是一種羸弱的力量。國家從來都無道德可言，雖然有時候他們也許認為自己具有道德感。就群體範圍內的人性而言，貪欲會壓倒道德。所以我們只能在解決方案中引入庸俗的利己衝動，同時褒獎新事物，提倡發明帶來的快感，鼓勵獨創性與合作精神，以及獲利的滿足感。（184）

　　所以別爾德致力於用陽光發電，用科學的方法來對付科學引起的問題。暖化問題的解決不能僅僅靠人類的道德自律，這得依賴科學、經濟、政治和文化等領域的通力合作。這就是新生態典範的倫理觀。氣候變遷也是個倫理問題，人類的行為可能改變地球上各種物種的命運。所以，重要的是在面臨氣候變遷時，人類要做出價值上的判斷，這些判斷所依據的不能是簡單的道德標準，而是借助於大是大非的倫理標準。

　　小說中我們看到的是圍繞著暖化解決的兩種力量。其一，利於解決暖化危機的拯救力量。這種力量是極其複雜的。它體現在不

同層次和不同的階級,目的也不盡相同。對於社會發展來說,這是
一種積極的、肯定的、向上的趨勢,就像主人公別爾德,他是解決
暖化危機的實際推動者,不管出自何種目的,其推動暖化問題的解
決方面是肯定的,包括他研究中心的那些研究生們、各國政府的若
干能源機構及其成員,到北極考察的藝術家,參與研討會的學者專
家。其二是一種阻礙的、否定的力量。這對於解決暖化問題的力量
是負面的、否定的,例如破壞試驗中心的塔平、唯利是圖的企業
家、機構中無所事事的成員。在小說中,這兩種力量處於對抗之
中,此外,其他各種社會力量正也在暖化舞臺上展現自己,選擇自
己的歷史角色,扮演歷史自己的使命。從個人,到機構,到整個社
會,他們都在暖化的大舞臺上較勁。這種世界觀不是以人的存在為
中心的,也和簡單的道德判定毫無關係,這正是環境社會學「新生
態典範」所倡導的倫理觀。

　　回顧當今現實社會,有關暖化的討論已是愈演愈烈,各國爭先
佔據暖化的主導權,爭先以環境保護者自居。然而,一旦涉及自身
的利益則明哲保身,且無人願意為了大局作出短暫的犧牲。這主要
是人文主義以人為本的思想會在人與世界的生死存亡鬥爭中選擇站
在人的利益作出選擇。這是現在整個暖化問題的困境。因此,《追
日》的意涵結構就在於揭露人類社會中的種種負作用,鼓吹正面的
力量,這也是當今暖化問題處理的根本出路,作品切中問題要害。
環境社會學「新生態典範」正是對人類中心主義的反省,提醒人們
認識到人類只不過是地球生態系統眾多互相依賴的物種之一,人類
事件不僅受社會和文化因素影響,而且還受生態倫理的制約。

結論:多元的視角來審視暖化論述語境

　　在《追日》中麥克尤恩展示了各種關於暖化的意識,有全盤

否定全球暖化的，有搖擺不定的懷疑論者，有深信不疑的世界末日型，還有玩世不恭操縱暖化議題牟利的。對各種意識他並不輕易下結論，正如在訪談中承認的一樣，他只是個「警告者」，「原因很簡單：我不是科學家，在我看來，那些資料實在是太沉重了」（"Ian McEwan Interview"）。如此也暗示，如果要真正瞭解真相就必須要有科學的知識。靠道德教化不行，道德解決不了根本問題。科學帶來的困惑需要用科學的方法來解決。當然，科學最終還是建立在社會生活的基礎上，離開社會基礎談論科學是不可思議的事情。同時，藝術將會提升氣候變化問題的重要性，「給它鍍金，為它觸診，揭示所有的恐慌、所有消逝的美好、所有教人敬畏的威脅，然後鼓勵公眾深入思考、採取行動，或者要求別人這麼做」（97）。所以，暖化必須依靠所有相關領域共同參與，片面、割裂地看待暖化問題都是不可取的。

　　無論是文學社會學還是環境社會學都強調要用整體性和系統論的角度來分析社會事實與人類活動的關係。所謂整體論意指，一個系統中各部分為一有機之整體，不能割裂或分開來理解。根據此一觀點，分析整體時若將其視作部分的總和，或將整體化約為分離的元素，將難免疏漏。這種研究方法越來越受到生態學家的重視，因為生態本身就是一個複雜多層的系統，包含生物、化學、物理和經濟等多個系統。當利奧波德（Aldo Leopold）倡導要「像山一樣思考」（Thinking like a mountain）時，他正是提出整體論的思考模式，把人置身於整個生態系統之中。像山一樣思考，意味著對生態系統中所有因素之間的微妙聯繫有完整的認知，所有現實的個體都處於生態的精細之網當中，而不是一個純粹獨立的個體。這種思考的方法同樣適用於暖化論述，不要把暖化單純視為一個領域內的現象，而應該從整體的角度把握各個語境之間的密切關係，才能使暖化論述既不缺乏科學性又能結合社會現實，同時又能被社會大眾所接受。

　　在過去的十年，我們看到兩個有關暖化的社會現象十分搶眼。
一方面，暖化問題逐漸國際化，在世界範圍內，官方的、非官方的
活動紛紛湧現，暖化也成為與各國經濟與政治政策相關聯的關鍵
字。與此同時，關於暖化的利益糾葛和算計有增無減，各個國家和
組織之間交鋒也十分激烈。2012年12月初，來自各國的氣候談判代
表齊聚多哈，開始了又一輪漫長的談判拉鋸戰。在為期兩周的文山
會海之後，讀者料想又會增加一些協定和共識之類的文字。不過，
和歷屆氣候談判一樣，所有的難題還是搭乘飛機和各國部長們原路
返回。另一方面，對於暖化的科學性和真實性的質疑也不絕於耳，
以「暖化大騙局」[3] 的論述為中心反對暖化觀點和活動也引起全球
的關注。這種論述的影響力是巨大的：本來人們對於暖化現象採取
半信半疑的態度，現在則寧願相信暖化是部分科學家基於個人私利
所引發的結果。再者，主張暖化論的科學家也未能提出無懈可擊的
證據來證明暖化的立場，所以情況就更加複雜。

　　對於這兩種趨勢，無論是哪一個，文學家都愛莫能助。文學家
無力去解決暖化真假的問題，文學家不是科學家，他們無法瞭解更
多的科學前沿知識。文學家也不是政治家，無法做改變政治、經濟
等大事。那麼文學家能做什麼？傳統智慧告訴我們，假如戰爭來臨
時，理髮師、麵包師，或者舞蹈家雖不是戰士但也應該加入戰鬥。
這似乎也是麥克尤恩未說出的話：當暖化大敵來臨之時，人類近乎
瘋狂，各種道德褪去，人人自危，我們是否還能獨善其身？不可否
認，暖化的文學論述對暖化的真實性是無能為力的；在普及性、傳
播效果方面，對政治和經濟的影響，科學的研究資料和實驗報告卻
又是文學和社會學無法比肩的。面對這種難題，傳統的二元論和中
心論都無法解決暖化論述所遇到的問題。所以，援用多元論和生態

3　參見 *The Great Global Warming Swindle: A Documentary by Martin Durkin.*

理性的視角來分析暖化論述的語境是當務之急。

📖 引用書目

德波，居伊。《景觀社會》。南京：南京大學出版，2006。

埃斯卡皮，侯伯。《文學社會學》。葉淑燕譯。臺北：遠流，1990。

何金蘭。《文學社會學》。臺北：桂冠，1989。

凱邇納，道格拉斯。《鮑德里亞：批判性的讀本》。南京：江蘇人民出版，2005。

麥克尤恩，伊恩。《追日》。黃昱寧譯。上海：上海譯文，2012。

張一兵。〈代譯序〉。《景觀社會》。居伊‧德波著。南京：南京大學出版，2006，1-38。

Carson, Rachel. *Silent Spring*. Boston and New York: Houghton Mifflin, 1962. Print.

Daniels, Stephen, and Georgina H. Endfield. "Narratives of Climate Change: Introduction." *Journal of Historical Geography* 35 (2009): 215-22. Print.

DesJardins, J. R. *Environmental Ethics: An Introduction to Environmental Philosophy*. Boston: Wadsworth, 2013. Print.

Dunlap, E. R. & Van Liere, K. D. "The New Environmental Paradigm" *The Journal of Environmental Education* 9 (1978): 10-19. Print.

Gore, Al. *An Inconvenient Truth*: *The Planetary Emergency of Global Warming and What We Can Do About It*. Emmaus, PA: Rodale Books, 2006. Print.

Lejano, Raul P., Joana Tavares, and Fikret Berkes, "Climate Narratives: What is Modern about Traditional Ecological Knowledge?" http://

socialecology.uci.edu/sites/socialecology.uci.edu/files/users/ pdevoe/climatenarratives.pdf. Web. 20 Dec. 2012.

McEwan, Ian. "Ian McEwan Interview: Warming to the Topic of Climate Change." By Mick Brown. 11 Mar 2010. Print.

---. *Solar*. London: Jonathan Cape, 2010. Print.

Meltdown: A Global Warming Journey. Dir. Paul Rose. BBC, 2006. DVD.

The Great Global Warming Swindle. Dir. Martin Durkin. 2007. DVD.

Trexler, Adam, and Adeline Johns-Putra. "Climate Change and the Imagination." *Climate Change* 20.2 (2011): 185-200. Print.

Weart, Spencer R. *The Discovery of Global Warming*. Cambridge: Harvard UP, 2003. Print.

Yusoff, Kathryn, and Jennifer Gabtys. "Climate Change and the Imagination." *Climate Change* 20.2 (2011): 516-34. Print.

作者簡介

◈ 阮秀莉

美國德州農工大學英美文學博士，現任中興大學外國語文學系專任教授、中華民國英美文學學會理事、中華民國文學與環境研究學會理事。曾任中興大學外文系主任、文學院副院長、人文中心主任。專長為北美與跨國原住民文學與文化、（後）現代小說、生態文論、文學與自然、敘述理論。教授課程有小說與文化研究、小說與敘述理論、後現代小說、美國文學、多元文化文學。著有專書*Fantasizing the Other Stories: Rushdie's and Erdrich's Narratives from the Margins*，與黃心雅編著《匯勘北美原住民文學：多元文化的省思》，論文發表於期刊《中外文學》、國際比較文學學會（ICLA）的論文專書等。2012年於英屬哥倫比亞大學（UBC）訪問研究。另有文學創作，入選年度散文選、散文獎等。

◈ 周序樺

美國南加州大學比較文學研究所博士，現任國立中山大學外國語文學系助理教授；主要研究領域為美國環境文學與生態論述，近年來之學術志趣更包含農業書寫、環境復育政治、後殖民環境論述等。除了積極投入教學與研究，論文主要發表於*Concentric*、*MELUS*、*Comparative Literature Studies*、*Foreign Literature Studies*等國內外知名學術期刊。

◈ **林國滸**

淡江大學英文系博士生，研究興趣包括生態批評、世界文學、德勒茲研究等等；近年來關於生態女性主義、敘事學、新歷史主義的研究主要發表於《長沙大學學報》、《牡丹江大學學報》、《瀋陽農業大學學報》等學術期刊。

◈ **張雅蘭**

淡江大學英文系文學博士，現任華梵大學外國語文學系助理教授。主要研究領域包含：生態文學批評、生態女性主義、食物主權議題、風險理論、動物研究、宮崎駿動畫研究、生態與電影等。博士論文為：《自然，性別和風險：瑪格麗特・阿特伍德、琳達・霍根和山下・凱倫》（*Nature, Gender and Risk: Margaret Atwood, Linda Hogan and Karen Tei Yamashita*）。論文主要收錄於《中外文學》和《英美文學評論》等THCI期刊以及國際出版社專書。

◈ **張麗萍**

淡江大學英文系文學博士，現任國立臺北商業技術學院應用外語系專任副教授。專長為後殖民論述、北美原住民兒童文學、女性文學、文化研究。教授課程有西洋人文經典選讀、西洋文學作品導讀、電影與文學賞析、電影與文本分析、西洋文學概論。近年研究鄂萃曲的兒童文學，論文發表於*Children's Literature in Education*，*Mousaion*，*World Journal of English Language*及《華梵人文學報》。另擔任多家國際期刊之編審委員與論文審查委員，名列2013年*Who's Who in the World*。

◈ 梁孫傑

美國紐約州立大學水牛城分校英文系博士，現任臺灣師範大學英語學系教授、中華民國比較文學學會理事、中法交流基金會監事、中華民國英語教育基金會董事、《中外文學》、《師大人文學報》、《巴黎視野》等期刊之編輯委員。專長為動物研究、解構主義、倫理學、奇幻文學、喬伊斯。著有專書*Following the Animal: Derrida's Cat, Sükind's Frog, and Coetzee's Dog*和*The Birth of Language in Joyce's Wake*。論文發表於《中外文學》和*Tamkang Review*等學術期刊。

◈ 黃心雅

美國伊利諾大學比較文學博士，專長為美國少數族裔文學、女性文學、原住民研究、跨文化研究，現為中山大學外國語文學系專任教授兼文學院院長。開授課程有當代北美原住民文學、墨美邊境文學等。著有專書*(De)Colonizing the Body: Disease, Empire, and (Alter) Native Medicine in Contemporary Native American Women's Writings* (Bookman, 2004)、《從衣櫃的裂縫我聽見》（書林，2008）以及專書與期刊論文多篇。2013年為*Comparative Literature Studies*編了生態論述專輯。現從事跨國原住民文學、文化與歷史相關研究。

◈ 劉蓓

文學博士，現任山東師範大學文學院教授、廈門大學中文系生態文學團隊兼職教授、中國青年生態批評家學會常務理事等。通曉英語和德語，以西方文學批評理論為學術方向，尤其專長於生態批評，是該領域開始研究早、成果較多的中國學者之一。先後主持二項中國國家社會科學基金立項課題——「西方生態批評理論研究」和

「西方生態批評方法研究」，發表了大量生態批評專題論文，翻譯了美國生態批評家勞倫斯・布伊爾的論著《環境批評的未來：環境危機與文學想像》（北京大學出版社，2010）等，其學術觀點曾多次獲《中國社會科學文摘》、《文藝報》、《中國人民大學複印報刊資料》等重要學術報刊轉載和介紹。

◈ 蔡振興

臺灣大學外文研究所文學博士，現任淡江大學英文系教授兼系主任、中華民國文學與環境學會理事長（ASLE-Taiwan）、中華民國比較文學學會副理事長。主要教授科目為英文寫作、西洋文學概論、文學作品導讀、英國文學、美國文學、英美詩選及文學批評。研究領域為文學理論、史耐德研究、全球暖化論述、生態文學與文化批評及世界文學。英文主要著作為 *Gary Snyder, Nature and Ecological Communication* (Bookman, 2010)；近期期刊論文有 "Gary Snyder: Translator and Cultural Mediator Between China and the World" (*Comparative Literature Studies*, 2012)、"(Post) Modernity in the Penal Colony: Richard Flanagan's *Gould's Book of Fish*" (*Neohelicon*, 2011)。

◈ 蔡淑芬

英國薩塞克斯大學英文系博士，現任東華大學英美語文學系副教授，研究興趣與專長為Ursula K. Le Guin、宗教與生態批評、兒童／青少年文學、女性主義；主要著作為 "Le Guin's Earthsea Cycle: An Ecological Fable of "Healing the Wounds," *Concentric: Studies in English Literature and Linguistics* 29.1 (January 2003): 143-74.

◇ 蔡淑惠

臺灣大學英美文學博士，現任中興大學外文系副教授。專研當代西方思想、德勒茲研究、紀傑克研究、視覺藝術、詩學、小說研究。論文曾刊於國內外期刊：《中外文學》、《英美文學評論》、《淡江評論》、《文山評論》、《小說與戲劇》、《哲學雜誌》、*International Journal of Humanities*、*ATINER*。主編學術專書《在生命無限綿延之間：童年、記憶、想像》（書林，2012）。曾翻譯學術專書包括《傾斜觀看》（國立編譯館與桂冠出版，2008）、《巴斯卡》（麥田，2000）。學術專書為《情感、信仰的潛意識迷陣》（書林，2013）。國家文化藝術基金會補助詩集創作與出版：《想望的高度》、《光與天空的溫度》。

索引

五劃

十劃